U0902512

走南闯北

能建人的文化足迹

中国能源建设集团有限公司 编著

生活·讀書·新知 三联书店

图书在版编目（CIP）数据

走南闯北 : 能建人的文化足迹 / 中国能源建设集团有限公司编著. -- 北京 : 生活·读书·新知三联书店, 2024.7
ISBN 978-7-108-07762-2

Ⅰ. ①走… Ⅱ. ①中… Ⅲ. ①中国文学 – 当代文学 – 作品综合集 Ⅳ. ①I217.2

中国国家版本馆CIP数据核字(2023)第236994号

选题策划　何　奎
责任编辑　马　翀
装帧设计　陶建胜
责任印制　卢　岳
出版发行　生活·讀書·新知 三联书店
（北京市东城区美术馆东街 22 号）
网　　址　www.sdxjpc.com
邮　　编　100010
经　　销　新华书店
印　　刷　天津裕同印刷有限公司
版　　次　2024 年 7 月北京第 1 版
2024 年 7 月北京第 1 次印刷
开　　本　720 毫米 × 1020 毫米　1/16　印张 22.5
字　　数　302千字　117幅图
印　　数　0，001 — 5，000册
定　　价　78.00元
（印装查询：010-64002715；邮购查询：010-84010542）

编委会

序言

文化是企业的灵魂，反映着企业精神，引领着企业发展，是企业核心竞争力的重要组成部分。当前，世界之变、时代之变、历史之变正以前所未有的方式展开，产业之变、技术之变、竞争之变交织叠加、快速演进，能否有效驾驭复杂变势，打造积极追求卓越、持续创造价值的自驱型发光型"两型"组织，成为企业赢得竞争、赢得未来的必由之路。自驱型组织是指具备自我驱动能力的团队，每名成员都"自带发动机"，具有较强的学习能力、创新能力、协作能力和自我管理能力。发光型组织是指价值创造型团队，最鲜明的特质是以价值创造为组织核心价值观，具有健全的价值创造体系，持续贡献经济价值、社会价值和环境价值。"两型"组织的基本内涵与鲜明特征，凸显出文化内在驱动对于未来组织建设的极端重要性，要求我们必须将文化建设摆在企业全局工作的重要位置，系统打造卓越组织文化，探索一条符合时代特征、行业特色、央企特点的文化赋能企业高质量发展之路。

强化战略牵引　厚植文化内核

企业战略集中体现并深刻塑造着企业文化。公司新一届领导班子组建以来，坚持新思想引领、新理念先行、新战略制胜，紧紧围绕央企姓党、央企为国和发展企业、创造价值的“两个初衷”，坚持长远眼光、系统观念、历史思维、国际视野，深入研究制定并大力践行《关于全面加强党的领导、加快高质量发展、深化系统改革和加强科学管理的若干意见》、“1466”和新能源、新基建、新产业、新材料“四新”能建战略，明确提出并全力贯彻公司创新、绿色、数智、融合“四大”核心发展理念，系统绘制以具有能建特色的战略性新兴产业和未来产业为核心重点、以打造“四新”能建为核心支点、以推进“四大转型”为核心路径的清晰“战略地图”，系统回答了新时代新征程企业要实现什么样的发展、怎样发展的新命题，深度回应了广大职工求新求变的强烈愿望，激发起了强烈共鸣与创造热情。

“一切聚焦价值创造”成为公司核心价值观。围绕“价值导向”，公司上下积极筑牢价值创造之本，追求做正确的事并产生直接价值，追求管理的有效性产生更大价值，追求打造具有生命体特征的“两型”组织持续产生长期价值“三大使命”。着力锻造价值创造之魂，建立健全卓越价值创造体系，扎实开展对标世界一流价值创造行动，持续全方位提升企业长期价值、本质价值、高端价值、总体价值创造能力水平。持续展现价值创造之为，围绕企业的经济、政治、社会“三重属性”，坚持“八端发力”，提升“五大价值”，将企业发展融入到为人民谋幸福、为民族谋复兴、为世界谋大同的愿景追求中。遵循以“苦干”创造基本价值、“实干”获得持续价值、“巧干”收获倍增价值的原则，让价值创造者受尊重、有地位，让实干者安心干实事，让业绩贡献成为最靓名片。

企业新战略与核心价值观成为引领企业文化变革创新的基本指引和内在驱动，正有力促进广大干部职工自觉把个人奋斗目标、人生追求同企业发展紧密结合起来，主动扛起深化改革、推动发展的重大责任，在爱党爱国爱企的创造奉献中实现人生目标和理想抱负，不断汇聚企业发展的合力。

坚持守正创新　重塑文化体系

习近平总书记指出，文化是最需要创新的领域。坚持守正创新，在实践创造中进行文化创造，在历史进步中实现文化进步。公司立足企业长期以来形成的优秀文化，结合时代新要求，将重塑行为文化作为企业文化落地的重要内容，系统打造争先、实干、创新、协同、合规“五大文化”，建设世界一流卓越文化体系。

全力塑造争先文化。坚持争先为要，传承“人皆可为尧舜”“圣人必可学而至”的敢为人先精神，让勇争先进、创造一流、追求卓越成为优秀品格和文化底蕴。倡导坚持高站位、大格局、宽视野，强化“不进则退，慢进也是退”的竞争意识，迎难而上、逢冠必争，大力建设世界一流企业，反对守成思维、惯性思维、畏难情绪和等靠要思想。

全力弘扬实干文化。坚持实干为本，始终以实事求是、踏实苦干为导向，让重实际、说实话、务实事、求实效成为鲜明底色与厚重品格。倡导在生产经营管理各项工作中突出体现实干评价标准，让创造价值者受尊重、有地位、心无旁骛干事业，反对形式主义、官僚主义、享乐之风和奢靡之风。

全力培育创新文化。坚持创新为魂，大力推进思想解放、尊重首创精神，让创新创造、日新日进成为内在追求和价值导向。倡导新思想引领、新理念先行、新战略制胜，前瞻性发展战略性新兴产业和未来产业，全面提升科技创新能力，坚持“三个区分开来”，为干事者撑腰鼓劲，为创新发展解压松绑，反对保守思想、教条主义、路径依赖。

全力厚植协同文化。坚持协同为重，弘扬和合同心、和衷共济精神，树牢大局意识、全局意识、团队意识，让高效协同成为硬约束。倡导系统思维，以系统科学、系统方法研究解决问题，推进各板块之间、职工之间密切联动，促进深化合作、实现共赢，反对各自为政、各自为战、各行其是。

全力建设合规文化。坚持合规为基，守牢依法治企、从严治企、合规运作底线，让守法诚信、合规经营成为鲜明底色。倡导遵循“守法诚信、行为合规、风险可控、行稳致远”的理念，严格执行“三个不得”“十个严禁”，反对有法不依、有令不行、有章不循、有禁不止。

“五大文化”理念的提出和体系建设，呼应时代、符合潮流，各有侧重、相得益彰，全面阐释了新时代能建人的崇高价值追求和崭新精神风貌，必将成为打造“四新”能建的最深沉、最持久的强大自驱力量。

更加聚焦于人　加速文化转化

人是文化创造的主体，是推动文化更新与内化转化的根本力量。新时期推进“两型”组织文化建设，必须更加聚焦于人，围绕“关键少数”和“绝大多数”，有针对性地实施适合企情、满足需求、灵活高效的系列举措，持续推动文化赋能更加具体化、实效化。

全面提升班子“三力”。纵深推进“三力”建设，既是深化企业文化建设的必然要求，也是企业文化内化转化的具体体现。深刻理解企业家精神的本质内核，大力弘扬企业家精神，聚焦战略家、创新家、实干家“三家”特质，大力锻造真抓实干、马上就办的过硬执行力，突出抓好战略落地、制度执行、重大任务落实，大力营造重实干、重实绩、重担当的浓厚氛围；凝聚团结奋斗、干事创业的最大合力，倡导讲格局、讲团结、讲规矩“三讲”，合力营造干事创业政治生态与文化；激发争先创优、敢打必胜的坚强战斗力，坚持勇攀“最高峰”、勇闯“深水区”、勇于“作斗争”“三勇”，不断激发强大的自驱力和战斗力，推进文化建设迈上更高水平、形成更加显著成效。

全面提升学习能力。紧密结合“两型”组织建设要求，坚持“学习是根、思想是魂”的理念，不断提供丰富学习资源、培养全员自主学习能力，持续推动思想再解放、再丰富、再统一，切实提升思想高宽深厚温“五度”。打造“四位一体”培养体系，构建大格局、大平台、大资源、全体系、全覆盖“三大两全”的培训系统，在工程项目、科技项目、管理创新项目前沿，搭建各类人才在不同企业、不同行业、不同岗位历练平台，不断提升职工的专业素养和竞争优势，让浓厚的学习文化成为涵养推动企业高质量发展的不竭力量之源。

全面完善激励机制。强化激励是公司文化的鲜明特质。近年来，公司大力实施“人才强企”战略，推进“人才能建”工程，打通各类人才发展赛道，建立纵向贯通、横向融通的“四通道四层次”岗位体系，激励各类人才各展其能。持续优化考核激励和收入分配机制，着力构建全面薪酬体系，全面落实“3＋2”激励方案，探索实行薪酬试验区政策，绩效分配坚持多、快、好、省“四劳多得”，突出业绩导向，让职工感到自身的价值与成就，进一步激发全体干部职工干事创业的积极性、主动性和创造性，不断创造更多更高质量的物质财富和精神财富。

文化是凝聚力量的精神纽带、推动发展的重要支撑。文化的力量深深熔铸在广大职工的生命力、创造力、凝聚力之中，只有让文化建设的“灯火”点得更亮，文化传承的“薪火”烧得更旺，广大职工的主体作用才能发挥得更加充分，企业发展的不竭源泉才能奔腾涌流。面向未来，我们将深入学习贯彻习近平文化思想，以更大力度、更实举措推进企业文化建设，产生更高质量文化成果，奋力谱写全面建成高质量发展“四新”能建、建设世界一流企业的文化新篇章。

中国能源建设集团有限公司党委书记、董事长

目 录

历史之溯

域内之彩

海外之光

人文之影

历史之溯

『三三〇』，忘不掉的符号

黄志光

1970年，我在武昌读初中，与父亲通信的地址是“宜昌清江鄂西水电工程指挥部”。到了11月，父亲来信的地址变成了“宜昌长江三三〇指挥部612信箱”。我往这个信箱只寄过一封信，是对父亲来信的回复，也是对新地址的确认。

匆忙上马

1971年元旦刚过，父母带着我们从江汉关启程，溯江而上，在船上窝了三天三夜来到宜昌。鄂西水电工程指挥部是1970年初为兴建清江隔河岩水电站而组建的，省内各路人马陆续会集到宜昌地区长阳县境内的清江边，计划“五一”响炮动工。

据说一位工程师对军代表建议，上隔河岩不如上葛洲坝，葛洲坝是三峡工程的配套工程，跟“高峡出平湖”宏大愿景相联系。时任湖北省革委会副主任的张体学十分赞同这一建议，他熟悉水电工程，常去丹江口等水电工地现场解决问题。他知道省水利厅几个工程团没有事干，都在城市搞运动，而且丹江口工程快完工了，大批水电职工需要更大的工地才能消化。

湖北省、武汉军区联名向中央递交《长江葛洲坝水电工程简要说明》，正式提出先上葛洲坝的意见。1970 年 5 月，水电部军管会向国务院递交《关于停建鄂西清江水电站、兴建长江葛洲坝水利枢纽的报告》，葛洲坝工程被提上议事日程。

1970 年 10 月，武汉军区向中央呈送《关于兴建宜昌长江葛洲坝水利枢纽工程请示报告》，代号“三三〇”，以纪念 1958 年 3 月 30 日毛主席视察长江三峡。

1970 年 12 月 26 日，毛主席在七十七岁生日那天，在报告上批示：“赞成兴建此坝。现在文件设想是一回事。兴建过程中将要遇到一些现在想不到的困难问题，那又是一回事。那时，要准备修改设计。”

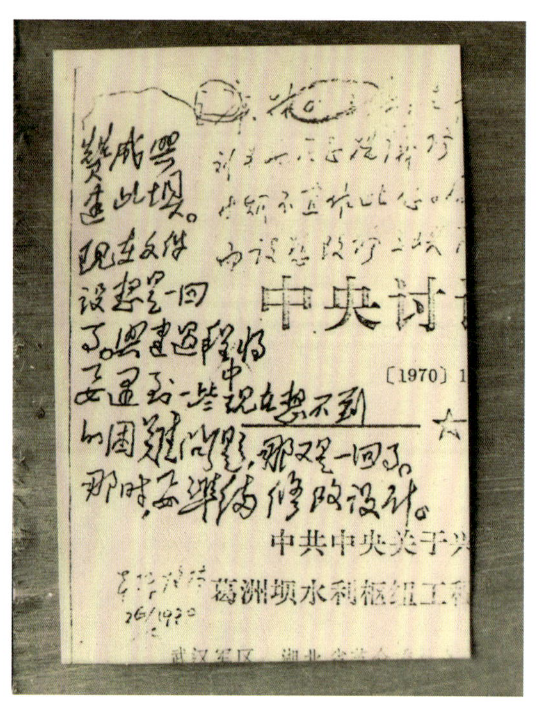
赞成兴
建此坝。
现在文件
设想是一回
事。兴建过程中将
要遇到一些现在想不到
的困难问题，那又是一回事。
那时要准备修改设计。

中央讨

〔1970〕1

中共中央关于兴

葛洲坝水利枢纽工

毛泽东主席对兴建葛洲坝的批示

岁月似火

宜昌工地现场在批示传达的第四天，于1970年12月30日召开了万人誓师大会，万炮齐鸣，破土动工。不叫开工典礼，是誓师大会，誓师大会的语境是不完成任务决不收兵。

1972年1月，湖北省委、武汉军区党委联席会议确定，曾思玉将军任第一指挥长兼第一政委，张体学任指挥长，张震将军任政委。副指挥长、副政委27人，由部队、地方领导及工地领导、专家分别出任。

快速汇集到三三〇工地的施工队伍主要由四部分组成：水电方面有鄂西水电工程指挥部、丹江口水电十局、长江水利办陆水施工总队、山东马颊河水电十三局等，约一点二万人，分三个分部编为十一个团；民兵队伍有恩施、咸宁、荆州等地区的三个民兵师，约三点八万人，编为二十三个团；勘察设计队伍来自长江水利办和长沙水电勘察设计院，编为勘察设计团；国务院调来工程兵六十一支队，共五千人，是工地装备最好的主力队伍。

那是一个火热的年代，因战备疏散需要，一大批内地骨干军工单位、国企、科研院所转移到大三线，在葛洲坝鸣炮誓师时，宜昌及周边同时成为三线建设的大工地，鄂西成为三线建设的“第一线”。

1969年，兵器部太原机械厂迁驻宜昌县姜家庙，代号809。

1970年，海军715所在宜昌县晓峰乡建成，代号706。

1970年，767、769陆军两所野战医院奉调宜昌。

1970年，八机部066基地在远安县动工。

1970年，827厂在宜昌县莲沱兴建，全长32公里的宜莲公路在西陵峡的崇山峻岭间同时动工，解放军374部队、核工业部22公司参建。

1970年，六机部403厂在宜昌市东山破土动工。

1970 年，鸦鹊岭至官庄铁路、东风干渠、焦作至柳州铁路宜昌段同时开工建设。

1971 年，海军 710 所在宜昌县艾家镇建成。

1971 年投产的宜昌纺织机械厂，是纺织部组织沈阳、天津、上海等地纺织机械厂内迁建成。

电线厂、钢球厂、轮胎厂、电子管厂、硬质合金厂、制药厂等都是 20 世纪 60 年代末建设的。

20 世纪 70 年代投产的中南光学 388 厂、长江光学 288 厂、向阳光学 238 厂等，是解放军研发光学仪器、精密器材及成套装备的骨干单位。

1970 年为葛洲坝配套的东山大道兴建。

从 20 世纪 60 年代末起，宜昌街道上挂出的“代号单位”“部属机关”的筹建处、办事处、指挥部、工作组的牌子多得数不过来。公路上卷得尘土飞扬的汽车许多挂着军牌，不同番号、成建制的部队进驻宜昌执行战备任务，数十个县的民兵师、团在宜昌周边集中，仅鸦宜铁路高峰期就有十万人在工地。

清晨，三三〇工区大喇叭同一时间吹起床号，夜晚，熄灯号又此起彼伏响成一片。十里工区，前方后方，没有听不到高音喇叭的地方。

作为县级市的宜昌，人口刚过十万，工农业基础薄弱，是纯消费城市。短时间内涌入超过城市人口数倍的建设大军，生活物资供应原本就脆弱，瞬间几乎崩溃，人们的衣食住行面临着极大的困难。

步履蹒跚

我家借住在望洲岗一户农民的夯土屋里，从大门进去是堂屋，堂屋左边一间住着我们一家六口，堂屋右边两间，一间住房东老两口，一间住他们已成年的儿子。堂屋后面是灶房，猪舍和茅房与灶房仅一墙之隔。

堂屋用扒钉固定树木支起一个大通铺，铺上并排摆放着花花绿绿的被子、枕头，修鸦宜铁路的宜都县民兵团的八个人住在堂屋里。

一位工程师曾这样记述当时的情景："1970 年 7 月酷暑，我在鄂西工程指挥部搞设计工作。夜晚和白天一样闷热，办公和住宿都在一间低矮的小屋内，自备芭蕉扇，没有电扇，没见过空调。小小的窗子不开不行，开了也不行，窗外数步是露天简易公厕，散发奇臭。窗户一开，绿头苍蝇和嗡嗡蚊子似流水般全涌进来了。白天晚上赤膊上阵，汗流如注，汗巾拧得出水来。晚上工作到深夜，夜深人静时，赤身裸体，在月光下舀出水缸里的水冲凉……"

我在市里上学，因上学路途太远，中午就在学校食堂搭伙。早上上学我见推土机在山坡上推土，下午放学时，那里已搭起一排芦席棚。一天一个样，几天工夫已是满山的芦席棚了。今天走过的路明天可能就无路可走了，被推土机推了，得重新踏出新路。

学校午饭后我去同学家串门，北门、红卫路、土街头一带离工地近一点的单位、居民家里，都住满了来自全国各地的建设者。

菜场里排队买菜的板车一辆紧挨着一辆，从菜场里面排到外面，在街上排成长龙阵。单位食堂采购员起早贪黑在菜场蹲守，都不一定能买到菜。

宜都县的民兵在堂屋开会，三十岁出头的女营长兴奋地告诉大家，从县供销社搞到一大坛子辣椒酱，辣椒酱拌饭可以对付一阵子了。

骤然集聚的人口，破坏了城市物资供应的平衡。持续推土抢建工棚，摧毁了原生植被，扰乱了局部生态小环境。坡上坡下推出的新土，一遇雨天就遍地泥泞，棚内棚外一个样子。穿着劳保长筒雨靴的工人豪气万丈、趾高气扬地走在上班路上，溅得泥水四射。学生雨天上学时，既要躲车，还要避人，左躲右闪还是弄得满裤腿泥巴，分不清鞋袜。想要一双长筒雨鞋，市内根本买不到，父亲找到劳保仓库花五毛钱买了一双回收的旧雨靴，解除了我雨天上学的困扰。这双雨靴一直伴随着我，直到1977年，我从知青点到三三〇指挥部报到。

三三〇指挥部设在宜昌县第二高中校园内，我到过那个学校，门口有红卫兵值勤，二中迁走后这里就由“硬骨头六连”的战士值勤了。给三三〇腾地方的还有宜昌县政府（长江水利办代表处驻地）、县党校（物资局驻地）、县医院（三三〇前方医院驻地）等。宜昌县政府各机关从市郊镇境山下搬到五公里外的小溪塔，另起炉灶。三三〇最初的正规房舍，就是宜昌县贡献的这几处地方。

1971年4月，上下游围堰在红旗招展、喇叭高叫、人挑肩扛的人海会战中，抢在汛期到来之前完成，但接下来的基坑开挖和大坝混凝土浇筑却不知所措。枢纽方案没有确定，没有初扩设计，没有单项技术设计，在哪挖、挖成什么样子，没有人清楚。

1971年4月至7月，指挥部组织国内专家、勘察设计团及各分部技术人员千余人群策群力，突击搞方案、搞设计。如果说上下游围堰会战是开工后第一战役，第二战役应该是这两个多月的设计会战了。突击设计会战的初步成果是提出了三个方案，各有利弊，意见不一，于是就搭了个大棚子，分别建了三个方案的模型进行试验，同时在武汉、南京、宜昌、北京等地建了实验室。

1972年，在方案存在争论的情况下，大坝主体开始浇筑混凝土。坝段现出雏形，形象进度夺人眼目，几处暗灰色水工建筑物从基坑渐渐长高。

1972年11月，主体工程暂停施工，技术上由长江水利办负总责重新全面规划设计。三三〇指挥部改名三三〇工程局。停工期间，工地开始兴修水泥道路，兴建砖混结构正规楼房。

主体工程暂停施工，意味着工程方案要做重大调整，已完成的主体建筑要推倒重来，也意味着前期投入交了学费。

“吃饱喝足”

1974 年 9 月，国务院批准修改初步设计。10 月，已停工两年的主体工程按确定的方案恢复施工。新方案对枢纽布置的基本概念是，大江装机 14 台，二江设 27 孔泄洪闸，装机 7 台，大江、三江布置 3 个船闸，三江设六孔冲砂闸，总装机 271.5 万千瓦，泄洪能力 11 万立方米 / 秒。

主体工程复工后，工程技术问题基本解决，施工队伍吃了定心丸，踌躇满志。经过两年停工建设，工地住房、交通条件得到改善，工地办起了中、小学和幼儿园，开设了商店、粮店、肉店、菜场，胶鞋有地方补了，衣扣有地方钉了，工程局逐步建立起前方后方相互支持的机构、设施，一个成龙配套、自成体系的三三〇“小社会”初现端倪。企业办社会，是特定时期特定条件下企业求生存的举措，是在为社会承担压力，也是社会逼出来的。

持续不断的政治运动纷扰，造成了国民经济严重停滞，交通运输等基础设施滞后的短板凸显，不能保障大工程大建设“重口味”的基本需求。工程主辅材料、电力供应、大件运输、物资供应等严重困难。主辅工程的短缺运行成为常态，甚至停工待料，干干停停。

1977 年 3 月，李先念副总理做出物资供应要让葛洲坝“吃饱喝足”的批示。针对系统问题，国务院组织协调各地各部门，交通运输优先满足重大项目需要，大型进口施工设备开进工地，地方政府主动解决生活物资供应。改革的春风在荡漾……

葛洲坝工程迎来了稳定高效、高质量施工的黄金时期。

水电丰碑

葛洲坝工程从1970年底三江河滩的万人誓师大会、1981年一期工程完工，到1988年底全面竣工，历时18年，投资48.48亿元。

最终呈现的葛洲坝工程枢纽全长2606.5米，坝顶高70米，最大坝高53.8米，库容15.8亿立方米，共装机22台，总装机容量273.5万千瓦。

到2021年7月，葛洲坝电站累计生产清洁能源6000亿千瓦时，累计过闸船舶超256.6万艘次，货运总量超18.8亿吨。

葛洲坝工程在技术上攻克了20世纪70年代在长江建坝面临的泥沙、航运、截流、大型机电设备制造安装等一系列工程技术难题，为三峡工程积累了丰硕的科技成果和实战经验，极大地促进了我国水电装备制造业的创新发展，是真正的水电丰碑和名副其实的民族水电工业摇篮。

“建坝育人”是三三〇工程局重要的工作遵循，也是几代三三〇人不懈的追求。从葛洲坝走出来的新老三三〇人，在隔河岩、在三峡、在向家坝、在溪落渡、在乌东德、在白鹤滩、在中国及世界的江河上自由挥洒，再造河山，建功立业。

每到3月30日，我总会涌出些或有趣或无聊的情怀。五十多年了，那些刻骨铭心的苦和累，那些与天斗、与地斗的喜与悲，那些出神入化的传奇人和事，都将随风而去，唯有奇迹般的座座丰碑，矗立在祖国的江河之上。

一个写入生命的名字

喻碧

转眼，父亲节又至，而我却再也没有了父亲。

三年多以前，父亲在他 68 岁生日刚过没几天，怀着对美好生活无限的留恋，怀着对未来幸福生活的期冀，静静地走了。留给我们的是他曾参与建设过的那无言的世纪丰碑，是勤俭节约、吃苦耐劳、敢于担当的精神品质。

兵娃子

父亲出生于新中国成立初期，名叫喻祖兵，之所以取这个名字，是因为爷爷奶奶感恩于共产党、解放军将他们从水火中拯救出来，希望父亲以后当兵保卫祖国。

父亲 18 岁时，奶奶响应国家号召，将正值青葱年少的父亲送入了部队，奶奶希望父亲在部队好好磨炼，学本事，增本领，有机会保家卫国。父亲佩戴着大红花，身穿绿色军装，告别亲人，坐汽车、乘轮船，辗转几天几夜，长途跋涉，到达了心中向往的绿色军营，成为一名真正的“兵娃子”。

父亲很珍惜在部队学习锻炼的机会，作为通信兵，他熟练掌握使用各种通信设备。业余时间，他学习写字，自学文化课，其中居然还包括英语。难以想象，小学没有毕业的父亲，却自学了英语，后来还成为我的英语启蒙老师。

父亲写得一手好字，飘逸洒脱的那种，他一向以此为傲，我也从小就模仿父亲的字体，所以我写的字似乎带有父亲字体的风格。

父亲说，部队是个大熔炉，在那里，他不仅学习了军事技能，学习了文化知识，更重要的是，他深深体会到报效国家、献身使命是具体的，只有立足本职，练就过硬本领，才能更好地履行使命、不辱使命。就是因为怀揣报国梦想，服役期间，父亲苦练本领，钻研业务，多次出色地完成了上级交办的各项任务。

船拐子

1971 年，父亲三年服役期满转业。那时正值葛洲坝水利枢纽工程开工建设。

随着工程开工，十几万建设大军，从祖国的四面八方会聚到宜昌。父亲服从组织安排，也成为葛洲坝建设大军的一员。父亲说，他生在和平年代，当兵时没有打过仗，但能参与到葛洲坝工程的建设，也算是为国家贡献了力量。

因为父亲在部队对机械设备有一些了解，他被分到葛洲坝路桥公司的前身三三〇指挥部砂石分局，成为 752 采砂船的一名轮机操作手，主要负责从河下开采砂石供葛洲坝工程建设使用。父亲曾自我调侃地说，他就是我们现在常说的葛洲坝的“船拐子”。

我小的时候随父亲在这条船上玩过，船几乎都是停在江中心，只有检修的时候才会靠岸。

这只船船体很大，共四层。第一层主要是船舶发动机等。第二层是可容纳几十人的餐厅，还有厨房，里面弥漫着米饭的香味，这也是我最喜欢去的地方，既可以吃饭，又可以在餐厅看电视。

第三层是船员房间，估计有二十多间，空间很小，里面有一张高低单人床，一张写字桌，其余基本没有多余的空间了，窗户是圆形的，就如坦克的开闭窗。

第四层便是操作台，有好几十个不同颜色的按钮，我曾看过父亲操作，备感神奇。随着父亲按下按钮，船体外的砂驳一会儿进入江底，一会儿满载沙子出水运送到旁边等候的运输船。可是在感觉神奇的同时，也因噪声太大而难以忍受。可父亲就是在这样的环境中工作了近二十年。

曾问父亲干吗不换个工作，在船上，工作环境单调枯燥，噪声又大。父亲说："工作总得有人干。再说了，我的工作环境算是很好的了，住在船上，生活设施齐全，好多葛洲坝人住的是芦席棚，或干打垒。相比之下，我算是很幸福的了。"

我们举家从老家搬到宜昌，住了好几年的芦席棚，就是那种墙体由红砖砌成，屋顶盖有牛毛毡，夏天似蒸笼，冬天勉强避寒风的简易房子。芦席棚是当时葛洲坝建设者施工期间曾住过的工棚。

后来，随着城区改造，那些有着深深历史烙印的芦席棚便成为葛洲坝人永远的回忆，而我的父母也搬入公司建的经济适用房。

父亲一辈子话少，很少讲起他工作上的事。

一次偶然的机会，与父亲聊到了葛洲坝大坝合龙的情景。父亲说，葛洲坝工程建设时遇到的最大难题便是在每秒 4720 立方米流量的长江上进行大江截流。截流能否成功，直接关系到整个葛洲坝工程的成败。

父亲所在的 752 采砂船也承担了合龙的任务。在合龙前，也就是 1980 年底，单位进行了总动员，职工分成几批，党员冲锋在前，随时做好牺牲的准备。第一批牺牲了，第二批上……

采砂船

说及此，父亲笑了笑说，还好最坏的情形没有出现。原计划 7 天完成截流，结果只用 36 小时就完成了。

1981 年 1 月 4 日 19 时 53 分，大江截流戗堤胜利合龙，实现了中国水利水电建设史上的一个创举。

父亲说，当时我妹妹出生才五天，他没有在旁照料我母亲，这事挺对不住我母亲的。说及此事，父亲仰起了头，我分明是看到了他眼里的泪花。父亲用几句话似乎是轻描淡写地描述了当时合龙的情形，可那惊心动魄的过程，只有老一辈葛洲坝建设者方能理解。

砂石佬

1988 年 12 月，随着最后一台机组投产，葛洲坝水利枢纽工程全部建成，葛洲坝集团也开始由指令性计划向市场经济转轨，在市场经济的大浪潮中全面抢占水利水电工程市场。

作为“船拐子”的父亲也告别了工作近二十年的 752 采砂船，奔赴清江隔河岩水电站，从一名船舶轮机工成为一名主要从事碎石筛分运输的皮带工，成为一名“砂石佬”。

当时完全使用的是传统的生产技术，砂石破碎时灰尘满天飞、声音震天响，蜿蜒几十米的皮带机整个裸露在外面，每隔一段就需要一名工人守着，谨防皮带断裂等安全事故发生。

在这样的环境中工作，两个人面对面说话也只能靠吼，要不然听不清。工作一天下来，工人从头到脚落满了灰尘，完全成了一个“灰人”。据此可以想象父亲当时的工作环境。

后来，我给退休在家的父亲讲起现在砂石生产工艺，父亲没有为当初工作环境艰苦而抱怨，而是为公司的发展感到开心。他说时代在变化，公司在发展，你们赶上了好时代，要好好工作，最起码对得起公司给你们发的工资。

没有豪言壮语，父亲却用最朴素的语言表达出一名老党员、一名普通职工的强烈责任心和对企业的深深情怀。

1995 年，随着三峡工程开工建设，父亲又根据公司安排，奔赴三峡古树岭人工碎石加工系统。

古树岭人工碎石加工系统是当时世界上最大的人工碎石加工系统，每天源源不断地为大坝输送着骨料，是整个三峡大坝的主要“粮仓”之一。

作为带班班长，父亲很少请假回家，不顾震耳欲聋的碎石噪声、呛人难受的粉尘，每天与工友一道坚守现场，跟踪监测设备运转，查看砂石破碎筛分情况，为的就是确保大坝浇筑的顺利进行。

为此，我母亲也会有抱怨，说父亲对家里三个孩子不管不问，只顾着工作。说他只不过是一个普通工人，需要那么拼命吗？不善言语的父亲没有与我母亲做过多的争辩，只是说，虽无官无职，但凭一份责任心，尽力把事情做好，让母亲多理解。

母亲本是通情达理之人，小小的抱怨也只是不想让父亲那么辛苦。对于执拗的父亲，母亲终究没再说什么，只是叮嘱父亲注意休息，保重身体。但父亲依然如故，一直忙碌在三峡建设的一线。

1997 年 11 月 8 日，江泽民总书记和李鹏总理亲临二期上游围堰戗堤龙口，8 时 30 分，下达了大江截流合龙令。

3 发信号弹腾空而起，在上、下游龙口的 4 个堤头整装待命的 400 余辆自卸斗车长龙般开始轮番发起背向江流的抛填……15 时 30 分，上游围堰的戗堤合龙，大江截流首先在上游龙口一举成功。

三峡水利枢纽工程古树岭人工碎石加工系统

18 时 30 分，下游围堰戗堤在暮色中又胜利合龙。大江截流至此圆满成功。

守在公司项目部电视机前的我，努力在现场欢呼的人群中寻找父亲的身影。

那个时刻，我是开心的，我是自豪的，因为这即将建成的世纪丰碑中凝结着我父亲的汗水与付出。

路桥人

三峡完工，水电市场也在逐步萎缩。由于公司任务不饱满，一些职工在家待岗，父亲也成为一名待岗人员。

劳碌了一辈子的父亲在此期间也没有闲着，他收过废品，也卖过小菜，经常深夜 2 点到大公桥进菜拖到西坝菜场卖。然而并没有赚到什么钱，赚的也只是卖剩的菜。

母亲曾笑父亲虽然跑得欢，钱却没赚到，还不如在家待着，说我参加工作了，她做裁缝也能赚些钱，一家人节约着也能过。

乐观的父亲却自嘲地说，他主要是为了了解民情，不在于赚多少钱。他说他相信公司的困难是暂时的，过不了多久，他便会重新上岗。

正如父亲所预料的，他在家待岗时间并不长，1998 年，公司从水电领域转战路桥领域，并成功中标了公司第一条高速公路项目——贵新高速公路，并以贵新高速为发端，先后中标砚平、元磨、山西祁临等高速公路项目。于是父亲又转战高速公路项目，成为一名路桥人，直至退休。

母亲曾说父亲是个全才，懂机器，开过船，做过皮带工，还能修路。父亲说，这都是公司给的平台，公司转型，职工不跟着进步，如何跟得上公司发展步伐。

父亲退休在家后，在含饴弄孙的同时，仍关注着公司的每一点变化。

每每讲起公司的发展，父亲的喜悦之情便溢于言表。

天不佑人。2017 年 9 月底，当一家人正准备回老家过国庆时，一向康健的父亲，却突患重疾，于我们就如天塌一般。可乐观的父亲却反过来劝我们。

父亲病重时，还常常念叨想回宜昌，想看看葛洲坝，想上三峡坛子岭。可父亲的病情一天天在恶化，到 2018 年 8 月初，走路已是很勉强，意识已不太清晰，医生让我们做好最坏的准备。

母亲说：“叶落要归根，送你爸回老家吧。”我们听从母亲的安排，将病重的父亲送回老家。回到老家县城，推着轮椅上的父亲出了火车站，我问父亲：“爸，您知道这是哪里吗？”声音早已嘶哑的父亲用很微弱的声音说：“葛洲坝。”

泪水瞬间涌出了我的双眼，我的父亲啊，您一辈子奋战在葛洲坝，在生命最后的时刻，您心里想的还是葛洲坝啊……

父母家的老照片

肖泉

老照片是在完全封闭的暗室中，用感光纸放在照相底片下曝光后，经显影、定影而成的图片。随着数码相机的流行，老照片逐渐失去了市场，淡出了人们的视野。但这些老照片记录了父母的故事，留住了他们的青春，留给了我们思念。

那时的爱情

我帮憨伯老爷子校对关于“文革”的小说稿，篇幅长达五十多万字。从开头的定情，到书写了一大半，女主角和男友见面不超过三次，没有任何实质性进展。我真替他俩着急，觉得是不是老爷子年纪大了，已经忘记了怎么谈恋爱。跟父母吃饭时，我聊起了这事，父母却给我讲了他们那个年代的故事。

爸爸不声不响翻出了他们的老照片给我看。

妈妈那时是个劳模，不幸在“文革”中站错了队，被造反派当作“保皇派”揪斗、抄家。父母恋爱时的两地书，被造反派们抄家时查获了。在那个情感干涸如沙漠的年代，造反的年轻人如获至宝，堂而皇之打着

年轻时的母亲

革命的旗号来进行审查批判。

妈妈说："他们在一个大食堂里，每个人抢了几封，四散蹲着，津津有味地翻看，像看爱情小说似的。"

"但他们啥也没翻到！我们谈的都是单位开展运动的事和学习毛主席著作的体会，没有一句谈情说爱。"妈妈娓娓道来，充满自豪。我听了后，默然无语。

那时的生活

照片上的小男孩，是父母的第一个孩子——我的哥哥。据说只有他继承了父母的相貌，可多年来父母从不跟我们提及。

1968年，"文革"正如火如荼时，哥哥降生了，生下来后放在暖箱中保暖。那时候的暖箱，就是一个铁柜子下面放个电热炉烧着。护士们批斗反动技术权威去了，忘记了在暖箱中的孩子。父亲十分着急，四处

妈妈抱着哥哥

找护士开箱查看。等护士找来了，哥哥已经小脸酱紫，浑身大汗。不久，哥哥就出现了脑瘫症状，一岁时便夭折了。父母后来一连生了三个女儿，妈妈只是偶尔说命中无子，其余不愿多说。

妈妈说，那时候葛洲坝工程刚开工，她在大修厂上班，就是现在的机船公司宜昌基地那块儿。当时没有幼儿园，也没有老人帮着带孩子。妈妈每天就在厂门口看值班表，看见哪个女同志倒休，她就央求人家：“帮我抱抱孩子吧，我去上会儿班。”

那时候大家住的是芦席棚，挤挤挨挨一大片，没有水，没有电，没有卫生间。如果一家失火就火烧连营，所以各家不得在住处生火，大人孩子都吃食堂。冬天里照顾婴儿，母亲也必须到食堂的灶上去烧煮食物。隔壁华华和我一样大，她爸爸在房里偷偷生火给她煮奶糕，一不小心把蚊帐燎着了。她爸爸惊恐不已，没水灭火，硬是用手一把一把地撸燃着的蚊帐，手上的皮一块块地掉。我妈妈猛然发现隔壁的芦席顶上蹿出了浓烟，准备扯起摇篮中的我逃出去，结果怎么也拽不起来。她以为有什么鬼怪附身，一下子惊慌得瘫软在地上，原来是我的衣带被栏杆钩住了。后来，华华爸爸不敢在营部疗伤（那时候备战备荒，三三〇工程局是部队编制），跑了几里路到团部医院去看，结果警惕性很强的团部医生向营部报告，他受了处分。我妈妈也因为知情不报，被通报批评。

对妈妈说的这些，我一点印象都没有了，只是恍惚记得小时候我经常在油腻腻的车间里玩。铁钉、螺帽、油棉纱团、金属丝球……都是我的玩具。有时候困了，我就在车间里的长板凳上躺着，巨大的铁风扇吹着，睡着了。记得有一次，我干渴难耐，不肯喝车间大保温桶里带有水垢的水，被妈妈的一个同事带到了她位于厂门口的家里。房间里昏暗肮脏，有股我很不喜欢的味道，她的孩子坐在乌黑的木脚盆里玩耍。她热情地给我倒了杯糖水，但我盯着那浑浊的玻璃杯和她乌黑的指甲，怎么也不肯喝。她只好又把我带回了车间。妈妈再三问我为什么不喝水，我“哦哦呀呀”，怎么也说不清自己的感受。三十多年后，这情景还清晰如昨，后来我把它写进了小说里。

那时候没奶吃，父母就每天深夜起来调奶糕给我吃；冬天很冷，把我和妹妹的鼻涕冻住了，憋闷得直哭闹，爸爸就用嘴帮我们吮吸；家里穷，吃不起水果，妈妈就把红薯削了皮给我们吃，她是个乐天派，笑嘻嘻地说：“人家问你们吃的啥啊，你们就说是苹果！”

那时候，还有很多那时候……

那时的我

妹妹出生后，父母实在没办法，就把我送回了老家，由外婆抚养，很多“葛二代”都是这样。

我一直觉得父母不大喜欢我，那么小就把我送到农村，在垃圾堆上捡甘蔗皮吃，爬树抓鸟滚稻草。等回到宜昌，我已是一个满口乡里话、

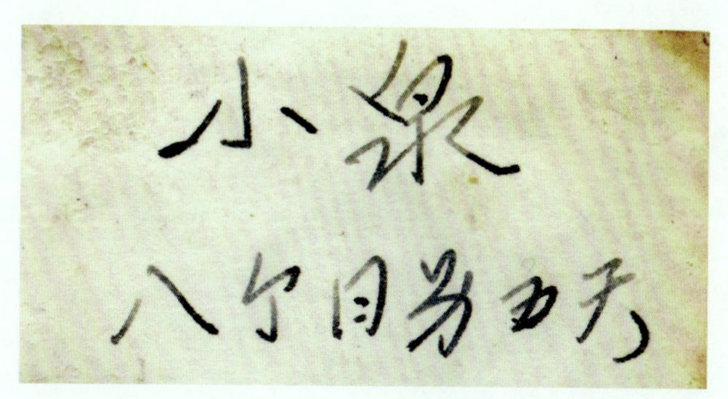

照片背后记录我成长的文字

不讲卫生、脾气暴躁的乡里伢……不肯喊爹妈，天天哭喊“我要家家（外婆）”，大了一点就打两个妹妹，还说谎、偷东西。

瞧，这就是我！人家说我小时候眼睛像圆规画出来似的，这样的小孩脾气坏。我小时的照片，没有一张显得乖巧可爱。其实我一直都是个不大讨人喜欢的孩子，直到我结婚生子后，有天妈妈不经意地说：“老大似乎慢慢变好了。”仿佛印证了弗洛伊德的理论，如果幼年时没有和父母形成依恋关系，需要花大半辈子时间去修补亲子关系。

寡言少语的父亲把老照片都清理了出来，我说我拿去扫描一下。爸爸说：“扫完了给你们姊妹三个都发一下，等过几年爸爸妈妈走了，想的时候就看一看。”我眼泪几乎滚出眼眶，忍着，等平复了一会儿，才瓮声瓮气地道：“莫瞎说。”

扫描照片时，我发现了一张照片后爸爸的字迹。这些照片记录了父母的故事，而这些字迹记录了我的成长。血缘的羁绊和滋养绵长醇厚。幸好，父母都在，我享受和珍惜与父母在一起的每一天。

父亲的初心与梦想

张大学

1995 年 3 月 11 日，难忘那一年、那一天，支部大会通过，我成为中共预备党员。我第一时间将消息告诉父亲，电话里，71 岁的老人像孩子一样激动，连声说："好！好！"

因为，那不仅仅是我政治生命的开始，更是父亲未竟之梦的实现与延续。

一

父亲的梦，几乎不曾和我们说起，只是细细回想时，漫长的岁月，种种"无情"与深情，成长疼痛的皱褶里，它竟无处不在。

父亲儿时被日本人抓去打临工，后来学过木匠活，中华人民共和国成立后跟着当地一个老中医边学边干，当过赤脚医生。上世纪 60 年代，他步入湖北中医学院深造，后进入荆门人民医院。

打我记事起，就听到别人都管他叫"张医生"。后来，病人口口相传，大家都知道他医术好，以至于从荆门县县长岗位调任葛洲坝水泥厂"一把手"的王兰樵点名要他，他又成了一名企业医院的医生，直到退休。

从小，我没觉得他医术有多好，只知道他对我们特别“狠”。

11岁那年，我和姐姐随父亲调动进了城里。那时，城镇户口才发煤气罐儿，我们当然没有，于是一日三餐全指靠一个煤炉子。记得每天大清早，我背着书包和父亲一起抬着炉子出门，放学后再到单位和他一起抬回家。这样，一天下来，既保证炉子不熄，又为他和病人供了暖。虽然吃力辛苦，但也是两全其美的好事。

没想到，却发生了一件不愉快的事。那天，抬完炉子后他让我带上网兜跟进病房，说有一个回族病人经常吃羊骨头，叫我把吃剩的羊骨头收拾起来去卖钱。见我满脸不乐意，父亲什么也没说直接走开。望着他冷冷的背影，想着他紧绷的脸，我只得慢慢蹲下身来。

就在我埋头挑拣羊骨的时候，突然被人用力拍了一下肩膀：“嗨！这不是大学吗？你在这儿干吗？”说话的是我的同班同学刘勇，他来看望他住院的父亲。我一时语塞，脚趾在下面暗暗用力抠地，恨不得当即有个洞能钻下去。也不记得怎么乱编了两句谎话，草草收拾完东西，我以最快的速度冲出病房……

晚上，说着白天的遭遇，我止不住抽泣，满心希望得到父亲的安慰，没想到他却身正言明：“我们一不偷二不抢，勤俭过生活没有什么难为情的。就是穷也要堂堂正正做人，不许说谎！”

父亲对我们是“横眉冷对”，对别人却格外“慈眉善目”。尤其是对他的病人，有求必应，即使是工作时间以外也积极回应。有一次，矿山开采队一个工人家孩子发高烧，深更半夜跑来，把我们家门敲得嘭嘭响。我又困又恼，被子蒙上继续睡，迷迷糊糊只听到客厅里窸窣折腾了一夜。第二天起来，看到满眼血丝的父亲正收拾着准备去上班，这种情况我们都习以为常了，谁也没有多问。

每逢周末和节假日，还常有十里八乡的患者慕名来到家里问诊。遇到经济条件不好的，他都不收人钱，有时远道赶来的遇上饭点儿，还得搭上一顿饭。因为这些事儿母亲没少生气，父亲却全不在意。那些年，他替人看病没有赚到什么钱，但患者送的锦旗却挂了我家一满墙。

再后来，父亲从葛洲坝水泥厂医院内退了，有好心人介绍了一个看门守夜的差事给他。我们都担心他身体吃不消，他却说，只要没有小偷，晚上睡觉比家里还安静，其实大家都明白，他是想多挣点钱贴补家用。

又过了一段时间，这个单位接到上级要求，清理外用工。名在其列的父亲，做了一件让所有人都目瞪口呆的事——他找到单位领导，说自己已经习惯了这种生活方式，愿意继续值守，不要钱。这个“守夜人”就这样奇怪地留了下来。

后来，又发生了一件更奇怪的事。那是1991年，长江发大水，多个省市受灾。一天，赈灾办公室收到了一笔在当时不算小的捐款，署名只有“郭洲仁”三个字。当时，官方媒体还专门发了一篇新闻《郭洲仁！你在哪里？》，一时间，引发全城“热搜”。

最后还是银行营业员揭开了谜底：“郭洲仁”是“葛洲坝人”用荆门方言快读的谐音，他不是别人，就是我父亲！

从头到尾，父亲只字不提，如果不是媒体“曝光”，我们都还蒙在鼓里。当时，父亲已经退休多年，家境并不宽裕，我们都不明白父亲的钱是从哪儿来的，也不明白他为什么要斥此“巨资”还不留名？而后来，类似这样的事情还发生过多次。

二

时间流逝，我们长大了、成熟了，而迷雾一样的父亲，始终站在原地，但他坚硬的轮廓渐渐变得柔和起来。

一时间，思绪如线，瞬间串起记忆中许多的第一次，父亲教我唱的第一首歌是《红星照我去战斗》，送我的第一本书是《雷锋日记》，第一次给我布置的作业，是收听中央人民广播电台播放的毛主席《论十大关系》，带我和姐姐参加的第一次活动，是去企业列车发电站建设工地义务劳动……

“为什么父亲不是党员呢？”曾经多次有过的疑问，再次从心底升起。我一直想探问个究竟，却欲言又止，还是历史给出了答案。

那是1979年的夏天，迟到的春燕传来了喜讯，父亲十多年前划成的“右派”终于被改正了！也就在那一年，大哥光荣地加入了中国共产党！至今还清晰地记得这双喜临门的时刻父亲的样子，他背着手、踱着步子，在屋里到处乱转，嘴里喃喃：“党的光辉终于照亮了咱张家，张家终于有党代表了！终于有了！”

岁月如流，光阴暗度，就这样，又过了一些年。

时间来到了那一年、那一天——1995年3月11日，我成为中共预备党员的当晚，回到家，发现父亲张罗了满满一桌饭菜，专门为我“庆功”。

我没想到他会如此隆重，更没想到的是，就在那晚饭桌上，父亲终于说出了一个他深藏了几十年的秘密——

“当年，除了‘右派’对我的影响，我自身也还存有私心，从三甲医院调到葛洲坝水泥厂医院，既是为了支援三线建设，其实也是为了给孩子们转商品粮户口；我主动向组织提出提前退休既是响应国家政策，也是想尽快腾出招工指标让老三顶职……虽然这辈子我一心向党靠拢，但总觉得这么一个不‘纯粹’的自己配不上，离共产党员大公无私的品格差距还太大，所以我后来倍加珍惜改造自己的机会……”

所有的真相在此刻大白，一切的谜底在此刻揭晓，我傻傻的父亲，我的一生怀揣入党梦的父亲！

“现在我满足了，我的儿子们是党员，都是党员……好，好……”父亲的眼中噙满了泪水。

2003 年腊月，父亲走了，带着一个普通父亲对儿女至深的爱走了，也带着他那份说是“不纯粹”却最为纯粹的初心永远地走了。

父亲未曾在党旗下宣过誓，但他用一生的执着，诠释了一个普通老百姓对中国共产党的由衷敬仰！

在这里，找回尘封的记忆

张冬至　方文祥

一个老物件就是一个故事，一个纪念馆就是一座丰碑。

由一位在职职工发起，在一群离退休职工的积极响应下，经过三年多的筹建，三三〇水泥厂纪念馆惊艳亮相。

时间的脚步

三三〇水泥厂（中国能建葛洲坝水泥公司的前身）是1971年为配套葛洲坝水利枢纽工程在荆门兴建的。选址于荆门，是由于当时皂当公路（天门皂市到宜昌当阳）无力承担大批量水泥的运输任务，遂修建了“三三〇水泥铁路专用线”，铁路专用线从三三〇水泥厂出发与焦柳线并线，在鸦雀岭转鸦宜铁路到达宜昌，2014年，铁路专用线拆除，今仍存零星的铁路遗迹。

在三三〇水泥厂筹建初期，广大指战员们（筹建队伍前期以部队为主）大多挤在芦席棚里，条件十分艰苦。为尽量满足建设者们的生活需求，三三〇水泥厂建立了煤气站，职工可凭使用证前来灌煤气。

1974年，三三〇水泥厂成立职工业余文艺宣传队，集中编创排练

三三〇水泥厂纪念馆外景

歌舞、戏剧、曲艺等节目，在厂内为职工及家属演出，还赴宜昌参加工程局组织的会演。

上世纪七八十年代，露天电影是水泥厂职工最为津津乐道的文娱方式，为此三三〇水泥厂组建了电影队，从电影公司将一盘盘的胶片租回来，给职工放映。

1995 年水泥厂被国务院发展研究中心确认为“全国最大的特种水泥生产基地”，是葛洲坝、三峡大坝等国家重点工程的水泥主供商，成为享誉中国的“大坝粮仓”。

2014 年起该厂淘汰了全部相对落后产能设备，关停拆除原有生产线，进行绿色转型。水泥公司本部由荆门迁至武汉，水泥厂原址只保留家属区和基地办公室。

一个人的起念

对于三三〇水泥厂，厂里的老职工和“葛二代”都有着难以割舍的情感，马罡也不例外。

马罡出生于1973年，未满周岁便跟随父母来到了这里。这片土地见证了一个普通水泥厂向现代化水泥集团的飞跃，见证了老一辈建设者们的不懈努力与进取，更见证了马罡的童年和青春。

时光不会为谁停留。2018年，马罡父母相继去世，他在清理父母遗物时，发现了不少老物件，如奖状、缝纫机等，每个老物件都有一段回忆。

“与其一个人怀念，不如大家一起来纪念，办个纪念馆，把老物件都收集起来，睹物思人，咏物言志。”这个念头在脑海中形成后，马罡便开始积极行动起来，于2019年3月30日建了个纪念馆微信群，这也意味着纪念馆筹建工作正式开始。

众人拾柴火焰高

马罡通过网络和身边人口口相传征集老物件，这一行动得到了“葛泥人”的积极响应，他们送来了与水泥厂生产、生活有关的老物件。

与此同时，马罡发起征文启事，请大家写下自己与老物件的故事，编辑发布在微信群中，让大家通过文字，了解有关老物件的感人故事。

慢慢地，知道马罡牵头筹建纪念馆的人越来越多，大多数人成了他坚定的支持者。鲁太平、王有平、庄万甫、毛淑媛等“葛泥人”成了他的“铁粉”，他们不仅在亲戚、朋友、同事中宣传动员，还积极地给马罡出谋划策。秦洪保、孙康、张勇、官守民等“葛二代”带头捐赠、征集老物件、宣传动员等，竭尽全力，贡献力量，和马罡组成了纪念馆筹建团队。

水泥公司也为纪念馆的筹建给予大力支持，为其提供了宣传、展示的阵地——原退休职工活动室。

水泥公司的在职职工，特别是党员、团员在参观纪念馆后，也纷纷慷慨解囊，为纪念馆捐款，为纪念馆的筹建贡献自己的一份力量，献出自己的一份爱心。

纪念馆一览

目前，纪念馆已有藏品上千件，根据不同类别，马罡等人将纪念馆分为时光长廊、青春赞歌、铁道英雄、大功不言等 10 个区域，主要记录了三三〇水泥厂的发展与在水泥厂工作、生活的人和物有关的老物件和影像资料。

同时，纪念馆的外墙通过壁画的形式，再现了 1971 年三三〇水泥厂会战誓师大会及投产后锣鼓喧天、热火朝天的热闹场景。纪念馆被大家一点一点捡拾的时光碎片拼凑在一起，让这些老物件跨越时间的长河温暖着身边的人。

大家的纪念馆

“纪念馆是大家的”是马罡常说的一句话。

“创业难，守业更难。”纪念馆一般周末开馆，周一至周五也有团队来参观，而马罡在钟祥上班，怎么办？

老职工陈克静听说了相关情况后，便主动承担起纪念馆每日的开馆、闭馆、参观秩序维护和室内卫生等管理工作。

77 岁的鲁太平曾任三三〇水泥厂的党委副书记、厂志主编，对水泥厂的历史比较了解，每次有团队前来参观，他都会义务担任讲解员。

“葛二代”孙娜得知纪念馆的外墙陈旧、墙皮脱落，急需粉刷时，和丈夫付五洲一起担起了外墙粉刷的重任，自费数万元，耗时半个月，让纪念馆焕然一新。

“葛二代”胡国旺自费买来冬青，栽种在壁画下方。荆门水泥公司职工张勇为纪念馆捐赠户外长椅……

传承

每个老物件都记录了三三〇水泥厂在建设初期的艰苦岁月，见证了葛洲坝水泥公司从立足湖北到走出国门的发展史。

“纪念、传承、感恩”，这是筹建发起人马罡纯粹而质朴的初心，他说：“不要因为走了很远而忘记为什么出发，希望新一代的葛洲坝水泥人能够沿着先辈们的足迹，传承先辈们的优良作风，乘风破浪，开创属于水泥公司的新时代、新辉煌”。

敢遣春温上笔端

肖泉

蒋老师走了。周末在家整理书籍时，翻开《葛洲坝集团年鉴》，和蒋豪老师相处的情景一下子浮现在眼前，回忆仿佛冬日的暖阳照耀在心头，温暖在心中荡漾。

2007年我刚进入机关就担负了《葛洲坝集团年鉴》的编辑任务。因为我是个菜鸟，完全不知从何处下手，于是当时的领导程主任考虑再三，带我去求助蒋豪老师。

蒋老师是党校的退休教师，过去担任过年鉴总编辑。那一年他77岁，是个儒雅整洁、谦和有礼的老人家。他一头白发，一丝不苟地梳理整齐，洁净的衬衣领不管多热的天都扣得整整齐齐，皮鞋一尘不染，光可鉴人。他说认识我，原来是2002年我在电视台办公室工作，曾为年鉴写过一条不到200字的条目。依稀记得当时他打电话过来，非常和悦地说："小肖，条目不是这样写的！"根据他的指导，我重新修改后顺利过关。就为这一件小事，他对我评价很高。我想他大概看出了我的畏葸，想鼓励我树立编好年鉴的信心吧。

刚开始我很不喜欢这烦琐又枯燥的工作，经常表现得很浮躁，对一些刻板的体例和规范不以为然，对工作进度缺乏计划，甚至有时会使小

蒋豪老师给学生上课

性子。他一点都不急躁，找来了他以前编的小册子以及年鉴行业的资料让我学习；按照他的节奏，每两三天就送来工作成果，并温和又执着地追问我的进度；对于我工作思路方法上的问题，他及时纠正。即便看出了我的不以为然，他也装作不知道，以他的方式坚持。

作为退休人员，他收集信息是很难的，而且他不会用电脑，视力已经严重衰退，再加之我是个新手，编辑难度可想有多大。我们商量的工作机制是：我将收到的材料草稿打印成纸质送给他，他按部类修改整理好再交给我，我再在电子版上修改后发印刷厂。至于那些要创作的文字，则需要他大段大段地手写，由我输入为电子版发印刷厂排版。至于信息的收集，他则是把过去一年的《葛洲坝集团报》和能找到的总结、汇报、媒体资料等收集起来，一篇篇研读筛选出需要的内容，然后按年鉴体例剪切、修改、润色成稿，往往一个几百字的条目，就重重叠叠、粘粘补补有十多面纸。

他认为我太忙，便坚持由他从葛洲坝党校山上走下来送稿件给我，有时候大热天他一身汗走到我办公室，让我很过意不去，心有触动。而且渐渐地我发现他的稿件内容贴近现实、生动鲜活；手稿字迹苍劲拙朴，用词造句妥帖，从没有一个错别字；所有的修改处都非常规范地使用标准修改符号。一次他举例教我怎么把年鉴的条目写得鲜活：某二级单位首次向全体退休人员发放慰问金，我觉得只发了100元，没有收录意义。他说：虽然钱不多，但这是头一遭，而且有几千人受益，体现了人文，为什么不收录呢？从那时起，我明白年鉴不只是面目冷峻刻板的工具书，应该在许多年后再看，也能感受到温度。

这些事更让我对文字工作有了敬畏。后来我也照猫画虎修改了一些稿件发他审核，只要略有个样子的，他就不吝赞美。直到后来，我能把不同作者写得五花八门的文字迅速地整理成风格统一、体例严谨、精准朴实的篇章，找到了文字工匠的感觉，才慢慢喜欢上了这份工作。我的文字洁癖大概就是那时候养成的，见到一份文稿，常常不自觉地立即上手勾画出字句、排版、标点的错漏，文风也从做传媒时的挥洒浮华变得朴实干净。

后来我很快可以独立作业了，蒋老师不再来了。只是每年出成果的时候我就送他一本，顺便带些零食给他，他就一定要把子女们孝顺他的好东西让我带回去。一次我带我儿子一起去看他，他非常高兴，反复说：你儿子真是非常聪明啊！他心满意足的欢笑，深深感染了我。

一次他给我打电话：你有什么要帮忙的？你一个人编这本书是很忙的，还是那句话，有帮得上忙的一定要告诉我，你不要考虑太多，我知道你的脸皮薄，什么返聘、报酬啊，你通通不用考虑！我们之间是友谊啊。我被来自这个79岁老人的友谊感动。

他其实是个有个性的人，他曾经告诉我：我是不为五斗米折腰的。他也非常热爱寂寞烦琐的年鉴编辑工作。但是出于对我的关爱，一次他在深思熟虑后对我说：你不能一直做这个工作啊！我说我挺喜欢现状啊。

他说你还年轻，有修养、有能力，你可以做更重要的事啊。其实对于我来说很多事情已经不重要了，所以对他的建议我并没有放在心上。但想到像他这样一个洁身自好又甘于淡泊，甚至有点单纯天真的老人，把他平生领悟到的可怜的一点点适者生存的规则倾心吐胆地告诉我，这是多么难得！多年后我真的做了他认为更重要的工作，在这些岁月中我经常感受到六年年鉴工作对我产生的影响，那些淘漉和沉淀、砥砺和打磨，使得我有更好的心态去面对一切艰辛繁难。

听闻他去世的消息，我希望能去送他一程，但听说他的后事一切从简。这也符合他低调朴实的为人，那么就把感恩和思念放在心里吧。

我纪念他的简短文字被他的儿子蒋谦看到，发信问我：还需不需要资料？今天翻阅父亲的日记时，看到2007年有关你们接手年鉴时的一些记载。若需要的话，我可以翻拍相关的内容给你。

于是我看到了他熟悉的手迹，原汁原味的日记截图：

4月13日：新闻文化中心程主任来访，谈了新闻中心的改革，要我去编年鉴，希望带一带新人，我应允了。

4月14日：昨晚考虑编年鉴事，觉得难度很大。2005年我离开，以前的老人都退休了，原来执行的一套制度和规范也丢失了，现在编年鉴的又是一个新手，说是学新闻的，于管理、施工方面也知之不多。我又丢了两年，一些资料都当废品清理卖了，要捡起来还要花时间。越想越觉得对程的应允考虑不周。

4月16日：下午肖泉带小车来接我下去研究工作。她说与前任无法交接工作，没有任何资料，所以心里没有底，开

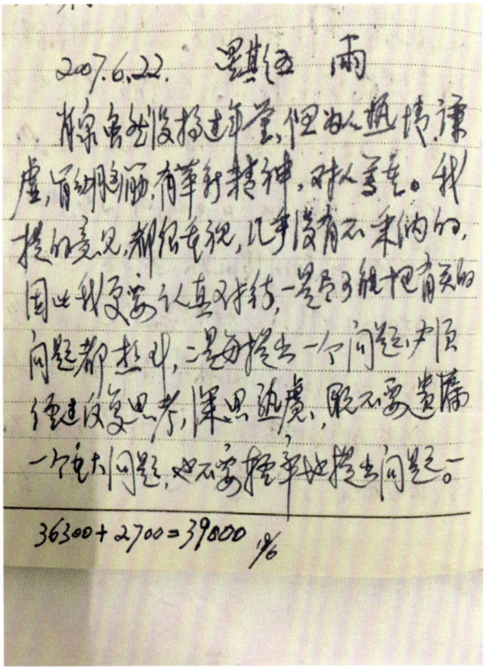

蒋豪老师手稿

口就问我现在该抓什么。我告诉她需要把通知发下去，把撰稿人名单催上来，然后筹备办培训班事宜和抽时间准备综述和大事记的撰写。

4 月 22 日：根据职代会报告提出“突出三大主业”和“由承包商向既是承包商又是投资开发商转变”的精神，设置 2007 年卷年鉴部类。在原来的基础上增加两个部类：企业改革与投资开发。我认为原有的“工业第三产业”部类可以撤销，其内容并入“投资开发”（实际上国家和省地市年鉴也没有把第三产业作为部类设置），只要按产业多设几个分目就可以了（这个意见准备口头与肖泉商）。此外，还拟将原来的“企业要览”改为“成员企业概况”（我一直以为企业要览不确切）。

5月8日：编辑公司2006年大事记，“五一”期间都未能休息，因为已通知5月17日办培训班，要印出来发各单位征求意见。今天终于编完，共54页。

5月9日：把《大事记》整理完，草拟了征求意见的便函，于下午送给肖泉。她拿到后说她来打印，我阻止了她，她不能把精力放在这上面，需要她做的事情还很多。我告诉她，年鉴的编纂工作十分繁重，思想上要有足够的准备。从机关回来即着手准备培训班用的学习材料——关于年鉴条目的讲稿。

5月17日：下午给培训班学员们讲课，没按稿子讲，重点讲设条目中的问题。反应很强烈，评价很好，认为讲得很实在。

6月4日：下午我和肖泉谈工作，因为她对年鉴的编辑工作还不熟悉，我主动把《综述》《企业管理》《企业改革》等主要部类都承担下来。这样做，也可以让她有更多时间做好内外部联系和学习。我还希望由她主持出版的第一本年鉴能克服过去的一些不足，以一个崭新的面貌出现。

我看着看着脸热了起来，回想自己当时接手年鉴工作的不情不愿，有点怕日记中随时会出现我的疲懒、任性和浅薄。直到我看到了这篇：

6月26日：肖泉虽然没有搞过年鉴，但为人热情谦虚，肯动脑筋，有革新精神，对人尊重。我提的意见，都很重视，几乎没有不采纳的，因此我更要认真对她。一是尽可能把有关的问题都想到，二是每提出一个问题必须经过反复思考，深思熟虑，不要遗漏一个重大问题，也不要轻率地提出问题。一句话，人家尊重你，你更要对人家负责。

我感到无比羞愧，又满心温暖。我回想起那本年鉴新鲜出炉后的喜悦。它那么好看，起拱、烫金、烫银的封面，淡黄的蒙肯纸，洋气的排版，捧在手里沉甸甸的，我真有点第一次做母亲的感觉，这背后蒋老师付出了多少心血！后来由我独立编纂的《葛洲坝集团年鉴》2010年卷获得了全国年鉴编校质量评比一等奖，我第一时间兴冲冲地拿去给他看，他一下子笑开了花，说小肖你真的非常优秀！这是公司从1994年开始出版年鉴以来第一次获一等奖！真的非常不容易！我们相视而笑，享受别人不能懂的单纯的快乐。今天读了他的日记，我更懂得了他的喜悦：他的心血没白费，他影响和改变了我，手把手地将一个菜鸟培养成了一个优秀的编辑；他更为我的喜悦而喜悦，因为我终于热爱了他所热爱的事业。

这些天从蒋谦的文字里，我又更多地了解了蒋老师。他原本是湖南大山深处石鼓源出生的一个普通农家子弟，后随父母辗转迁徙到广西富钟县（今富川瑶族自治县），这个年轻人以出色的表现成为县古城中心小学年轻的校长，不久又以优异的成绩被保送到华中师范学院深造，从此开启了人生的新天地：从武汉到丹江口，从丹江口到黄龙滩，再到葛洲坝，在党的宣传思想工作战线上奉献了一生，享年92岁。

我庆幸曾经拥有过他的友谊，享受过他毫无功利的包容和关爱，这些生命中得到的温暖就像天上的星斗，我一仰头，它总在那里，照亮了前面的路。

走在时间里的母亲

时间在推着我们成长，也在推着她们老去，我们都早已不自觉或不自愿地身处于目送和被目送中了。不知什么时候妈妈已不再是记忆中年轻的模样。

妈妈们也曾年轻过，她们昨天的故事，或许可以由我们来保存、记忆。

今天，我们通过几位女儿的回忆，试图拼凑出妈妈们年轻时的模样。希望听完她们的故事后，你也会想坐下来和妈妈聊聊。

故事一：妈妈的爱

张绍芬

“妈妈”，这是一个多么温暖的称呼，孩子会说的第一个词就是“妈妈”。我的妈妈已经离开了我，追忆往昔，妈妈的爱是那么暖、那么甜。

我们家就姊妹俩，妈妈非常疼爱我们。

小时候，家里没有电风扇，但在最闷热的夏夜我们姐妹俩也能甜甜地入睡。半夜醒来，我才发现妈妈正不停地为我们摇着蒲扇。那时候，妈妈有满肚子的故事，每天晚上，为了哄我们睡觉，她总会一个接一个地给我们讲，结果却是，疲惫的妈妈把自己讲睡着了。

记得姐姐上高中住校时，妈妈担心她在学校吃不好，每当家里有炒肉菜，她总是不辞辛苦地送到学校。一次，我看到妈妈把香喷喷的炒肉往姐姐碗里加了又加，留给我们三个人的都不及姐姐的多时，终于忍不住冲着妈妈嚷道："妈妈偏心，妈妈只爱姐姐不爱我！"

我不记得妈妈当时是什么神情，因为那一刻我心里只装着自己满满的委屈，毕竟那时我们一星期只能吃上一两次肉。没想到，妈妈给姐姐送饭回来，竟给我买了当时一般人家怎么也舍不得买的蜂王浆。看着心花怒放的我，妈妈慈爱地抚摸着我的头，微笑着说："妈妈怎么会不爱你呢？"

我刚参加工作时是在外营点上班，几个月才能回一次家，每次回家即将返岗的前夜，妈妈总是赶着给我做脆香的花生糖：炒花生、去皮、捣碎、熬糖、整形、切块、放凉……要忙活一整夜。第二天一早，妈妈又拖着疲惫的身体，把花生糖塞满我的包。那时，外营点在大山里，周围没有像样的商店，很难买到好吃的东西，妈妈只怕我带少了不够吃。

女人，谁不爱美？妈妈也会流连于布摊，左挑右选，为自己扯上一块漂亮的花布做衣裳；妈妈也会端详镜中的自己，为自己梳理出两根又黑又长的发辫。那时，当医生的爸爸经常下乡支援，妈妈因此挑起了全家的重担。她白天上班，晚上还要忙于家务、照料我们，长期睡眠不足，再加上身心操劳，妈妈难以留住年轻时漂亮端庄的容颜，不到 50 岁就有人喊她"婆婆"。为了孩子，妈妈默默承受着这个过早到来、令人心酸的称谓。

总在为我们操心的妈妈，在我们 20 多岁时因头部受伤加上思虑过度，意外地患上了精神疾病。

但在我挺着肚子的时候，她仍会牵着我的手对我千叮咛万嘱咐："走路要小心，千万不能摔着，摔着会流产的啊。"孩子出生后，妈妈还会在孩子拉脏了裤子时打水给孩子擦洗。好久没看到我时，妈妈会撸起我的袖子凭我手臂上那道印记来确认我是她的女儿，她会仔细地端详我，说我瘦了，让我注意饮食起居。

在妈妈病情加重说话已很艰难时，通过视频，她还用含糊不清虚弱的声音对远在外地工作的我说："你得注意身体啊！"这，竟是妈妈留给我的最后一句牵挂。

我的妈妈走了，永远地走了，留下甜甜的、暖暖的，让我终身思念的称呼——妈妈。

我的妈妈是千千万万勤劳善良母亲中的一位。如今，我也身为人母，我将像我的妈妈一样认真工作，同时照顾好家人孩子。妈妈忌日时，我会在墓碑前跟她述说工作生活的点点滴滴，还会送给她一束最美最美的黄菊花。

故事二：手工布鞋

袁润香

上次回老家，发现母亲仍旧穿着灰色的布鞋、粗布旧棉衣在菜园子里干活。每次劝她穿我们给她买的皮鞋、新棉衣时，她总是笑着说天天下地干活，穿皮鞋没法下地，干起活来新衣服不如旧衣服舒服。

实在拗不过母亲，心想，干脆把她的旧衣服都收走，没衣服穿总会穿新的吧。抱着这个想法，趁母亲不注意时，我悄悄溜进了她的房间。母亲的房间只有一张双人床和一个老式衣柜，衣柜上面绘着各种花鸟图案，由于时间太久已经模糊不清了，衣柜的腿脚也有点瘸。我说给母亲换一个，她说什么也不愿意，因为那个衣柜是母亲的嫁妆，那是外婆留给她的最珍贵的东西。

打开衣柜，十几年前的粗布上衣、裤子都干净整齐地叠放在一起，我们三兄妹买的衣服被搁置在柜子的最下层。在那堆旧衣服下面还有一个小木箱，里面躺着各式各样的布鞋。有红色的、黑色的、灰色的，鞋面上有的绣着小花，有的绣着“福”“平安”等字样，有的鞋头处打满了补丁，有的鞋带只剩半截，还有的鞋子只剩一只。原来这些我们小时候穿过的布鞋，母亲都还收藏着。看到这些母亲一针一线熬夜绣出来的布鞋，儿时的记忆又涌现出来。

儿时家里特别贫穷，一家人都只能穿母亲手工做的布鞋。为了生计，母亲还经常熬夜做布鞋拿去兜售。后来母亲做的布鞋过时了，人们开始穿工厂生产的皮鞋、运动鞋、球鞋。年少不懂事的我说什么也不愿意再穿母亲做的布鞋，为了得到新鞋与母亲大吵大闹，甚至在大冬天光脚踩在地上威胁母亲。那个时候的母亲只能摇头叹气。在我强烈的“反抗”下，母亲终于答应给我买新鞋。同时，母亲决定改行，转为挑着扁担箩筐到邻村乡镇上卖儿童玩具和零食。然而，随着我们兄妹几个逐渐长大，学费、生活开支与日俱增，母亲的小买卖很快就难以维持生计了。

于是，自我刚上学那年开始，母亲又转行做起了收购破铜废铁的生意。运气好的时候，一天能够收到一百多斤的废品。我至今无法想象，母亲那瘦弱的身躯是如何担起那一百多斤的重量前往废品收购站的。要强的母亲每天早出晚归，平均每天负重徒步五六十公里，每天回家已是深夜。母亲这一挑就是十五年，在这十五年里，穿坏的布鞋已经数不清了。终于，在父母的坚持与操劳下，我们兄妹三个相继大学毕业并在城里安了家。记得我毕业那年，母亲成了村里最令人羡慕和敬佩的人，因为她的三个孩子都供出来了，再也不用因为我们的学费而四处奔波了。

本以为我们都毕业后，母亲能够清闲下来，没有想到闲不住的母亲又去承包了十多亩水田，一种又是好几年。

前两天，我给母亲打电话，母亲接到电话很高兴，并嘱咐我，现在地板凉，不要让宝宝（我儿子）光着脚丫跑来跑去。昨天收到母亲的快递，打开一看，里面躺着一双牛仔布面、软皮底子的小布鞋。

故事三：火红的青春

黄　群

我的母亲名叫肖志平，寓意志向和平，1951 年 5 月 20 日出生于湖南宁乡，从小跟随我外公走遍了大半个中国。从湖南到福建，从福建到山东，又从山东辗转来到宜昌，她终于在这里扎根落户，结婚生子，成了一名地地道道的葛洲坝人。

1970 年，葛洲坝工程开工，外公作为一名资深的水电建设工作者，被调至三三〇工程局，19 岁的母亲也随着外公一起搬迁至宜昌。

初到营地，放眼望去，满目都是藕塘、菜地，还有坟地，住的是芦席搭起来的棚屋。

“我记得很清楚，葛洲坝工程是 1970 年 12 月 30 日开工的，我被分在六团五连精工车间，做的是钳工工种。每天早晨喇叭一响，大家就出发开始工作。白天在车间干活，晚上去大坝参加基坑开挖。”

母亲回忆起以前，眼里充满光亮，“干了一天活儿，晚上再去挖基坑，我们一边挑着砂石料的扁担箩筐，一边打着快板唱着歌，‘加油干哪，嘿嗦嘿嗦，努把力呀，嘿嗦嘿嗦’……”

母亲说印象最深刻的就是一到饭点，劳动了一天的工人们看到送餐的解放牌汽车，都情绪高昂地拿着饭碗在后面追的场景。“那时候，从不觉得苦，不知道什么是苦。”

说到这里，母亲还特意叮嘱我要讲奉献、懂感恩。她说：“我们那时候干活都是随叫随到的，组织让我们干什么，我们就干什么，哪里需要我们，我们就去哪里，你是在葛洲坝长大的孩子，要把我们老一辈的传统继承下去、发扬下去，千万不能养成偷懒、怕苦、讲条件这些坏习惯。”

母亲所在的车间是精加工车间，车、钳、磨、铣、刨这五道工序，她做的是最难的钳工。这项工作对精度要求高，而且全部都是手工活儿。

“当时我们加工制作的零部件，对于精准度要求特别高，比如轴承部位，误差已经缩小到零点几微米了。”母亲说起来满脸都是骄傲，并得意地问我，“微米是什么概念，你懂吧？一微米等于千分之一毫米！精细化工作不是现在才有的，我们那时候已经有精细化作业了！”

母亲对待工作一直是干劲十足、热情高涨。由于表现优异，她被推选为第一批共青团员，1971 年又被推选为团支部书记。担任团支书的日子里，她带领全车间的团员，拼搏在生产第一线，年年被评选为先进生产工作者。所有的汗水都会开出鲜艳的花朵，母亲说 1974 年是她的幸运年，那一年，她双喜临门。

1974 年 7 月 1 日，母亲光荣地加入了中国共产党，对于一向追求进步的她来说，那种喜悦的心情可想而知。虽然我也是一名老党员，但我自知，自己的党性觉悟与母亲那一代党员相比仍有不小的差距。

那时高考还没有恢复，但是党和国家已越来越重视教育，葛洲坝推选了一批优秀青年送往工农兵大学接受教育。因为表现出色，母亲从 100 多人的车间脱颖而出，获得了脱产学习的机会，被推选至华北水利水电学院学习。

“刚去的时候什么都听不懂，”母亲说她读初中的时候没有条件安心读书，所以文化底子很差，“高等数学、微积分、解析几何、理论力学、材料力学，这都是我们的必修课，理解不了，没办法，只能死记硬背。”凭着一股认真好学的劲儿，母亲还当上了理论力学的课代表，她的机械制图在班上是数一数二的。

毕业后，有新的工作机会等着她，母亲毫不犹豫选择回到葛洲坝工作，直到 2006 年退休。母亲说，每一个了不起的大机器，都需要千千万万颗螺丝钉。她就是那颗螺丝钉，年轻时，发过光、发过热，现在，含饴弄孙，安享晚年，足矣！

故事四：我的人生导师

张 研

我的妈妈并不会像其他慈母那样无微不至地照顾孩子，但她却是一位卓越的人生导师，始终在我成长道路上给予我最温暖的陪伴与最坚定的守候。

在我迷惘时，妈妈为我照亮前方的迷雾；在我痛苦时，做我最温暖的港湾；在我骄傲时，毫不留情地批评我，让我清醒；在我失意时，绝不责备一声，而对于自己的难处与痛苦，却只字不提。

这么多年来，一直如此，年少时不觉得她有多么伟大，在我离开学校，踏入职场的第一年，才愈发感受到妈妈这份坚守的可贵。

我并不是一个让人省心的孩子，小时候是院里的孩子王，每天带着一群孩子顶着烈日在乡间飞跑，抓蜻蜓与蝴蝶，有时甚至还会抓条小蛇带回来，这可把妈妈吓得不轻。

为了让我不再接触危险的野外，也为了磨一磨我假小子的个性，妈妈买了儿童文学读物放在家里，没想到我竟然看得入了迷，在家一看就是一整天。妈妈又买了《安徒生童话》《伊索寓言》等书籍，我也看得津津有味，还经常问有没有买新书。

后来，我已经不满足于等待妈妈买的新书，而是主动去找邻居借书。从刘慈欣的科幻小说到繁体的《圣经》，有什么我看什么，虽然似懂非懂，但沉浸其中让我感到非常快乐，大量文学素材的累积也让我的作文成绩一直名列前茅。

步入青春期后，我变得愈发叛逆，而且那一时期家中还出现了重大变故。姥姥在农村老家中风，半身不遂，原本就不富裕的工薪家庭，更是雪上加霜。除了支付治疗费用，妈妈每天要为姥姥擦洗身体，扶她上厕所，到后期，每天都需要清理便溺。当时，我在学校并不知情，在妈妈每日紧锁眉头计算手中微薄工资时还时不时对她的“小家子气”顶撞两句。我几乎不敢回忆那段困苦的时光。

在大学期间，一向散漫的我决心考研，但高昂的培训费用让我有些犹豫，当找到母亲商量需不需要报培训班时，她什么都没说，就把培训费给我打来了，并且在我考研期间一直不曾给我太大的压力，从不过问我的学习进度，也不问我有把握能上什么学校，只是一直乐观地鼓励我要相信一分耕耘一分收获。

考研前夜，我因为压力太大打电话跟母亲哭诉，觉得我考不上了，妈妈仍旧笑呵呵地安慰我：“当年高考时也是这样哭过的同学，最后都考得很好。”结果公布后，我的成绩比录取分数线高了 20 多分，以专业第二的成绩考入了心仪的院校就读。

2022 年是我迈出校门、走向社会的第一年，踏入职场后方知世事不易，再忆起从前的点点滴滴，更加钦佩母亲的坚韧与善良，感恩母亲的坚持与付出，让我成为现在的自己，也祝愿母亲身体康健，给女儿长长久久报答的机会。

故事五：风筝与线

习心艳

曾几何时，我觉得自己是一只不再有线束缚的风筝了，海阔天高，我都可以去闯一闯。但不知从什么时候起，我为自己系上了一根线，时而无形，时而引领前进的方向，透过重重云雾，我看见线的那头是母亲……

与母亲的陪伴并行的，是子女一次次地离开。

那一天，当我们第一次走进幼儿园时，母亲在幼儿园门外看着我们的背影，久久不舍离去。

那一天，我们拿着录取通知书，背起行囊，火车渐行渐远，站台上的母亲却远远不肯离开。

那一天，我们参加工作，远离家乡，母亲的牵挂从电话那头传来，握着话筒，迟迟不肯放下。

那一天，我在遥远他乡向母亲诉说委屈，母亲用温柔而坚定的声音告诉我：“累了就回家。”

这些年在外营点，每一次母亲生日，都是通过电话祝她生日快乐。每一次，母亲都会说相同的话，“家里一切都好，不用惦记，你们工作忙，把心思放在工作上，好好干”。

母亲是我们的后盾，保护我们安全，推动我们向前行走，但是我们的眼睛长在前面，总会忽略后面的保护。随着生命脚步不停前行，当我们也以一道鱼尾纹、一缕白发在感受母亲额头的皱纹、满头白发的时候，我们有时竟难以分辨，老了的，究竟是我们的母亲，还是我们的岁月？我们希望留下的究竟是那铭心刻骨的母爱，还是那点点滴滴——风尘仆仆、有笑有泪的岁月？

我们忙着成长、忙着工作、忙着照顾子女、忙着我们眼中的世界。母亲的世界却变得越来越单调，由陪伴变成牵挂。

有时我在想，作为母亲，仅仅是养育了我们吗？倘若没有母亲的付出，母亲的牺牲，母亲的博大无私的爱，这个世界还会有温暖、有阳光、有我回想母亲时沉甸甸的泪水吗？

我们往往是在回首的片刻，在远行之前，在离别之中，发现我们从未离开过母亲的视线，离开过母亲的牵挂。“谁言寸草心，报得三春晖。”我总在想，能回报给母亲什么呢？

时光飞逝，蓦然回首，才发现那个曾经可以抱着、背着我们的母亲，走路变慢了，语速变慢了，就连做一顿她最拿手的菜的时间也延长了。

前不久，日积月累的糖尿病影响了母亲的视力。当准备做白内障手术，在做好各种检查办理了入院手续之后，她坚决地对姐姐说："不要告诉小妹，别让她担心，也不是什么大毛病，她忙就别让她回来了。"这些都是在住院一段时间、情况好转了许多之后姐姐偷偷和我说的，即使我知道了她的情况，在姐姐的视频镜头里，她依然不愿面对我，倔强地把身体转过去，她不想让我看见她的老态，但我依然清晰地意识到，我的大山不再坚毅。

原来，母亲喜欢看电视剧，现在，她最关注的是天气预报。工程建到哪个城市，我去了哪里，母亲就关注哪个城市地区的天气预报，经常是早晨一睁眼，就接到母亲叮嘱添衣减衫的电话。

春节返岗，面对失落，就在那一刻，是母亲的一句话，让我重新启程。看着我掩饰不住的沮丧，母亲说："该知足了，日子还长！"

"慈母手中线，游子身上衣"，在离家遥远的项目部，夜深人静时，我总会想起这两句诗。也许，因为我无以回报流淌的岁月所赐予我的，所以，我无时无刻不在爱着我的母亲。

线一直都在，牵引着风筝……

半个世纪的坚守

张先扬

时间是历史的见证者，2022年6月16日，我国首个超高压输变电工程——330千伏刘天关输变电工程迎来投运五十周年纪念日。

半个世纪的栉风沐雨，半个世纪的坚守，饱经风霜的刘天关工程，在历史的长河中顽强屹立，依旧为脚下的土地和人民贡献着不竭动力，坚定地守护着三秦大地的万家灯火。

五十年前，刘天关工程建设的那段峥嵘岁月，一幕幕重新浮现在眼前。

中国超高压第一步

20世纪60年代，为了“备战、备荒、为人民”，国家加快推进“三线建设”，在关中地区布局了大量国家重点项目，导致当地出现了“停三供四”、拉闸限电的严重电荒现象。

为此，国家决定投资1亿元（当时全国GDP约1800亿元），把位于甘肃省永靖县境内黄河干流的刘家峡丰富的水电资源输送到关中和天水地区，填补当地电力缺口。

330千伏刘家峡—天水—关中输变电工程

然而，当时我国电网技术相对薄弱，要满足长距离、大容量输送的要求，解决陕西缺电严重的问题，就亟须攻克330千伏超高压输变电技术，刘家峡送电关中的难题就摆在面前。

国家当即决定全力攻关330千伏超高压输变电技术，解决电力输送问题。1964年，来自全国46个单位的专家齐聚西安人民大厦，共同奋战，为这条重要线路贡献智慧。

该项目在当时被列为全国31项重大科学研究项目之一，西北院承担了项目主要设计工作，院里抽调了几十名技术骨干，成立了330千伏超高压输变电工程工作组，全力以赴确保完成任务。

没有比脚更长的路

路线选择是建设超高压输电线路面临的首要抉择问题。当时，有两个路径方案摆在设计人员面前：建“刘汉关”（刘家峡—汉中—关中）线路还是建“刘天关”（刘家峡—天水—关中）线路？

没有比脚更长的路，没有比人更高的山。跨越茫茫陇原，翻过巍巍秦岭，勘测人员攻坚克难，经天纬地，以脚为尺，用一步一步的探索量出了答案。

根据当时的勘测工程师查元良回忆，为了赶时间，勘测人员经常连续几天吃住在山上，饿了，啃几口干粮，渴了，灌几口冰水。晚上钻个草垛睡觉，早上迎着风霜继续爬山。偶尔遇见老乡家，才能吃顿热乎饭，睡个囫囵觉。他们扛着仪器，和运行人员一道，一步一个脚印踏勘，历经几个月实地考察，最终选择了交通好、路径短、运维方便的“刘天关”方案。

路线选择敲定后，超高压输变电装备研发又成了头号难题。当时没有任何技术引进途径，技术人员凭借笔算、手绘，甚至人工缠绕线圈，历经无数次失败，终于研制出包括大型变压器在内的23种超高压设备，打破国外技术封锁。

“关山六月犹凝霜，野老三春不见花”，关山海拔2200米，余脉连秦岭和六盘山，雄伟险峻，关隘重重，陡峭的山峰是陕、甘两省天然的界碑，这里气候变化无常。刘天关的建设之路上，顶风冒雪的记忆不胜枚举，其中，确保输电线路安全运行的带负荷融冰技术的成功研制，则将“刘天关精神”体现得淋漓尽致。

刘天关线路从层峦叠嶂的关山横空而过，有7000米线路穿越重冰区。线路专家刘清泉参与了当时对关山地区冰灾气候的考察观测。从当年的 11 月到次年 3 月，这里的输电线路遭受四五次冰害袭击，导线被雾凇冰裹得严严实实，宛如一条苍茫的银龙，冰柱的直径足有 200 毫米，1 米长的导线，冰重就有 3.3 千克，导线下垂达 3.8 米。

三九天是关山气候最恶劣的一段时间。一旦遇到大雪封山，给养送不上来,就只好体验魏巍笔下“吃一口炒面,就一口雪”的艰苦。有一次，刘清泉下山解决给养,连跑带滚,不知摔了多少跤。医生给他包扎伤口时，直怪他“真是不要命！”。

秋去春回，三年观测，就这样，刘清泉和伙伴们为研究建设融冰变电站提供了大量珍贵的第一手资料，苦苦探索 3 年的他们终于研制成功带负荷融冰技术。不久，秦岭融冰站建成，1971 年 11 月 18 日，带负荷融冰试验成功，正式投入运行。

怀揣着“尽快建好第一条超高压线路”的理想和信念，在后续的技术壁垒攻坚上，建设人员依旧夙兴夜寐、殚精竭虑，不断攻克一个又一个技术难题：采用预制式钢筋混凝土基础和金属基础，大大减小山地杆塔基础施工难度；研发环氧树脂防腐技术，顺利解决了接地装置金属被腐蚀的问题……

那时刘天关建设者都来自五湖四海，心中只有一个共同目标，那就是建设好我国第一条超高压线路，齐心协力，大胆创新，为祖国争光，为人民争光。

项目建设期间正值“文革”，在党中央关怀下，在兰州军区和水电部组成的“三三〇工程联合指挥部”带领下，历经八年艰苦卓绝的建设，1972 年 6 月 16 日，刘天关输变电工程正式投运，揭开了我国超高压输电的第一页。

从此，座座铁塔高耸，条条银线横空，一道电力彩虹横贯莽莽陇原和八百里秦川，实现了刘家峡水电“西电东送”，清洁的水电源源不断地送往三秦大地，点亮了万家灯火，有力保障了关中地区的用电需求，推动了西北地区工农业飞速发展。

1971 年 9 月 18 日，郭沫若同志陪同柬埔寨王国宾努亲王在刘家峡水电站参观时，赋词《满江红 · 游览刘家峡水电站》。全词为：

> 成绩辉煌，叹人力真真伟大。回忆处，新安鸭绿都成次亚。自力更生遵教导，施工设计凭华夏。使黄河驯服成电流，兆千瓦，绿水库，高大坝。龙门吊，千钧闸，看奔腾泄水，何殊万马。一艇风驰过洮口，千岩壁立疑巫峡。想将来，高峡出平湖，更惊讶。

传承与超越

刘天关是我国第一个超高压电网项目，是我国独立自主设计生产施工的工程，它的建成，创造了我国电网当时送电距离、电压等级、输电容量三项纪录，开启了远距离、大容量、大规模输电的新纪元，荣获了一系列国家级重要奖项。

1978 年，刘天关项目荣获当时国家最高科技奖“全国科学大会奖”，后又于 1981 年荣获了当时国家最高设计奖“国家优秀设计金奖”。

国家勘察设计大师、西北院原副总工程师杨林表示，刘天关项目的建成有两个重要意义：一是冲破了当时美苏技术封锁，大大提振了民族自尊心、自信心；二是构建了成套的超高压输变电技术体系，为我国进一步研发超高压、特高压技术奠定了良好的基础。

以刘天关项目为起点，在此后的五十年里随着我国国民经济的发展，大规模、远距离、大容量的跨区域输电需求日益迫切，历经半个世纪技术迭代，中国在超、特高压技术上连续突破，先后成功研制 500 千伏、750 千伏、±660 千伏超高压，±800 千伏、±1100 千伏、1000 千伏特高压等输变电技术，并成功出口海外，打造出一张张亮丽的国家名片，昂首走在世界前列。

白山黑水、经天纬地，作为330千伏刘天关项目的设计者，西北院始终秉承刘天关项目建设精神，继续在中国及世界的江河上自由挥洒，再造河山，建功立业，在超、特高压技术上不断突破，在此领域用自己的努力，赓续着我国电网建设的辉煌篇章。

2005年，由西北院独立设计的我国第一条750千伏超高压输变电工程官亭—兰州东输变电试验示范工程投运，标志着我国超高压电网建设能力达到国际先进水平。

2009年，西北院参与设计的世界第一条1000千伏特高压交流输变电工程晋东南—南阳—荆门示范工程、世界第一条±800千伏特高压直流输电工程云南—广东示范工程相继投运，标志着我国特高压输变电技术已然领跑世界。

2019年，西北院参与设计的世界第一条±1100千伏特高压直流输电工程昌吉—古泉输电工程投运，开启了输电距离超过3000千米的新时代。

西北院担负着电网工程建设主力军的重任，负责或参与设计了白鹤滩特高压直流送出线路等数十项超高压、特高压项目。

西北院牵头设计了世界最大的高原输变电工程、号称“电力天路”的青藏联网工程，荣获了“全国五一劳动奖状”。

此外，川藏联网、藏中联网、阿里联网、玉树联网等举世瞩目的高原输变电工程，也如历史坐标一般，记载着西北院为我国电网事业做出的突出贡献。

随着一批批经典项目的建设和投运，西北院还培养出了以“全国工程勘察设计大师”为代表的一大批行业专家和技术人才，成为行业当之无愧的领跑者。

青藏直流联网工程

在时代的洪流里赓续

随着“双碳”目标提出后，我国新能源大基地建设进入高潮期，与之配套的“三交九直”特高压输电大通道建设如火如荼，一张更加恢宏、更加坚强、更加畅通、更加满足国民经济发展需要的电网正在加速构建。

夜色阑珊，霓虹璀璨，万家灯火，星河浩瀚。1972 年至 2022 年，五十年沧桑，弹指一挥间，镌刻下一代代电力人的光辉历史。

老一辈走过的刘天关建设之路，已然成为过去，今天的刘天关精神，将随着“西迁精神”代代传承、薪火相传，永不过时，更激励着西北院无数后来者不断向前，在新中国电网建设史上镌刻下属于我们自己的历史荣光。

域内之彩

汨罗江畔湘疆情

孙华伟

山有情水有情　草木蚊虫也“热情”

远山墨如画，近水有人家，竹林深处行，遥看杜鹃花。

汨罗江畔，绿水青山，相比新疆的大漠戈壁色调，工程现场别有一番风光。但走进山林深处开展工作的时候，才发现别样风光背后也有别样辛苦。

湖南的三月天，和新疆的干冷相比，是另一个极端，几乎天天下雨。湘地的雨，如女子一样，温柔而任性，即使天气预报是多云，在山林里踏勘时，说下也就下了。上午还是大太阳，闷热得浑身流汗，中午还没回到山脚下，就又淅沥沥哗啦啦地唱响了。

即使不下雨，密不透风的山林里也是潮湿的。树叶湿漉漉的，挂着水珠。每天工程组人员从山上下来，衣服从里到外都湿透透的，随便一拧，就能往下淌水，在房子里晾好几天才能干。尽管出发的时候，每个人都多带了几件衣服，仍然替换不过来。

四月份，雨天稍微少些，温度略有回升，每天回到宾馆，衣服虽然湿，但身上没那么冷了。四月的天气是“满 30 减 15”模式，慢慢热几天，气温达到30℃左右，下几天雨，温度再降下来。天气暖和了，蚊虫蛇蚁等也多了起来。每天出工，四个小组里总有碰到蛇的，而且多是毒蛇。

当地的司机说："没毒的蛇怕人，听到动静就跑了；有毒的蛇一般有领地意识，不怕人，人闯进它的领地，它就敢攻击人。"有一天，一个小组就碰到了条银环蛇，百度说是陆地第四大毒蛇，毒性极强。于是护腿绑得更紧了，驱蛇药喷得更多了，只是驱蛇药的主要成分是酒精、大蒜精和烟草水，有没有熏到蛇不知道，一天下来倒是自己被熏得够呛。

气温达到30℃时，山林里的蚊虫也都活跃起来了。走着走着，发现前面同事帽子上、身上多了条小可爱，是很正常的。最讨厌的是蚊子，山野里的蚊子，难得见到人血，与饿狼无异。人每每爬到山顶，浑身冒汗喘气的工夫，周围的蚊子闻到气味，蜂拥而至，叮着人便不松口，驱赶也不屑躲闪。每每某处裸露的皮肤感觉到痛痒，轻轻一拍或伸指头去捏，便是一手的血。

动物有情，植物也有情。为响应国家封山育林的政策，据山脚下的老乡说，很多山梁二十多年都没人上去过了。山林里的植物，总是想法要给你留下印象的，或牵绊拉扰，或给人身上留下印记。杉树的叶子，尖尖的，硬硬的，隔着衣服扎肉，贼疼。树林的下部往往还长着带刺的藤条，随意横出，挡住去路，拿砍柴刀砍，它又是软的，吃不上力。砍不断，惹不起，只能一只手捏着它，小心翼翼地绕过。山根沟底的芭茅，叶子跟锯条一样，一不留心碰到它就是一道血口子，从中穿行的时候，手、脸都得躲着、护着。

头顶的枝叶过于茂密，往往把测量仪器的卫星信号也遮挡了，在塔位跟前，经常要砍倒一片指头甚至手腕粗的灌木丛、杂树，给信号开一个天窗。我们小组曾遇到一个山头，都是碗口粗的大树，砍柴刀成了玩具，一个多小时都没找到信号。实在没办法，工人师傅抱着湿湿的树干爬到上部砍断一些大树枝，才稍微有点信号。

那片山林里的植物，唯有遍野的映山红最文静，没有刺，默默含笑，悄悄守望，你来或者不来，她都热情绽放。要想尝到红红的树莓也是需要付出代价的，天然美味，酸酸甜甜，味道真不错，摘一颗，往往要被刺几下。

人有情饭有情　泉水清茶一杯情

为节约成本，也为方便开展工作，工程组驻地选在了标段中间位置——平江县伍市镇，镇上唯一能容得下工程组全部人员的酒店，位于京港澳高速和省道交会处。好处是就在汨罗江畔，晚饭后能沿江边散步；缺点是高速上全天车多噪声大。镇子太小，吃饭也不方便。

噪声大还好，累了打雷也能睡着。吃饭确实有些不方便，酒店没有早餐，镇上的早餐店就那么几家，没什么选择余地。而且早餐和新疆的饮食习惯差别也大，当地的早餐主要是挂面、米粉什么的，在开水锅里烫一下——往往是夹生的捞出来，拌些汤汁小料，就那么吃了。包子铺只有一家，但包子皮里是放了糖的，开始真吃不习惯。

午饭通常在现场找附近镇子里的小饭馆吃。主食都是米饭，从保温桶里盛出来端上桌，随便吃，不够再盛。菜都偏咸，每次点菜都要叮嘱少放盐。菜里几乎都放辣椒——小米椒，一盘菜里半盘椒，炒个黄豆鸡蛋都要放，吃什么都是辣的。满口香，满口辣。

对于吃惯拌面抓饭烤肉串的我们来说，吃米饭最大的感觉是吃不饱，吃再多，过两个小时就又饿了。我是从来没有感到饿过，也从没有感到饱过，要吃能一直吃，不吃也不饿。而且午饭也不是想吃就能吃上的，附近镇上的饭馆大厨，过了中午两点就都休息了，我们经常两三点之后才下山。找不到吃饭的地方，只能晚上才吃。

尴尬的是，在现场一个月，尽管每天翻山越岭钻树林，回到乌市后，我这不争气的身体竟然还胖了两公斤。

工程人走南闯北久了，适应能力强，新到一个地方，饮食不习惯也就前面三五天的事儿，后面什么都能习惯。在工程现场，关于饮食的美好回忆是非常多的。

有一次在高山段，塔位山高路远，知道下山后赶不上午饭点，就让司机师傅提前在附近找一户农家，给点钱，让帮忙做顿午饭。廊檐下的腊肉，附近塘里的鱼，地里的青菜……都是现成的。那一顿，真是难得的美食。

还有一次，司机小程在山下等我们的时候，在附近竹林里掰了一些筷子大小的线竹笋，带回酒店炒一盘，山林的清香沁人心脾，真是把隔壁小孩都馋哭了。

有几次，从老乡家房后的山头上下来，老乡已泡好了茶。把井里的天然矿泉水烧开，捏一撮簸箩里正在晾晒的新茶。浑身的汗早已出透，正口干舌燥，吹着热气吸溜一口，成了印象中最清洌甘甜的记忆。回程前特地在超市买了几包当地的茶叶，新疆的水却泡不出那个味道。就像北京的豆汁儿要配焦圈儿，新疆的清炖羊肉要配皮牙子，老家的胡辣汤要配水煎包。真正的美味，就应该原地原材。

农历三月三，当地习俗说是蛇出洞的日子，还没到塔位，别的组的同事已经往群里发蛇的小视频了，差点一脚踩着的，是一条三角脑袋的灰色土皮蛇。

下午回到酒店，酒店老板给工程组送了一盆煮土鸡蛋和“神仙汤”。说法和冬至不吃饺子会冻掉耳朵类似，三月三吃鸡蛋喝神仙汤可以祛湿，防蚊叮蛇咬。

鸡蛋尝了一个，没怎么入味儿。第一次听说神仙汤，很好奇，盛了满满一纸杯。喝一口，登时两眼发黑，想起了许多久已忘怀的事，冲着马桶干呕了半天，直到满眼泪花。现在回想，除了齁咸，还有浓浓的青草味儿，应该就是煮鸡蛋的水，放有当地某些常见草药。凡夫俗子的命，神仙汤也无福消受。话说回来，如果当神仙要天天喝这种汤，那这神仙——不当也罢。

中国能建新疆院参与设计了南阳－荆门－长沙1000千伏特高压交流输变电工程，该工程显著提升了豫鄂湘三省间电力交换能力，对促进华中地区经济社会发展意义重大。

遇见雄安：千年之城又千年

韩翼帆 余 祧

2021年10月6日。

26岁的我还未见过如此多雨的北方之秋。本就是“新兵报到”，一场大雨又平添了几分仪式感。

出晋入冀，穿一条隧道，就是翻一座大山，只可惜一路暴雨如注，雾掩云遮，远山近树都看不清楚。直至冀中平原，雨势虽不见小，视野倒开阔起来。开始是零星塔吊，接着便是塔吊成群，只听母亲在一旁小呼一声“到了”，透过车窗，几个红色大字在雨中格外醒目——“雄安欢迎您”。

这便是我与“千年之城”的初次见面。

提到雄安，你会想到什么?

来这里之前，大概和不少朋友一样，雄安于我还只是新闻里的“千年大计、国家大事”，我们或常听闻这座城的未来，却少有人知道它从何处而来。

今天的雄安，依照行政区划，主要由雄县、容城、安新三县组成，而当我们谈文化史上的中国地理，含括千年古郡的雄安自有其历史文脉。

早从战国时期，赵国灭中山，得今“安新”之地，奠定了“燕南赵

容城初雪

北”的基本格局。自秦置县，如今的容城，起初叫“桑丘”或“宜家”，属上谷郡，汉景帝中元三年（公元前 147 年）设容城侯国，容城由此被认定为“千年古县”。

若再向前追溯，据容城境内已经发掘的上坡遗址，新石器时代以来，磁山文化、仰韶文化、龙山文化、商文化层在此依次堆积，这意味着距今 7000 年以前，人类便开始在这里形成聚落，繁衍生息。相比容城和安新，雄县之名于历史登台稍晚。后周显德六年（959 年），周世宗亲征伐辽，收复瓦桥关，在此设立雄州，下辖归义（今雄县）、容城二县，“雄”便名源于此。

谁知历史难料，千年之后，“雄安”其名取自“雄县、安新县”各一字：

“雄”字意为宏伟阳刚，“安”字象征稳定安康。后人以“雄安”之名期许未来，既是尊重历史，又寓意吉祥。

他自信，他自尊；他有柔情，有热血，有仇恨。他是一只勇敢的鱼鹰！

——孙犁

踏上燕赵之地，挥之不去的是芦苇荡里血与火的战斗，寻味白洋淀人，摆脱不掉的是萦绕心间的情思绵长。

九河下梢，北地西湖，奈何时间不巧，我初到雄安不久已是深秋，白洋淀进入闭园期。等第二年春暖尚有时日，每当工作之余，闲来无事，脑海里还常惦记着那片荷塘苇海。

提到白洋淀，你会想到什么？

是嘎子哥，是雁翎队，是暮色向晚的渔歌天籁，还是芦花美人的塞上江南？

相信多数人对白洋淀的印象大都是从《小兵张嘎》开始的，就连2017年习近平总书记第一次来到白洋淀，也提道：“小时候读小兵张嘎的故事，就对这里十分神往。”

在童年的记忆里，那些百姓津津乐道的“水上飞将军”总是战斗得激烈，他们头顶荷叶，嘴衔苇管，端岗楼、拔据点、惩处汉奸、打保运船，来无影去无踪，让敌人闻风丧胆。

战争年代男人扛起钢枪，而在作家孙犁的笔下，淀乡女性毫不逊色，场里院里的编席姑娘，同样乐观坚强、斗志昂扬。无论何时，提起《荷花淀》，总有一个让我印象深刻的画面：

女人鼻子里有些酸，但她并没有哭。只说：“你明白家里

白洋淀里的采莲船

的难处就好了。”

水生想安慰她。因为要考虑准备的事情还太多，他只说了两句：“千斤的担子你先担吧，打走了鬼子，我回来谢你。”

丈夫行军在外，家里的女人怎不忧心，但她们心里清楚家国之下，孰重孰轻，便只能一边嘴里骂着自家的“狠心贼”，一边学会了射击，“当敌人围剿那百顷大苇塘的时候，她们配合子弟兵作战，出入在那芦苇的海里”。

年少时，孩子们总把故事看得热闹，多少年后，我们才知道：革命是流血的革命，哪里有什么“抗日神兵”，只是这片土地上的人民用乐观熨平那些峥嵘岁月的锋利，把苦痛化作幽默的安慰和共担的力量。

所谓一方水土育一方人，我想早在韩愈说出“燕赵古称多慷慨悲歌之士”之前，革命精神与乐观精神、英雄主义与浪漫主义就在这片广阔平原上交融碰撞。在这里，似乎从古至今就熔铸着两番神貌、两种声音，它们一个豪迈一个潇洒，时上时下，却从不低沉。

> 我遥望着那漫天的芦苇，我知道那是一个大帐幕，力量将从其中升起。
>
> ——孙犁

人，是思乡的人。

自上大学离家，多年在外，作为一个山西人，走到哪里对“山西”的敏感已经形成一种自然本能。让我没想到的是，雄安与我的家乡竟也有一段割不断的血脉渊源。

穿梭在雄安，你会发现白洋淀周边的很多村落都种有槐树。据当地人介绍，在明朝初年，雄安地区地广人稀，朝廷下令将山西民众迁移至此安家落户。相传，当初的移民多从山西洪洞县广济寺大槐树下集合出发，槐树便成为一种精神符号，人们以槐为证，种槐追乡。

时至今日，在雄安安新县三台镇尚有一村名为“山西村”。村民说，他们的先人从古山西忻州迁至此地，便以“山西”取作村名，而后村中刘氏家族后代兴旺，还在此处建立五印浮图塔，以示故乡“我们在此地生活安好”。

我从山西来，共种一棵槐，所有的故乡最初不都是他乡吗？当年有举家搬迁的山西移民，如今随着18万建设者奔赴雄安，又有一群人跋山涉水而至。每一座伟大的城市，都有着鲜明的“根”的印记。雄安新区也在规划建设中强调，坚持古树不挪，古建筑不拆，古牌坊不搬。习近平总书记常说要“记住乡愁”，让新区一代代人，记得自己的来历，这也是绿叶对“根”的致意。

一段故事，一种精神，与家乡先辈不同，这一次是我主动做出了选择，作为一名青年建设者来到雄安。

万事开头难，千年之上再计千年，岂是容易之事。有人说，“我们这一代人，注定是铺路石的命运”。既是铺路石，道路粗粝，就不会有玉石那般高雅气质，但我想，每一个来到雄安的人，心中定都“养活一团春意思”。一颗铺路石或许微不足道，但“铺路石们”却从来都富于热忱与坚毅，激情与想象。

如果我们不那么着急，不患得患失，如果我们相信时间，也相信自己，那些日复一日的坚守，大抵终有一刻会显出一点从容气象，只要“铺路石们”仍然在道路上，那些日拱一卒的努力，终会云开日出。

觉醒年代，杨沫曾以《青春之歌》宣言：“要找个人的出路，先找民族的出路。”

作为新时代的一员，当有天回首往事，选择并参与雄安建设，我想也会成为我们人生里一段值得自豪的篇章。

因为我们坚信，奋斗就是存在：后方是深夜，前方是黎明，大雪过去就是一整个春天。

2022 年，又会是一个新的春天。

作者所在的中能建城市投资发展有限公司负责雄安站枢纽片区 1 号地块开发建设。项目定位为国家级绿色低碳示范新城、国家级新能源产业创新研发标杆园区、国家级“碳中和”技术解决方案示范新城，是中国能建积极参与“千年大计”“未来之城”建设与发展的匠心力作。

木里：天堂的后花园

王　伟　李会林

凉山，全称凉山彝族自治州。耳熟能详的西昌卫星发射中心，就坐落于其州府西昌市。提到凉山，也许会联想到邛海、螺髻山、泸沽湖等著名景点。其实，凉山还有一个美丽而神圣的地方——木里。

中华人民共和国成立前，木里人称这里为“木里王国”，中华人民共和国成立后，1953 年，这里被划归四川凉山管辖，得名木里县。这个神秘的“王国”，在中国版图上存在了 2200 余年。近些年，木里因声名赫赫的“洛克之路”，成为徒步、越野、自驾等户外运动的胜地。

2013 年 11 月，我借着业务联络和巡线的机会，第一次走进这个让人神往的地方。木里县城虽然不大，但对于初来的我显得格外陌生。随着工程的推进，我逐渐了解了神秘的木里。

湛蓝的天空、柔美的白云、倾泻的瀑布、茂密的原始森林、广阔秀美的牧场、神圣的寺院、高耸的神山，这些美丽的景色浑然天成。置身其中，让人忘却跋山涉水的疲惫，当地人的热情和淳朴，更让人增添了对这里的留恋。

在去茶布朗镇的路上，对岸约 58 米高的云南堡瀑布“镶嵌”在群山叠翠之中，山谷里紫烟弥漫，犹如进入了梦幻的仙境。

冬天的鸭嘴河

瀑布从山腰峡壁中喷跃而下，有夺路而出的勇猛、劈山开路的气概。一涧飞瀑，碎琼乱玉，水帘在20多米高的平台上一分为二，形成两级飞瀑和冲天而起的水雾。

沿着山谷下行，走过一座挂满经幡的小桥，可以到达平台。回头望去，一片彩林，飞溅的水雾变得轻盈飘忽，灵动而妩媚。

一山有四季，十里不同天。我几次来到这里，天气总是反复无常，都无法实现用巡线无人机拍个全景的愿望。

我有些不舍地下了山，欣喜的是在木里县康坞牧场看到了当地最大的高原湖泊长海子。灿烂的小叶杜鹃、朦胧的云海青绿、大小各异的草甸子镶嵌在沁人心脾的泛蓝湖面上。

周围偶见牧民放牧，冷到极致仍光芒夺目的日出，远处的贡嘎雪岭是她最壮观的背景，惊艳的景色令人震撼。

让我印象最深的是位于海拔2637米的木里大寺。大寺是四川省重点文物保护单位，曾是康巴藏区规模最大的黄教喇嘛寺庙之一，在藏区有着特殊的地位。这里香火旺盛，每年盛大的活动，民众都纷纷前往寺里朝拜。

去往大寺的路呈“S”形，山路很窄，仅容一车单向通过。如遇对向来车，恰巧又没可避让的地方，大家经常大眼瞪小眼。

一路上，一些前往朝拜的人虔诚地在泉眼处洗手洁面。三三两两的喇嘛进入我们的视线，对着镜头，有的腼腆地笑着，有的一溜烟就跑了。

一下车，便感受到寺庙的庄严肃静，还能闻到阵阵酥油香。

泽米扎古

寺院保留了老殿和新建的大殿、屋舍。整个大殿金碧辉煌，近三十米高的强巴大佛，庄重慈悲地坐在殿中，显得富丽圣洁，四面墙上绘满壁画唐卡、云飘龙盘，气势恢宏华丽。

走出大殿，我们在喇嘛屋舍喝上几口酥油茶，吃上几个特色小点。随处可以看到寺内散养的孔雀、马鸡、鹿等。在这里，人与自然相处甚是融洽。

我们驱车前往泸亚方向的洛克之路，有人说“这里是眼睛上天堂，身体下地狱，走最烂最险的路，看最美最靓的景”。

路上，仙乃日、央迈勇、恰朗多吉三座神山常年白雪皑皑，呈“品”字排列，遥相呼应，直插云霄。当清晨的第一缕阳光照在山顶，形成壮观的日照金山，每个人的心情都会变得十分愉悦。下午时分，云雾笼罩，一阵寒气直逼山顶，洗礼着这一方静谧的净土。

穿越林区深处，在牧场和无人区的分界点，就是海拔 4647 米的神山泽米扎古。进入冬季，灰白的神山之顶一团烟云笼罩，周围没有任何生物的气息，荒凉而神秘。

每年 5 月，山脚下杜鹃花开之时，在两侧灰白的山体环抱之中，天高云淡，泽米扎古垭口显得格外壮观。山脚灌木丛中随处可见当地人说的“白雪茶”，捡上一些泡饮，气味清香，苦而后甘，清纯爽口。

木里的路泥泞不堪、高低起伏、蜿蜒盘旋，沿途都是深山老林。巡线途中，偶尔在牧场或乡间林家小憩片刻。木里人待客讲究“茶三酒四”：品茶时，人不宜多，以二三人为宜；而喝酒则不然，与品茶相比，人可以多一些。

这里多是木质房屋，屋内简陋，用着简易的小水轮发电，大家齐坐在长凳上，烤着暖炉，老乡们会煮上一壶热乎乎的酥油茶，配上奶渣、糌粑等小点。

来到木里，美食牦牛肉汤锅必须安排上。汤锅不仅有被誉为“肉中之冠，营养之皇”的牦牛肉，还配有大枣、枸杞等滋补材料。在这寒冷的高原地区，喝上一碗清香的汤汁，品尝着鲜嫩的牛肉，再配上几口绵甜爽净的青稞酒，那滋味无法言说。

偶尔在高山背后或小山沟里遇见小村落，可以看到最天然的手工麻布纺织。村民们有说有笑，驻足感受当地民风，简单的生活、淳朴的风情、好客的热情让人温暖，让我感觉到这里还是一片世外桃源。

木里人热情好客，孩子们更是纯真质朴，偶尔给孩子们带上一点零食，看着他们可爱的笑容，快乐而天真。由于交通不便，孩子们上学走路要好几个小时。

每年末，木里有着“放生”习俗，意寓行善积德。当地人会花上很大的价钱购买鲤鱼，然后带到雅砻江畔进行放生。我也曾有幸被邀请，参与到他们的“放生节”活动中。

光阴似箭，岁月如梭，转眼在木里已有 9 年时光。我走进这片神秘土地，远离城市喧嚣，探索“天堂的后花园”，感受当地的民风民俗。

日子虽简单，但乡民们的淳朴和热情却牵系着我。我也见证了雅砻江上镶嵌起的一座座明珠，心中感慨万千，更希望随着电站的建设，能为当地居民生活、交通带来更多便利，为这座未完全开发的“后花园”带来更好的发展。

中国能建葛洲坝电力公司 2013 年进驻杨房沟水电站，负责供电运营。该水电站于 2015 年 7 月正式开工，2021 年 11 月投产发电，是雅砻江中游河段梯级开发的第六级电站。中国能建有很多青年职工长期扎根于此，为清洁能源远送他方奉献着青春和力量。

我与拉萨的亲密接触

孙瑞雪　李云鹤

每个人都有一个西藏梦。没有去过西藏的人，心心念念都是对它的向往。去过西藏的人，恋恋不舍都是对它的难忘。2021 年，因为工作原因，我来到了距离拉萨不远的一座小城墨竹工卡县，从此，圣洁的雪山、碧绿的湖水、璀璨的星空、悠闲漫步的牦牛成为我生活的一部分。工作之余，我也与拉萨这座神圣的城市有了亲密接触的机会。

圣湖羊卓雍措

位于拉萨西南约 70 公里处的羊卓雍措，简称羊湖，藏语意为“碧玉湖”，是西藏三大圣湖之一。因羊湖海拔较高且交叉口较多，像珊瑚枝一般，又被称为“上面的珊瑚湖”，湖光山色之美，冠绝藏南。

从墨竹工卡去羊湖需要两个多小时，基本都是盘山路，一路盘旋至 4800 多米的山巅处才能看到羊湖。中途尽是嶙峋山石，环顾四下除了山还是山，同行的人告诉我，夏天的时候沿路绿油油的，甚至开着许多只有这高原才会孕育出的鲜花。

我怀着期待的心情终于到达羊湖，看着那令人叹为观止的水天一色，不禁惊呼起来。相比江南风光的怡人舒适，西藏的湖水总让人觉得充满神秘，你不会想看清这湖里会有什么精美的鱼儿，只会幻想这湛蓝的湖底是不是住着美人鱼或是哪位湖神。

关于羊湖的传说有很多。据说很久以前，这里是个泉眼，附近住着户富人，富人家有个叫达娃的用人。一天，达娃在泉边救了条小金鱼，小金鱼变成一位美丽的姑娘并送给达娃一件宝贝。富人发现后，硬要达娃带他到泉边找宝贝和姑娘。没达到目的，富人就将达娃推进泉眼淹死了。这时姑娘出现了，变成无边的浪向富人袭来。从此，这儿有了泓碧蓝清澈、妖娆无比的湖。“嚯！怪不得这湖蓝得这么摄人心魄！”我暗叹。眼前湛蓝的湖水让我着迷，这样的蓝怕是只有大自然才能调配得出吧。

世界屋脊上的明珠

布达拉宫号称“世界屋脊上的明珠”，依山建造，由白宫、红宫两大部分和与之相配合的建筑群组成。布达拉宫始建于 7 世纪，是藏王松赞干布为远嫁西藏的文成公主建的宫室，但后来毁于雷电、战火。经过 17 世纪的两次扩建，形成现在的规模。

布达拉宫外环绕着一大圈转经筒，总有信徒嘴里不停地念着“嗡嘛呢叭咪吽”，手上转着转经筒周而复始地祈祷着。如果说，世界上还有什么话能最完整、最准确地表达西藏，我想除了“嗡嘛呢叭咪吽”六个字以外，再无其他。

值得一提的是，布达拉宫的外墙总是色彩浓郁，这与西藏一年一度的粉刷季有关。西藏每年粉刷季时间都不一样，粉刷布达拉宫的涂料除了要以西藏当雄县羊八井的白灰为主外，还要兑入牛奶、白糖、冰糖、蜂蜜、红糖等，其中有不少是由信众自发从家里带来，捐赠给布达拉宫。这样的习俗自 2019 年便取消了，取而代之的是红土、白灰和胶等，想

布达拉宫

起之前有网友说到布达拉宫的墙真能“吃”，心中多少有些遗憾。

说到吃，我有幸尝过当地同事做的风干牛肉和酥酪糕，喝过热乎乎的青稞酒。风干牛肉的味道古怪至极，第一次吃时有些上头，与普通售卖的牛肉干完全不同，它的味道只有藏族当地人才能制作出来。

酥酪糕的外形有点像内地的麻叶，不过神奇的是吃起来的味道，除了比牛肉干多了些奶味，竟然十分相似。我最喜欢的就是青稞酒了，入口时甜甜的，到了胃里才会有丝丝酒香味儿，喝完感觉鼻腔里也是甜甜的。

朝圣的终点

大昭寺又名“祖拉康”“觉康”（藏语意为佛殿），坐落在布达拉宫的不远处，由藏王松赞干布建造，拉萨之所以有“圣地”之誉，与这座寺庙有关。寺庙最初称“惹萨”，后来惹萨又成为这座城市的名称，并

大昭寺外的朝拜者

演化成当下的“拉萨”。大昭寺建成后，经过元、明、清历朝屡次修改扩建，才形成了现今的规模。

大昭寺门外无论天气如何，总会有许多朝拜者，而让无数朝拜者前赴后继的原因是大昭寺内供奉着文成公主当年从长安带来的释迦牟尼12岁等身金像。据说佛祖在世时，其弟子按其奶妈指点塑了8岁、12岁和25岁三尊金像并由佛祖亲自开光。8岁金像已遭毁损，今存于小昭寺，25岁金像远在印度，因此大昭寺内的12岁金像就变得十分珍贵。

我好奇地问了问售票的老者，这些信徒一遍又一遍地做大拜礼到底是在祈祷什么？老者告诉我，内地的信徒一般都是求财、求事业或是求姻缘，而拉萨的信徒往往相反，他们是在求戒掉自己的一切贪念，只求内心平和宁静。我看着不远处一个个跪拜的身影，总想试着去理解什么，良久却仍然脑袋空空。或许我还是这凡尘俗世里俗不可耐的凡人，又或许我只是来自另一个世界，有另一种我还没参透的信仰。

西藏历史的缩影

出了大昭寺，就能直接看到赫赫有名的八廓街了。八廓街原来只是围绕大昭寺的单一转经道，藏族人称为“圣路”，如今已逐渐扩展为围绕大昭寺周围的大片旧式老街区，是全国乃至世界最具特色和魅力的历史文化街区之一，成为西藏发展的缩影。

八廓街保留了拉萨古城的原有风貌，街道由手工打磨的石块铺成，

转经筒

旁边保留有老式藏房建筑。街心有一个巨型香炉，昼夜烟火弥漫。街道两侧店铺林立，出售的商品都是唐卡、玛瑙等西藏特有的文化产品。

走在八廓街上，不经意间，被一幢黄色的两层小楼吸引，只见门上方挂着一幅木制画，上面有一位美丽的姑娘和“玛吉阿米”四个大字。“玛吉阿米”意思是“纯洁可爱的少女”。

在西藏，黄色代表着神圣的宗教色，只有寺庙或高僧居住的建筑才可以使用，而普通的屋子大都是白色的外墙。那么这幢黄色的小楼一定有它的传奇。一打听，果然收获颇多：原来它与西藏历史和西藏文学上一个不同凡响的名字——仓央嘉措有关系。仓央嘉措，是西藏第六世达赖喇嘛，还是一位才华横溢的浪漫主义诗人。

酒馆内一本游客留言簿的扉页上记载着一个浪漫的故事：大约300年前，月色星空下，坐落在古城拉萨八廓街东南角的一座藏式酒馆来了一位神秘客人。恰巧，一名月亮般纯美的少女“玛吉阿米”也不期而至，她的容颜和神情深深印刻在这位神秘客人的心里。从此，他常常光顾此地，期待着与少女重逢，可少女再也没有出现过。仓央嘉措写给玛吉阿米的诗篇却被藏人久久传唱。

当初他们相见的地方，就是如今的黄房子。

走在八廓街的路上，可以看到很多用巨大玛瑙做头饰的藏族群众，女人们都留着长长的辫子，黝黑的编发上点缀着颜色鲜艳的玛瑙，充满民族风情。朋友告诉我能佩戴这些玛瑙的一般是“贵族”，有的红玛瑙动辄价值百万元、千万元，让人忍不住投去羡慕的目光。

八廓街也是拍照打卡的“网红圣地”，在这里，你会看到很多游客身着藏服拍照留念。阳光照耀在色彩鲜艳的服饰上，越发映得人光彩夺目，每个过客都不禁多看两眼，为这个充满神秘感的城市增添了更为浓墨重彩的想象空间。

坐落于西藏自治区拉萨市墨竹工卡县的驱龙铜多金属矿山是国内最大的斑岩型铜矿，由中国能建葛洲坝易普力公司墨竹工卡分公司负责爆破施工。在这里，大家克服高寒缺氧等不利条件，建成了世界海拔最高的现场混装炸药半成品制备站（海拔 4370 米），并长期奋战在海拔 5000 米以上的作业平台。

云边有个乌东德

许根睿

乌东德，彝语意为“五谷丰登的坪子”，苗语对乌东德的解释则为“云雾缭绕的地方”，这里原名大松树乡，2008 年 3 月更名为乌东德乡，2009 年 10 月撤乡建镇，国家级重点工程乌东德水电站就坐落在该镇的乌东德大峡谷里。

2020 年我刚毕业就来到了乌东德水电站，这里云雾缭绕，空气清新，从此绿水、青山、蓝天、白云与我为伴，我也开始了自己云边小镇的浪漫生活。

第一章：乌东德的路

记得第一次进乌东德，车在盘山公路上兜兜转转，经历了 7 个小时终于抵达了项目部旁的环山公路。听前辈说，以前进乌东德的道路没有修好，要走那条崎岖坎坷的老路，十几个小时的车程，才能从昆明到乌东德！

前辈还跟我说，2011 年 10 月，葛洲坝人进驻乌东德，随即葛洲坝乌东德施工局在山脚的一个小旅馆诞生。

几间租来的土坯房民宅，几十名初入工地的先遣人员，在没有水、没有电、没有网的艰苦工作环境和生活条件下，硬生生地形成了施工局前期的临时指挥中心，为铸造大国重器——乌东德水电站而开始了艰苦的征程。

在这里，葛洲坝人用诚心建设巨型电站，充分发扬长征精神，克服重重困难，为工程建设立下了不可磨灭的功勋！这一路，我聆听见证了前辈们不辞辛苦的付出，也很开心自己能参与国之重器的建设。

第二章：巧渡金沙江

乌东德水电站总装机容量1020万千瓦，装机规模为中国第四、世界第七，是“西电东送”的骨干电源和促进国家能源结构调整的重大工程。乌东德水电站位于四川省会东县和云南省禄劝县交界的金沙江河道，是金沙江水电基地下游河段四个梯级电站的第一梯级，乌东德水电站所在的金沙江河道，还承载着深厚的“红色记忆”。

巧渡金沙江，是中国工农红军在长征过程中的一个成功战例。1935年，中国工农红军在云南省寻甸县召开中央军委会议，部署抢渡金沙江行动，在渡江战役中，龙街渡、皎平渡和洪门渡三个渡口，有主渡、辅渡，还有佯渡。

金沙江位于长江的上游。它穿行在川滇边界的深山峡谷间，江面宽阔，水急浪大。如果红军过不去江，就有被敌人压进深山峡谷、招致全军覆灭的危险。最终3万多名红军在36名船工的帮助下，依靠7条木船，历时七天七夜，在皎平渡成功渡江，摆脱了几十万国民党军队的围追堵截，取得了红军长征战略性转移的决定性胜利，这是毛泽东高超的指挥艺术的生动体现，是红军以少胜多、变被动为主动的光辉典范。

洪门渡则是乌东德水电站所在地，距离大坝2公里左右。上游皎平渡、龙街渡也在库区内，所以乌东德水电站其实是名副其实的“红色工程”。如今，三个渡口也都修建了大桥，实现了毛泽东等老一辈无产阶级革命家“天堑变通途”的夙愿，这是对红军长征的最好纪念，也是对长征精神的最好传承。

第三章：老船工之家

说起巧渡金沙江，不得不提到的就是老船工之家。87 年前，在皎平渡船工的帮助下红军 3 万多人顺利渡过金沙江，成为一段永久传颂的历史。如今，他们的后人坚定不移支持国家重点工程建设，迎来了崭新的小康生活。

从乌东德水电站出发，沿着蜿蜒的柏油路，约 20 多分钟车程，便

老船工之家的老照片

抵达乌东德镇金瑞社区。这里居住的大多数是老船工的后代，山腰上一排排崭新的白色小院整齐排列，房前屋后鲜花盛开，瓜果飘香，村内水泥路宽阔整洁，几家门前还挂起了“红色民宿”的牌匾，接待前来探寻红色足迹的我们。

村民陈洪付是当年摆渡红军的老船工陈月清的长孙，在社区的帮助下，他开了一家名为“老船工之家”的民宿，每逢有客人来，自己就当讲解员，为大家讲述那段光荣的历史。他还是头一批在移民安置协议上签字的村民，并挨家挨户动员亲朋好友配合政府工作：“当初我们的先辈相信共产党，帮助红军渡江，今天为了国家工程建设，我们也要坚定不移跟党走。”

当年参加划船的老船工张朝满的后人介绍道：“当时共有 6 只船，其中三丈二长的大叶子船 2 只，二丈八长的二叶子船 4 只。大叶子船每次渡 60 人，二叶子船每次渡 40 人。渡江指挥部规定，多一人不行，少一人也不行，纪律非常严。每一只船配备一名红军，协助船工工作。36 名船工由张朝寿负责带领，红军亲热地称呼他是‘船长’。每只船有 6 名船工，3 人一班，来回划船 10 次，又另换一班，歇人不歇船。大致上，划船 1 小时，下来休息 1 小时，如此循环不停……”

“当时这群船工还是身强力壮的年轻人，首长在思想上、生活上又无微不至地给予关心，集体生活里的每一个日日夜夜都充斥着‘劲往一处使’的热烈和团结气氛。受到鼓舞的船工们连日连夜划呀划呀，手臂划肿了，脚也站酸了，可精神上还是无比愉快和坚定，老感觉有使不完的劲。”

当夜幕降临，晚上生起篝火，村里的老爷爷总会讲起红军的故事。长征精神是什么，在他看来，就是不怕牺牲、艰苦奋斗。他说：“红军对船工很好，每餐管饱，顿顿有肉，而红军自己却只吃稀饭。”为了回报红军的恩情，当年 36 名船工奋战七天七夜，打破了“金沙自古不夜渡”

的惯例。红军长征两次经过禄劝，留下了许多感人故事，长征精神也会在这片土地代代相传。

第四章：赶街

赶街是云南、贵州一带的方言，又称“赶场”，云贵地区自古就有“赶街”的生活习俗。每到特定日期都会在一些固定的场所或街道汇集成一个很大的贸易市场，临近村镇的人都会从四面八方会集到此买卖东西，在云南这种临时性的贸易活动叫作“赶街”。

每到星期五赶街天，原本一片空旷的街子就热闹了起来，上百顶色彩鲜艳的帐篷把坝子点缀出一幅熙熙攘攘的景象。同事常打趣地跟我说：“要穿紧鞋子，免得人多给你踩掉咯！”

乌东德的赶街人多以老人和周边四乡八镇的乡亲为主，山货土产，

放牛童（云贵川地区的小朋友基本从小就会骑马、放牧）

菜蔬日杂，货真价实。走在赶街的路上，“咋个卖？”“少点嘛！”熟悉亲切的乡土话不绝于耳。

做针线活的大妈一针一线勾勒着手中的花布，琳琅满目的手工绣花鞋挑到你眼花。路边的土制爆米花，随着“砰砰”的响声，米花出炉的瞬间，诱人的香味扑鼻而来，那是赶街人童年幸福的味道。

赶街对于当地人来说，更多的是一种生活里自娱自乐的惬意。

经过多年发展，赶街的市集从仅仅满足周边村民的生活所需，到如今各色风味小吃、生活用品、衣帽鞋袜、农活用具等一应俱全，“只有想不到，没有买不到”的乌东德乡街子更像一个云南风味的“大庙会”。

除了能买到日常必需品之外，运气好的话，你还能在这里淘到难得一见的各种“稀奇”宝物。忠实的赶街人有一件必不可少的事情就是“寻宝”。每逢周五赶街天的清晨都会有“好货来潮”，大爷大妈们各自背着娃，挑着担子，行走在各个摊位前，喜滋滋地欣赏着晶莹剔透的蜂蜜、香味十足的云腿等产品。

除了买东西之外，和老朋友在这一天聚一聚、话一话家常也成了赶街天的重要部分。这熙熙攘攘的市集饱含了一代又一代老云南人割舍不下的“乡街子”情怀，在快速流转的社会里，乡街子的家乡味和人情味显得更加珍贵。

中国能建参建的乌东德水电站工程，是党的十八大以来我国开工建设并建成投产的千万千瓦级世界级巨型水电工程，开发任务以发电为主，兼顾防洪、航运和促进地方经济社会发展。

新疆，为你千千万万遍

周益平 林丹茹 赵丹

行走在喀什古城，仿佛梦回《追风筝的人》。以沙土的黄色为主色调，阳光穿过房屋的镂空墙，落到街边烟火升腾的烤馕店，远处飘来的瓜果香，伴随着嬉戏孩童的笑声，让人不由得想起那句："为你，千千万万遍。"

五彩湾煤矿

许多未到过新疆的人，提及新疆，多的是“刻板”印象 :“穷荒绝漠鸟不飞”的荒芜,“大漠孤烟直”的寂寥……“三山夹两盆”的特殊地貌，构造出了形态奇异的美景，在这里生活和工作的二十多年，我有幸往返于天山南北，看见了与“刻板”印象截然不同的新疆。

足迹里的新疆

一、天山“明珠”——天池

天山天池风景区位于新疆维吾尔自治区昌吉回族自治州阜康市境内，来到这里可以同时看到雪峰倒映，云杉环拥，碧水似镜，风光如画。

天池被高山险峰环抱着，从山上往下望，可以看到天池的湖面呈现美妙的半月形，湖水清澈透明，宛若“海上生明月”，因此天池还有“天山明珠”的美称。

二、“大西洋最后一滴眼泪”——赛里木湖

赛里木湖古称“净海”，位于新疆博尔塔拉蒙古自治州博乐市境内北天山山脉中，是新疆大西洋暖湿气流最后眷顾的地方，因而从地理上又有着“大西洋最后一滴眼泪”的说法。

赛里木湖是新疆面积最大、海拔最高的高山湖泊，也是全国透明度最高的湖泊之一，是天山最大的季节性冰湖，温暖的阳光下，深藏一冬的蓝冰慢慢融化、开裂、消散，露出纯净的湖面。

5 月，一场“破冰之旅”说走就走，于万里湛蓝的天空下，于逶迤绵延的雪山中。驾车绕湖一圈，因湖面不同程度的融冰状态，你会看到赛里木湖的多面性。

当坚硬的冰面点缀着星星点点的湖水，它是清凉的绿色；当未消融的冰凌与湖水交融，它又呈现出乳白色；当冰雪完全融化露出湖面，它便成为一面透明的“天空之镜”，这时的赛里木湖宛若一块遗落于人间的蓝色宝石，晶莹剔透，惊艳众人。无论是天边巍峨的雪山还是近在咫尺的优雅天鹅，都能看到完美对称的清晰倒影。

三、“帕米尔之眼”——木吉火山

新疆既有水一般柔美的一面，更有火一般热烈的一面。

新疆最西部阿克陶县木吉乡的帕米尔高原上，有一座似梦幻一般的山谷。它就是有“帕米尔之眼”之称的木吉火山，全名喀日铁米尔火山群。木吉火山口是新疆海拔最高的火山口，也是世界上最典型的火山口之一。

约1500年前，这里火山嘶鸣，岩浆喷涌，将大地晕染成五彩斑斓的颜色，留下冰与火的幻境，与十八罗汉雪峰遥望相守，可谓大自然别具匠心的杰作。虽然它是很久以前喷发的，但目前仍保留着透明的冰川、清澈的冰蚀湖、深不见底的冰洞、甘甜的冰川雪水。

散步在新疆最西部，看这经历1500多年的火山口仍然熠熠生辉，层层叠叠的火山岩宛若绚丽的玫瑰花瓣，火山口一抹碧玉般的水就是娇嫩的花蕊，周边浓墨重彩的地质地貌冲击着视觉，在这里放慢脚步仔细聆听，闭上眼睛去想象，仿佛感受到这些火山经历了千年后仍保存的余温。

四、“活着的千年古城”——喀什古城

喀什古城意为“玉石般的地方”，是古丝绸之路上的一座历史名城，是中国最西端城市。喀什古城位于喀什的市中心，也被称为“活着的千年古城”，不似那些特意打造的景点，这里历史悠久、风景独特，是维吾尔族人世世代代生活的家园，街巷弯曲幽深，四通八达，行如迷宫。

进入古城，历史街巷纵横交错，传统民居鳞次栉比，布局灵活多变，设计不拘一格，许多建筑都是有上百年或几百年历史的“老古董”。

步行在古城之内，抚摸着古城的一砖一瓦，感受着当地的风土人情，专属于古城的特有烟火气便扑面而来。

烤肉师傅往吱吱冒油的羊肉串上撒着孜然；辛勤的主妇淘洗着大米为晚上的手抓饭做着准备；茶馆里茶客盘着腿坐在土炕上，津津有味地品尝着烤馕和烤包子；白胡子老者惬意地坐在巴扎的凉棚下，细细品着放了玫瑰花和沙枣花的花茶；杂货店前坐着的老大爷悠悠然弹奏着自己最爱的那些熟悉的旋律。

这一幕幕就像放电影那样一帧接着一帧，应接不暇，令人回味无穷。

五、中国网红公路——盘龙古道

“今日走过了所有的弯路，从此人生尽是坦途。”这是盘龙古道的一句宣传语，也成为无数人追寻的目标。

盘龙古道地处喀什地区塔什库尔干县瓦恰乡境内，是县城到瓦恰乡的公路其中的一段，为了使帕米尔高原上的农牧民能够轻松地走出高原，更好地与外界取得联系，当地政府依着山脊修建了瓦恰公路。

原本除了瓦恰乡当地百姓，一般很少有人途经此路，所以知道的人并不多。但由于这两年越来越多的游客与户外爱好者的到来，这里便慢慢成为一条网红公路。

这条 30 公里的山路，全程共计 639 个弯道，而且基本都是 360°以上的 S 弯，想要绕过一个又一个的急转弯、挑战一个又一个的陡坡，就算是老司机也得捏一把汗。

除了惊险刺激的自驾体验，盘龙古道沿路的风景也堪称一绝。想要征服这条巨龙，首先需要到喀什市办理边防证，然后顺着 314 国道前往塔什库尔干县，一路经过牛羊成群的湿地，点缀其间的白色蒙古包，都是高原特有的美丽风景；路过仙境般的下坂地水库，穿过葱岭 1 号隧道，顺着马尔洋方向跨过塔什库尔干河，一路前行直到进入瓦恰乡。

库尔德宁的秋

舌尖上的新疆

满街的烟火气，是这里宁静生活的真实写照。随着时间的推移，手抓饭早已不使用手抓，长粒的大米拌着软糯的黄萝卜条和肥瘦相间的大块儿牛羊肉，米粒分明、晶莹剔透，让人忍不住咽口水。

大串的红柳烤肉在炭火上吱吱作响，吹着夏季和煦的晚风，配上一壶冰镇的卡瓦斯，怎一个舒服了得？

酥脆爽口的烤包子是最受当地民众喜爱的食物之一。包子皮用死面擀薄，四边折合成方形。包子馅用羊肉丁、羊尾巴油丁、洋葱、孜然粉、精盐和胡椒粉等原料制作，加入少量水，拌匀而成。把包好的生包子贴在馕坑里，十几分钟即可烤熟，皮色黄亮，入口皮脆肉嫩，味鲜油香。

石榴成熟了，满街的木质推车，整齐地摆放着红彤彤的石榴，简易的铁质榨汁机，一压一提，鲜红的石榴汁就流入矿泉水瓶，喝上一口，简直甜进了心里。

新疆的食物是大气的，大盘鸡、大盘牛肚、大盘鹅、清炖羊肉、牛骨头，往往是一个比脸大几圈的盘子，再配上一把小刀，方便将肉切碎嚼咽。新疆的食物又是可爱的，总喜欢以“子”字结尾，拉条子、揪片子、皮牙子……朴实中又带着些许俏皮。

当赛里木湖的鱼儿迎着太阳跳出水面时，库木塔格沙漠响起驼铃阵阵，喀什古城的小姑娘小伙儿哼着歌，无数人拉开帐篷走出来，煮上一杯热气腾腾的奶茶，面对远山瞭望未来。

这里是新疆，无论是千遍还是万遍，阅不尽的美景，吃不完的美食，都在诉说，希望你再来，为你，千千万万遍。

新疆是中国重要的能源基地。多年来，中国能建一直积极融入新疆、服务新疆，中国能建所属葛洲坝易普力公司、新疆院、葛洲坝三公司、葛洲坝市政公司、广东火电、浙江火电等企业持续深耕新疆市场，通过产业援疆，推动新疆高质量发展，一代代“能建人”扎根这里贡献着自己的力量。每一个在新疆工作的同事都对新疆印象深刻。

琼州：如此多娇

杨红梅

2019年3月初，我收到调令，离开了工作多年的大西北，前往海南的项目部报到。当时的大西北正值春寒料峭、大雪纷飞，大地一片银装素裹，我和老公穿着羽绒服开着车一路向南，直奔目的地——海南。

坐船过海，这是每一个去过海南的人最初的记忆。到达海南刚下船，迎面扑来的热气让我瞬间怀疑自己回到了西北阳光炽烈的6月，自己穿的一身冬装与这里显得格格不入。

岛上热情的工作人员操着浓浓的本地普通话指着不远处告诉我："那边有可以给上岛人员换衣服的地方啦！快去快去，别热坏了。"换好衣服出来，看着自己一身轻便的夏装，嗯，没错，这里便是祖国的南端，如诗如画的海南。

漫步在海南的街道，沿途除了路边一排排高大的椰子树，总能看到许多开着房车自驾旅游的外地游客。自从成为自由贸易港以来，海南便成为一个面向太平洋和印度洋对外开放的重要门户，犹如一颗镶嵌在海上的明珠，用它独特的魅力吸引着全世界的游客，海南的免税店更是理所当然地成为众多游客的购物天堂。

在海南行走一圈，你会发现海南的美不胜枚举，缱绻的白云、平坦

海口骑楼老街

柔软的沙滩、澄清透明的海水、树影婆娑的椰林、清澈如洗的蓝天、温暖和煦的阳光、生机勃勃的雨林……数着数着你便爱上了这里。

鲜花四季常开

海南的美，来自四季常开的鲜花。作为海南省的岛花 —— 三角梅，除了一年四季盛开的各色身影，最让我震撼的是在我们陵水项目部所在的小镇上，有一户人家养了一棵四层楼高的玫红色的三角梅，瀑布般的花朵层层叠叠从楼顶倾泻而下，异常壮观，作为爱花人士的我，恨不得翻墙进去，近距离一饱眼福、拍照留念。

路边那些有篮球那么大的火焰花，即便是半露半藏在茂密的树叶中，也藏不住她的茂盛。

而当火红的凤凰花恣意绽放时，微风拂过，花瓣花蕊就像火凤凰的羽毛随风而舞，难怪有“叶如飞凰之羽，花若丹凤之冠”的绝美形容。

没有人能拒绝美好的存在，各种好看的植物让人大饱眼福。有毛茸茸的、小红圆球一样的合欢花；有一碰就合上叶片的含羞草，盛开着大片的小红花；还有那长满刺的木棉树。

三月木棉花盛开后就结满了长长的果荚，等到果荚成熟的时候裂开的大团大团像洁白的棉花糖一样软软糯糯地挂满树梢，比开花的时候更显可爱。

海南是没有冬天的，常年高温的天气让这里所有的开花植物竞相生长，长势喜人，还有很多是我叫不上名字的植物。

和同事去爬昌江项目部附近的霸王岭的时候，看到许多被植物学家挂牌标注的珍稀物种，随便一棵树、一株藤就有五六百年了，简直让人叹为观止。我想，一定是海南独特的气候让这些植物忘了时间只顾汲取阳光使劲生长吧！

水果品种繁多

海南的美，来自四季不断的热带水果。从上岛到我们工作驻扎的营地，一路上见到最多的，也是我目前最熟悉的，就数椰子树和杧果树了。高高的椰子树上挂着一串串球形的椰子，对于像我这样不会爬树的人来说，除了去水果市场购买也是别无办法。

有一次去海南的同事家里做客，他家有大片的杧果园，熟透的被风刮掉的杧果竟然被拿来喂鸡，我这个爱吃杧果的人看得直呼心痛，看着我一脸疼惜的样子，同事说，“鸡吃杧果，你再吃杧果鸡，难道鸡肉不比水果香吗？”忽然觉得好有道理！

在闲暇时光里，同事便会带我去逛海口的水果批发市场，每次去那里我都恨不得能多长几只手可以买买买，因为海南的水果好吃又便宜。

逛了一大圈水果市场后，我才知道原来杧果还分象牙杧、白玉杧、贵妃杧、鸡蛋杧、台农杧、苹果杧以及超甜的辣椒杧等十多个品种；香蕉居然还有红皮的，水果店老板说香蕉和芭蕉的品种加起来也有十多种；槟榔是一颗颗饱满圆润的红果子、绿果子。

市场里还有超级大的波罗蜜、跟白糖一样甜的释迦果、没有一点酸涩味的凤梨以及我最喜欢的山竹。更有那些在其他省没有见过的鸡蛋果、人心果、黄皮、黄金椰子、黄皮的火龙果、乒乓球那么大的火山口荔枝、又香又臭的榴梿蜜以及许多记不住名字的水果，不得不感叹海南人民这完全实现水果自由的生活真幸福。

海陆空皆美食

海南的美，来自独有的地域美食。海南的特色美食简直是把海陆空都占全了。

来海南旅游既想省钱又想吃到新鲜的海鲜，就无须去那种高档酒楼，只要百度一下周边的海鲜市场，包你能买到鲜活的贝类、海鱼、蟹和在海南之外少见的花龙大虾等海鲜，然后去市场周边找那种明码收费的代加工的餐馆进行海鲜加工，不一会儿就可以吃到既经济又实惠的美味海鲜了。

因为海南的气候造就了这里肥沃的草场，使得牛羊四季都有鲜嫩的草可以享用。海南定安的仙沟牛肉，被称为“会跳舞的牛肉”，肉质鲜嫩无膻味，口感不硬不柴，一点也不逊色于内蒙古的小肥牛。

海南的东山黑羊据说爱食当地的一种野生鹧鸪茶，所以肥而不腻，还曾被央视的美食节目《舌尖上的中国》隆重推荐过。海南东方的烤乳猪，表皮酥脆、色泽红润光亮，咬一口下去香而不腻，嚼劲十足。

当然，海南作为椰子之乡，就不得不提“椰子鸡”这道名菜。用新鲜的椰子汁作为汤底，配以现杀的文昌鸡炖煮，一口鲜嫩的鸡肉配上一碗香甜的椰子汤，这微妙的组合鲜甜又滋补，吃到嘴里汤清甜，鸡肉香味四溢。

刚到海南时，看到大街小巷有许多挂着“清补凉”的招牌，抱着对这几个字的好奇心去尝试了一下，后来就爱上了这种海南独有的地道小吃。

清补凉用新鲜的椰子汁作为汤底，里面有椰子肉、红豆、绿豆、薏米、花生、通心粉、西瓜、烧仙草、芋头等食材，煮至软烂，再随着椰汁一起盛入碗中，放在冰箱冰镇。店老板从冰箱里的容器里舀出来，接过一碗吃下去立刻就感觉暑气全消。

一方水土养一方人，也正是因为海南这独有的地域优势，海鲜比肉还便宜，我们项目上很平常的一顿员工餐对于我这个湖南人来说简直不要太豪气。

阳光沙滩悠闲生活

海南的美，来自大自然赋予它充裕的阳光和美丽无垠的沙滩。来海南，除了可以品尝水果美食、到免税店购物外，当然必不可少的就是享受这里的阳光、沙滩和碧海蓝天了！

海南的分界洲岛、蜈支洲岛是有名的潜水胜地，其中蜈支洲岛还是世界上为数不多的没有礁石与鹅卵石混杂的海岛，西部及北部形成的一湾玉带似的白色沙滩沙质均匀细腻，海水碧蓝，被称为中国的马尔代夫。

海南万宁日月湾是不错的冲浪胜地，我们国家的冲浪队训练基地就在这里。海南的神州半岛三面都是海，这里沙滩的沙子也非常细腻，很适合光着脚丫在上面散步，据说这个岛上涨潮后冲上来的石头颜色千变万化，贝壳也很漂亮，有机会一定要去看看。

海南岛上独特的沙滩美景，常年吸引着无数的摄影爱好者、婚纱拍摄团队、影视摄制组来这里取景，更有许多的网红来此打卡。

海南这座如画一般的城市整体生活节奏不快，当地居民常年着一双凉拖悠闲地生活在这里，一边勤勤恳恳地工作，一边感受着阳光沙滩，在这里工作久了，我的心境也变得平静起来，清风徐来，惬意的生活就近在咫尺。

中国能建易普力股份有限公司 2015 年开始进入海南市场，目前在昌江、陵水等地提供矿山和砂石骨料钻爆服务，持续为美丽海南建设贡献力量。

京西古道：一起走过的不平路

吕晓科

作为能源行业的人，不知从什么时候起便养成了一种职业习惯，那就是每到一处就要探寻当地的能源结构和发展历史。来到北京也不例外，找个周末，和能源圈的朋友，一同寻访老北京煤炭运输之路便提上了日程。

沿永定河西行四十余公里，便来到了位于门头沟的西山，这里是拱卫北京西部边界的最后一道天然屏障，素有"神京右臂"之誉，而散落在其中的十几条古道被统称为"京西古道"。

自元代定都北京后，都城建设所需煤炭、建材等物资皆出于西山，京西古道就显得尤为重要。"况西山一带仰赖乌金（煤炭）以资生理，而京师炊爨（烧火做饭）之用犹不可缺。"这里出产的煤炭大多是从阜成门运入京城，所以阜成门又称为"煤门"。除了出产煤炭和石材外，京西琉璃的烧制也远近闻名，而在过去交通运输不便的条件下，只能依靠马、驴、骡，甚至骆驼驮运货物。就这样日复一日、年复一年地来来往往，久而久之，便在古道基岩（细砂岩、石灰岩）中踩踏出壮观的蹄窝，生动地诠释了什么叫踏石留印、抓铁有痕。

这其中以牛角岭的印迹最为深刻清晰，蹄窝密布。牛角岭关城属京

古道上留下的“蹄窝”

西最古老的关口，号称京西古道第一关（古人有“大道为关、小路为口”之说）。关城建在两山坡对峙之处，扼守着古道之要冲，不仅是防御关口，也是官家收费的关隘。抚摸着眼前硕大的蹄印，似乎还能看到当年驮队、马帮行走的身影。古人已逝，印迹永存。这让我不由得想起了张若虚的诗句：“江畔何人初见月？江月何年初照人？人生代代无穷已，江月年年望相似。”

伫立在牛角岭古道旁的一座石碑特别引人注目，上曰“永远免夫交界碑”。据碑文记载，此碑立于乾隆四十二年（1777），是康乾“盛世滋丁，永不加赋”政策的产物。由于当地“村墟寥落，石厚田薄”，只能靠走窑贩物度日，但距离京城遥远，“往返不堪征途之苦，家中每叹粒口之艰”，于是在雍正八年（1730）永久豁免了当地老百姓的夫役，“以彰先世之德政，壮山川之秀美”。这块“石碑”不仅是古代官署爱民的记录，更是税务文化的佐证。难怪朋友中有人建议，应该把这里作为税收史教育基地——这种主意都能想得出来。

再往下走就可以看到几匹马驮货物的雕塑，旁边还时不时会有一些干枯的藤蔓。真应了那句“枯藤老树昏鸦，小桥流水人家，古道西风瘦马”。元大都人马致远（与关汉卿、郑光祖、白朴并称“元曲四大家”）一生热衷功名，立志“学成文武艺，货与帝王家”，然而却郁郁不得志，过着漂泊无定的生活，在羁旅途中写下了这首《天净沙·秋思》。如今，马致远故居就坐落在京西古道边，想一想他在北京也算是有房有户，竟落魄至此，真是时运不济。遗憾的是当天故居闭馆，未能一睹为快。

走完牛角岭段古道大约需要一个多小时。回望古道，光阴似乎在静谧破落的古村停止不前，而山下川流不息的车辆却提醒你，这是一个崭新的时代。繁华与静默，喧嚣与平淡，本就是历史的两面，就像那些历史的创造者同时也是历史的终结者一样，而他们的历史也会被下一代历史的创造者所终结。

1959 年，在工业落后、基础薄弱的新中国，中国能建北京电建在这里修建了北京第一座电厂——高井热电厂，陆续竖起的三根 120 米高的大烟囱成了电厂的标志。这座拥有 6 台 10 万千瓦燃煤机组的电厂，代表着当时电力工业的最先进水平，为保障首都用电、供热需求发挥了重要作用，被誉为北京西山脚下、永定河畔的一颗璀璨明珠。随着时代的发展，为了首都的天更蓝，运行了 55 年之久的高井热电厂在 2014 年被全部关停，结束了它的历史使命，取而代之的是由中国能建华北院设计的拥有诸多先进技术与设备的亚洲首个 9FB 燃气电站和色彩更加绚丽的三根“新烟囱”——“京西三炷香”。

走在前人的不平路上，心里久久不能平静，的确，我们能深深感受到他们那一代人的艰辛和不易。如今，随着“3060”双碳目标的确定，传统能源将会逐渐退出历史舞台，可是，新能源的发展之道又何尝不是崎岖难行呢？

希望与梦想

仲洁

我们家从爷爷辈就定居南京，年轻时代的父亲，见证了滔滔江水之上的“天堑变通途”，并且成为与南京长江大桥共青春的一代人。

当年大串联，父亲由下关火车轮渡过江，经津浦铁路北上，一路辗转一天一夜才到达首都北京……退休以后，寡言少语，他很少提及往事，去年路过下关火车公园，看到成为“遗存”供游人追抚观瞻的栈桥时，伫思良久，方才吐露一二。

可巧，当晚他所在的南京老十八中同学群里有人晒出昔日旧照，其中一张是1968年国庆节南京长江大桥通车的盛况。父亲戴上老花镜把照片仔仔细细看了，然后说：“你叔叔就是通车当天第一批从大桥过江，去往苏北农村插队的。”叔叔运气不算坏，没过太久就回城了，而同样是知青的父亲，却历经八年农村生活，才得到招工机会返城。

上世纪90年代初，父亲调到与南京主城一江之隔的大厂工作，而单位宿舍在城北的迈皋桥，他每天奔波于江南江北之间。当时我也跟随他从徐州转学到南京，知道南京长江大桥还是因为一篇同题课文，至今记得那是新学期的第二课，开篇“清晨，我来到南京长江大桥。今天的天气格外好，万里碧空飘着朵朵白云。大桥在明媚的阳光下，显得十分

作者幼年与父亲合影

壮丽……”。每天在父亲脚下穿梭未见先闻的大桥，经过这种文学化的描述，更加满足了我对于回归大城市的想象和小小虚荣，无比契合心意，去看大桥也成为当时最强烈的愿望。

终于到了暑假，我可以跟父亲去上班，记得第一次坐着厂车开上大桥时，我一边默背课文，一边贪婪地扒着车窗，一一“对号入座”：玉兰花灯柱、工农兵塑像、高大的桥头堡，还有远远的江面上那一叶叶扁舟……可惜那会儿从来不堵车，美好的大桥时光总感觉转瞬即逝。

两年后，父亲工作再次调动，我又跟随他转学到苏南农村，小桥流水每日眼前周旋，大江大桥的印象又渐渐模糊起来。

再回到南京，已是新世纪，一切恍如隔世。此时的父亲两鬓侵霜，而我也早已不是当初跟去上班的小尾巴，我长大了，到了恋爱的季节。

2000 年初的一个冬日，我和当时的男友（现在的先生）去南京燕子矶公园游玩。立矶头，观大江奔涌，浊浪滔滔，我俩意犹未尽，遂又登船去往对岸的八卦洲。那次游玩的细节到如今已全然忘记，只记得轮渡上，建设中的长江二桥似近在咫尺，桥塔和数道斜拉索构成巨伞的骨架，稳稳抓住桥身，千波凌云，横跨江面。江风阵阵，裹挟着眼前的画面冲击着我脑海中昔日大桥的雄姿，同时送来水汽和他的声音："等桥建好了我也毕业了，我努力挣钱买车，以后开车带你过二桥。"

当初的"宏愿"，如今最是稀松平常。十几年间，我们无数次开车经过二桥，之后的三桥、四桥还有长江隧道的通车，也没能在我成年人的世界里惊起多少波澜，而每次路过任何一座桥，也只是一种赶路的经历。正如这些年里我匆匆忙忙结婚、生子，疲于千头万绪的工作和人情世故的应酬，偶尔还要顾及一下自己的小趣味——无论在哪一点上，老

南京长江大桥

去的父亲都在与我渐行渐远。

而随着自己年龄增长，没想到的是，一些往事如陈年落下的病根，竟从岁月深处汹汹而来，成为另外一种“远”将我和父亲间隔。我是说，我无法忽视心底深处那个反复诘问的声音：在人生的前20年，为什么我和大城市仅有只鳞片爪的关系？比如那年暑假关于长江大桥的记忆。我也是南京市户口，明明可以和其他同龄人一样，享用大城市的各种资源和福利，去图书馆借书、去少年宫参加兴趣班、去博物馆参观……可是，这些统统和我无关，属于我的只有频繁转学，从城市转到农村，一次次被抛掷到陌生的地方。在课堂上，除了学好规定课程，还要努力学习一门“外语”——当地土话，即使这样，还被同学在背后叫“野人”……

这些不堪，以当初儿童蒙昧的心，虽然敏感却不能辨清，也就浑浑噩噩过去了。这么多年我从未和父亲说起，自以为忘记，未料年深月久的反刍，滋味竟愈发酸楚。渐渐地，和父亲的话也愈少了。

父亲仿佛全不在意，退休后的他一门心思沉浸在和外孙女的天伦之乐里。帮我接送孩子，给她做好吃的，常常还宝刀未老代为操持些小玩意儿——女儿的手工作品带到学校总是上墙入展。

去年底一天，女儿哭丧着脸回来，原来班级的调皮王把她做好的汽车模型给踩坏了，“老师说要根据这次作业评定整学期的课程成绩！”。娃说着要哭了，这时父亲挺身而出，承诺帮再做一个，小朋友才又破涕为笑。

几天后下班回到家，一进门，女儿就献宝似的冲过来，“快看我的汽车模型！”。这是哪个时代的大客车啊？我愣住了，前窗的玻璃还是分成两块的，前后统共只有一个门，车身中间红蓝的线条，似曾相熟，不，是如此眼熟，我想起来了，就是小时候他们的厂车，我坐着开过大桥的那一辆！

我没说什么，默默坐到一边。父亲继续陪小朋友玩。我边看手机边听爷孙俩的对话。

"你妈妈小时候最喜欢坐这种汽车了，因为可以开过长江大桥。"

"那时候长江大桥很好玩吗？"

"肯定没有现在的桥好玩啊。但你妈妈小时候大部分时间都在农村上学，坐车看长江大桥对于她是高大上的事情。"

"那为什么她小时候要在农村上学？"

"因为外公不是个好爸爸，没好好上学，没有大本事，也没能让你妈妈上好学校……"

"可外公是个好外公啊！"

……

我已经听不下去，佯装出去给花草浇水，一个人走到阳台上。

原来，他也并没有老眼昏花，往事的一幕幕他比我看得还要清楚。原来，当初他不是不想，而是实在不能，就像他无法主宰大时代里自己的命运，那滚滚长江里的一叶扁舟。三十年后重回大桥，我终于得见，那一刻的相逢，胜却人间无数。

如今，江水依旧滔滔，现代化的二桥、三桥、四桥、五桥在江面上座座飞架，让古城的南北越来越紧密地连接。我想，对于这个时代，桥的更深层价值，也许在于作为动词时的指示性意义：世界上的道路因桥得以逶迤绵延四通广达，桥是断裂被密密缝合，桥是暂停后优美的继续，桥是此岸与彼岸的携手，桥也是理解与被理解、接受和被接受……

桥不是目的，相逢才是。

仰望星空 脚踏实地

李永红

我怎样走上写作之路

我出生于一个普通的家庭，父亲是一位普通的水电工人，曾经是一位抗美援朝退伍老兵，曾经在工程船上从事水手工作，母亲是一位工地小学教师，在平凡的岗位上年复一年从事教书育人的工作。父亲于1978年病故，那时我才12岁，下面还有两个不到10岁的弟弟、妹妹，我们兄妹三人与母亲相依为命，在工地度过了最艰难的时期。1981年，我读了两年高中后，子承父业参加了工作，成为一名工程船船员。从那时开始，我就开始了业余的文学创作。

那时的三三〇工程局非常重视宣传工作，宣传网络一直延伸到班组，每月层层开展考核评比，非常严格。当时的船员大多是“大老粗”，小时候都没读过什么书，更谈不上写宣传稿了。好不容易船上来了一个读过高中的我，一上班就兼任船上的班组宣传员。我的第一篇文章发表在船上的黑板报上，题目是《谁修好了船上的长条椅？》，写的是一位师傅学习雷锋做好事不留名的故事。船上的老政委觉得稿子写得有新意，特意抄写到了黑板报上，且写了整整一张黑板。自己写的稿子变成了黑板报上的粉笔字，而且读板报的师傅不少，里三层外三层围着板报争着看（那时船上生活单调，船员们常年过着四面朝水、一面朝天的生活，但凡有一点点新奇的事发生，都会感兴趣），自然是非常高兴了，从此我对写作有了一定兴趣。18 岁那年第一次在《三三〇战报》上发表了一篇“豆腐块”文章，我欣喜若狂，后又有多篇宣传报道和短篇小说在当时的《长江葛洲坝报》和《葛洲坝青年报》上发表，我多次被评为优秀通讯员，我所在的工程船也多次被评为宣传工作先进班组。之后我的写作劲头就更足了，不停有稿子见诸报端和杂志，除集团内部报刊外，多篇文章在《工人日报》、《法制日报》（现更名《法治日报》）、《湖北日报》和省级以上杂志发表。

由于有了一些写作的功底，便被称为所谓的“笔杆子”了，于是我从班组业余宣传员调到工程船队做了文书综合员，并兼任船队团支部书记，从此走上了从事文字工作的职业岗位，之后被调到分局机关做宣传

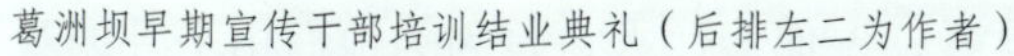
葛洲坝早期宣传干部培训结业典礼（后排左二为作者）

干事，后先后任局长办公室和党委办公室秘书。在分局机关工作10年后，28岁的我被调到葛洲坝集团三峡指挥部办公室任秘书科科长，直至任指挥部办公室主任，其间除中途有两三年下派项目公司挂职锻炼，任基层党总支书记外，一直在指挥部机关与文字打交道。正是这些年文字材料的写作和宣传工作的需要，使我有机会接触到了方方面面的人和事。特别是普通的一线工人，他们忍辱负重、不计得失、水电报国、默默奉献的精神给我留下了深刻的印象，也让我积累了丰富的素材，为我以后写作长篇小说《江河东流去》奠定了基础。

我为什么写《江河东流去》

自参加工作以来，我有幸参加了葛洲坝二期工程建设和整个三峡工程建设，在从事文字工作过程中，调研和采访过无数建设者，每次都被他们的先进事迹所感动。他们是一群平凡而伟大的人。说他们平凡，是因为他们都是普通的水电建设者；说他们伟大，是因为他们用平凡的身躯铸就了伟大的工程。

正如我在小说第一版《自序》中所写的“小说中的许多故事、事件和人物都是我的亲身经历、亲眼所见或亲耳所闻。这些故事、事件和其中的许多人物多年来一直在我脑海中浮现，有一种想写出来一吐为快的冲动。小说只是通过加工提炼，把这些人物和故事贯穿了起来”。在此之前，我一直想用一种形式把他们展示出来，起初并没有写长篇小说的想法，是想写一部人物通讯集，书名都起好了，叫作《巍巍大坝，颗颗红心》。但由于本职岗位是办公室秘书，后来又担任了办公室主任职务，每天面临的行政事务和协调工作较多，晚上又要加班写各种文字材料，几乎每天都有加不完的班，在这种情况下，一篇文章好写，写一本书就有些难度了，也就顾不上，这件事情也就放下来了。

作者在工程船上采访

虽然在三峡工地工作期间就有了用小说形式来表现的想法，人物和故事已经有了雏形，但一直没有理清整个小说的框架和头绪，不知如何下笔，但想写出来的冲动一直没有停止过。

我怎样写《江河东流去》

2017 年 8 月的一天，我突然想起了上世纪 70 年代初我们家从农村搬到葛洲坝工地时的情景，心想，何不从水电工人的家史和源头写起。一方面体现历史感，说明大部分水电工人来自农村；二是水电工程施工的性质决定了他们的职业生涯一开始就要长期面对和忍受两地分居甚至多地分居，面对家人不能团聚、不能照顾和保护的艰难处境及生存状态。于是就有了开头的第一章。

我在动笔写这本小说的时候，确实也感到建筑施工题材小说的难写，如果过多地写工程建设本身，无非就是钢筋、水泥、设备、工程进度、质量、安全和职工如何苦干等，显得枯燥乏味，但如果过多地编故事而忽视工程建设的细节，又少了水电施工建设题材小说的特点。

对于这些困惑，正如一位读者读了小说后在评论中所言："文学创作原本就难，而正面描写工业题材，更是难上加难！难就难在现代工业，尤其是大型工程施工，太多的是体现共性，而太少（实际工作也不允许）个性，表现的是群像，是全体，而非个体。那些严格的施工程序、工艺标准，那些冰冷的机械、规范的仓位，那些成建制分工明确的水电职工，从整体上观察，的确难有引人遐想的特定空间和耐人寻味的情节趣闻。历数我国现代名著，有几部是写工业的？我读书不多，孤陋寡闻，最有名的好像就是《创业》了。而在这部小说、电影出来之前，宣传铺天盖地，大庆油田对国家的巨大贡献已超越工业范畴，早已成为全国人民关注的政治话题。王进喜等英雄人物的模范事迹，也已深入人心，妇幼皆知。据此创作一部小说，似不太难。而葛洲坝工程，除了建设者和相关人员，有多少人知道？即使出书，对一般读者又有多少吸引力？可喜可贺的是，你的书做了较好的回答，《江河东流去》具有很高的可读性和可信度，读完仍觉意犹未尽。"

因此，我在最初构思写这本书的时候，就考虑把工程建设放在整个国家历史发展的大背景下，多穿插那个时代特有的历史事件，再把人物和故事植入其中，让他们的家庭命运、个人命运与国家和工程建设的命运联系在一起。在工程建设上重点突出具有水电特色的主要工期进度、主要节点目标的描写，以及工程建设中发生的一些重大事件来体现水电工人的奉献精神，以及他们的亲情、爱情、友情和喜怒哀乐，尽量做到能有看点。

这部小说出版以后，虽然读者给予了较高评价，但也提出了宝贵建议。据此我也做了仔细反思，感觉还有很多的不足之处。如人物语言缺乏特征和特色、人物故事写得不太集中，有些过于发散，有的故事情节和故事的发展还有些平淡，缺乏必要的高潮和戏剧性的冲突，在文字和措辞的把握上还存在一些缺憾。我将进一步总结经验，认真学习、汲取各方宝贵意见，力争在今后的写作中做得更好一些。

本小说主要以写建设工地的普通家庭、普通工人为主，我觉得主题是契合主流精神和主流要求的，弘扬的是人民群众社会主义的正能量。习近平总书记在庆祝中国共产党成立100周年大会上饱含深情地指出："江山就是人民，人民就是江山。"充分肯定了人民群众才是真正的英雄，人民群众是历史的创造者和发展者，任何人间奇迹都是人民群众创造的。中国能建10年的发展史、葛洲坝集团51年的奋斗史波澜壮阔，可歌可泣，生产经营、改革发展取得的巨大成绩，离不开千千万万能建人的艰苦奋斗和无私奉献，凝聚了千千万万普通能建人的智慧和力量，老百姓的苦乐哀愁、酸甜苦辣写不尽也道不完，如有机会我将写第二部和第三部。

厚积薄发　水到渠成

杨明清

人文能建：您从事美术创作和教育三十多年，您是如何走上艺术之路的？

杨明清：喜欢上绘画，是我在武汉上中学时。我舅舅的同学在美术学院学习油画，假期到我家写生习作，我觉得油画挺有意思，于是，自己开始尝试学习绘画。从此，一发不可收拾，从未间断，直到现在。

我也曾有机会从事其他行业，但我放弃了，随心而为，选择了我喜欢的美术教育和创作工作。因此，我能始终坚持几十年创作不间断，其动力不是名利和金钱，而是内心喜欢，仅此而已。

人文能建：我们注意到，您早期创作过与葛洲坝相关的工业题材版画和油画作品，能给我们谈谈这个时期的创作吗？

杨明清：1977 年，我高中毕业后，就从武汉下乡到宜昌知青点，1979 年回城在葛洲坝集团工作。那个年代，葛洲坝工程举世闻名，国内许多画家、院校学生都到葛洲坝采风写生。葛洲坝集团对美术创作也非常重视，有一批专业从事版画创作的画家和工人。受其影响，我也开始尝试版画创作。但后来发现，我的兴趣还是在油画，所以，版画作品很少。

《依海而生》，油画，80cm×180cm（第七届全国画院美术作品展进京作品）

艺术创作离不开历史背景和生活。20世纪80年代，工业题材自然成为我的创作主题。葛洲坝工程的建设场面，也震撼着我的内心，大型的装卸车、大型的塔吊、人山人海的劳动场面，对我来说从未见过。我这个时期的代表作油画《智与力》，画面中大型的装卸车、大块的岩石，与小小的工人形成鲜明的对比，表达了人类开发自然、利用自然的智慧。

人文能建：在后来的创作中，您把重心转移到了建筑空间和园林系列，而且形成了独特的视觉语言特征，多次在全国展览中获奖，是什么触动您关注这类题材？

杨明清：一个艺术家从学习、探索，到成熟，是一个不断成长、自然形成的过程。我的整个艺术创作学习过程，也同样如此。在早期的学习中，我更多的是注重绘画语言的探索和训练，特别是在西安美术学院学习期间，我进行了各种油画语言训练。薄画、厚画，一次性画法、多层次罩染法，写实的、写意的，等等，都进行了尝试。随着技法的掌握和视野的不断扩展，越来越感觉到艺术的本质是表达，技术是手段，是为表达服务的。于是，我开始关注当下，关注社会，关注我感兴趣的人

《智与力》，油画，90cm×135cm

和物，从表达入手。

无论是建筑空间和园林作品，我都是在寻找一个属于自己的内心世界，用自己的方式来解读物象，营造出属于自己独特的精神空间的同时，与当下生存环境接轨。我又在不断地探索合适的绘画本体语言，以准确地表达我对空间的理解和传递，从而实现我潜意识下的精神寄托。

建筑空间作品的雏形，来源于我带学生到北京 798 看展，当时我对 798 的建筑和氛围产生了浓厚的兴趣。在这里，东方的、西方的，传统的、现代的，旧的、新的都同时存在于一个环境下，加上画廊的艺术氛围和现代雕塑与机器设备呈现，给我带来无限的想象。这种混搭，正好见证了我国改革开放后的包容和社会现状。

园林系列作品，是我近十年开始创作的题材，实际上，它是空间系

《真象·幻象》，油画，120cm×200cm，2020中国百家金陵画展金奖，江苏省美术馆收藏

列的延续。只是空间转移到了古镇，表达了我们在高速物质发展中，人们对传统精神文化的眷念和需求，这种江南古镇与戏曲人物的再现，与豪车、单车和网红打卡的同窗，都诗性地呈现了表象下的内在精神追求。这两个题材的选择，都是水到渠成的“偶遇”，没有刻意的追求。

人文能建：您对以后的创作有什么新的计划？

杨明清：对于我来说，创作的主线不会变，主要还是关注当下的生存环境和人们的精神需求。我从来不做创作计划，都是走一步看一步，只要你不断地去做，不断地去思考，总会有新的发现。

镜头下的激情岁月

肖佳法

人文能建：是什么样的机缘让您与摄影结缘呢？

肖佳法：我 1981 年参加工作，那时正值葛洲坝工程建设时期。新华社老摄影家花皑以及葛洲坝老摄影家李佐高、杨美生，经常背着相机泡在工地上，用手中的相机记录工程建设。在他们的影响下，我用微薄的工资购买了一台海鸥相机，从此走上了摄影之路。

上世纪 80 年代初，我开始拍摄葛洲坝二期工程建设。到了 90 年代，伴随着三峡工程开工，我又用镜头记录下三峡工程的建设历程。2000 年以后，我先后多次到金沙江，拍摄葛洲坝集团建设的向家坝、溪洛渡、乌东德、白鹤滩水电站。

工作 40 年间，我用坏了 12 台相机，3 台无人机，留下上万张珍贵的影像，从一个侧面记录下葛洲坝集团的一段发展史乃至中国水电事业的变迁。

人文能建：我们注意到您很重视老照片的收集整理工作，您是怎么看待这些老照片的？

肖佳法：照片是最直观地“记录历史、反映变迁”的方式，它可以生动地丰富文字不能表达的内容，也可以说今天的照片就是明天的历史。

1983 年，葛洲坝集团电力公司工人在葛洲坝泄洪闸上方架设高压输电线路。获第二届中国图片大赛典藏银奖

作为葛洲坝的一员，收集整理葛洲坝老照片，挖掘葛洲坝故事，是我们摄影爱好者义不容辞的责任。工作之余，我组织开展了征集老照片的活动，帮助葛洲坝集团老摄影家姚依正、彭雄才、李佐高、肖诗立等整理葛洲坝建设时期老照片，建立图片库，并将他们的作品推荐到媒体发表，还推荐他们参加各类影展。我希望他们的作品能被更多的人看到，希望更多的人能够了解葛洲坝的历史。

我还利用这些丰富的老照片编著了《万里长江第一坝——葛洲坝水利枢纽工程》《葛洲坝老照片》《我的集团我的家》等图书。建党百年之际，在很多朋友的支持下，完成了《初心能见——葛洲坝工程记忆》编辑工作。这本书回顾了葛洲坝工程建设的前世今生，以亲历者的口吻再现了工程的历史背景、时代价值和宝贵精神。

这些摄影作品记录了伟大的时代，展现了葛洲坝人的精神面貌。我相信，它们将来都会成为反映葛洲坝集团艰苦创业、自强不息、发展壮大的重要史料，也是传承红色基因、赓续红色血脉、弘扬葛洲坝精神的生动教材。能有幸成为这个伟大时代的记录者，成为葛洲坝的记录者，我感到很荣幸。

人文能建：您的作品除了工程外，还有很多一线劳动者，您是怎么考虑的呢？

肖佳法：我常挂在嘴边的一句话是“慎拍花，少拍景，多拍人”。我的镜头永远对准普通劳动者，讲述他们的故事，记录他们的生活工作。

《勇救落水女》

1987年8月7日，在湖北武汉集家嘴码头，一名女子被洪水冲走，3名青年英勇救人。荣获当年全国新闻摄影优秀作品奖、湖北新闻摄影作品一等奖

作为一名水电建设者、一名水电工人摄影师，我拍摄最多的也是水电工人。从葛洲坝、三峡到乌东德、白鹤滩，我一直在拍他们。我喜欢用照片讲故事，一线劳动者的身上有很多可歌可泣的故事。比如，白鹤滩水电站是当今世界在建规模最大、技术难度最高的水电工程。但它不仅是用钢筋水泥垒起的物质大坝，更是一座由建设者的智慧和汗水垒起的精神大坝。我们不仅要拍摄工程建设进程和面貌，更应该拍摄工程建设者。他们日夜鏖战绝壁山谷，用匠心铸造“国之重器”，他们是真正的功臣。

人文能建：在您拍摄的摄影故事中，让您印象最深的是什么？

肖佳法：让我印象最深的是老工人刘传业和李和菊的故事。二位老人是葛洲坝电力公司的退休电焊工，先后参加过丹江口、葛洲坝、三峡工程建设。老人不幸患上肺癌，去世前对家人说：等三峡发电了，一定带我去看看。三峡发电之后，他的儿女带着遗像来游三峡大坝，还了一

《我陪爷爷游大坝》

摄于2002年，获全国首届水电摄影大赛新闻类银奖

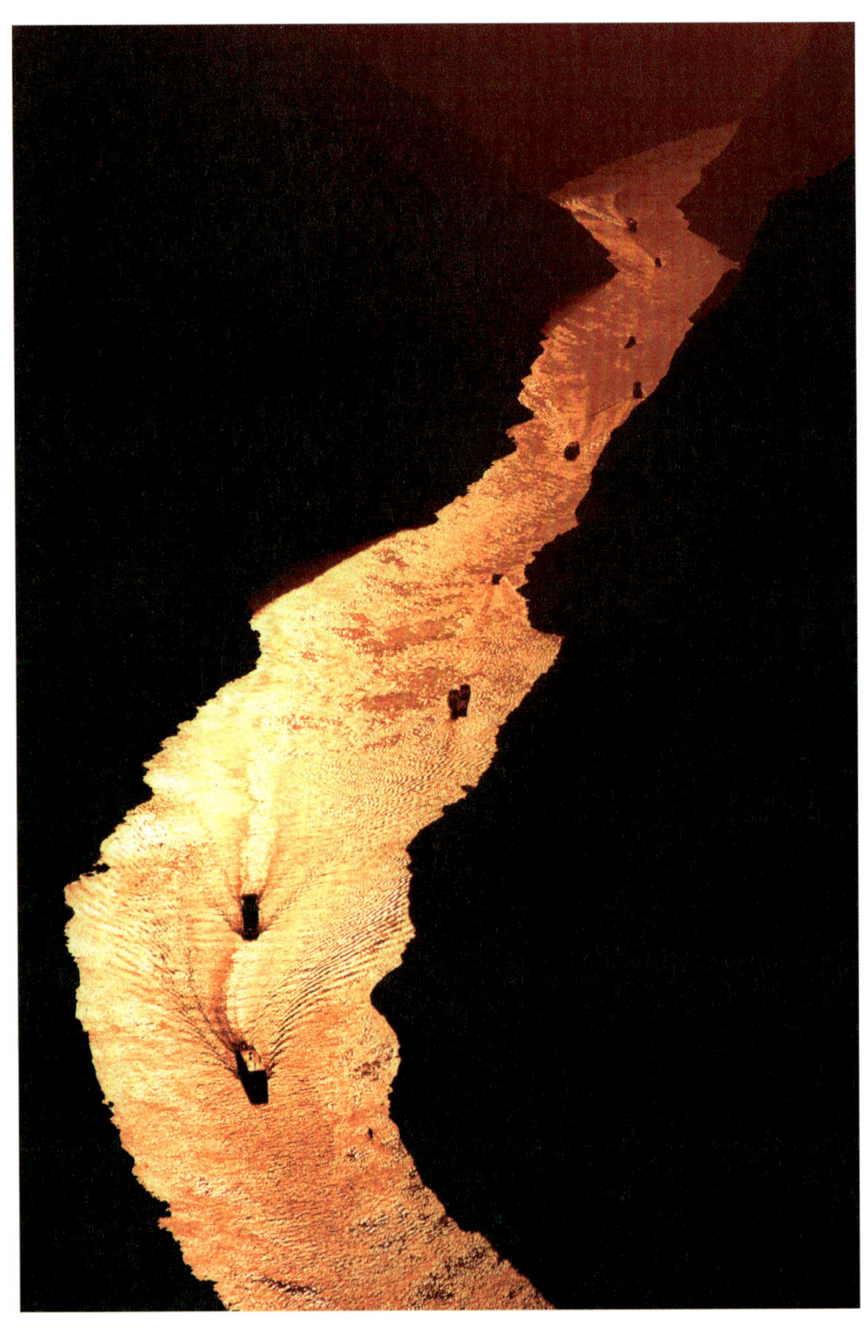

《金色三峡》

摄于2003年，荣获21届全国摄影艺术展优秀作品奖、湖北省第九届楚天群星摄影金奖

个水电老工人的心愿。

人文能建：摄影的价值对您来说意味着什么呢？

肖佳法：摄影是我的一种表达载体。我是一名党群工作者，也是一名摄影志愿者。我希望在有生之年能够用我学到的以及多年积累的摄影知识，服务职工、服务企业、服务社会。

工作之余，我长期义务担任摄影老师，为摄影爱好者进行培训，传授摄影技法。目前，我已经在老年大学培训老年学员1000多人，在丰

《特大洪峰过三峡大坝》

摄于2012年7月25日，获“今日三峡”全国摄影展二级收藏作品

《三峡机窝里飞出欢乐的歌》

摄于 2017 年 6 月 4 日，获国企新风摄影大赛一等奖、第三届中国职工艺术节摄影艺术展览优秀奖

富老同志的晚年生活上做了一些工作，让他们感受到摄影的乐趣。如今，这支摄影队伍已经成为葛洲坝基地精神文明建设的“宣传队”和“播种机”。2020 年疫情期间，我又创办了三峡网络教学平台，为更多的人讲授摄影知识。

我还利用节假日组织摄影爱好者一起去采风。三峡工程蓄水前，我组织了“抢救拍摄、三峡之行”采风活动，拍摄即将淹没的自然风光和人文地貌，为三峡留下了珍贵的图片资料，得到影友的称赞。先后组织了“与地震灾区人民一起过年”“走进养老院送温暖”“为宜昌基地居民拍摄全家福和送春联活动”“葛四代”幸福生活专题创作活动，为葛洲坝留下了许多影像资料。

摄影是我最大的爱好，虽然很累，但累并快乐着。我可以很自豪地说，我是葛洲坝最“富有”的人，因为我拥有上万张反映中国水电事业和葛洲坝集团变迁的照片。服务企业、宣传企业是我的心愿。生命不息，拍摄不止，我将用手中的相机，讴歌祖国，记录时代，为企业写史，为人民立传。

海外之光

那道光

徐彬

随着一阵高空中气流颠簸的抖动，我迷迷糊糊地睁开眼睛，看了一眼手表，时间过得真快，不知不觉中，我就靠在座椅上睡了差不多6个小时。抬头看了看周围，黑漆漆的机舱内，大部分人都在熟睡，跟我一起同行的同事，正发出轻微的鼾声。而我却再也睡不着，轻轻推开座位旁边的遮光板，外面已能依稀看到团团云朵的轮廓，变换着自己的形态。突然，在我的右前方，一道细长的阳光从云朵缝隙处散漫开来，轻抚过舷窗，也大方地瞥进了机舱。我被她那耀眼的身姿所吸引，内心感觉被暖暖地触动了一下，渐渐地思绪飘忽起来。

临上飞机时，外甥在视频中问我，舅你是去哪儿呢，我欣然一笑，竟不知如何回答。是啊，不记得何时起，我们习惯了这飞行如同坐出租车般的感觉，从热情洋溢的南美大陆，到风沙漫天的地中海沿岸，再到盛产咖啡的东非高原。在不断的往返和倒时差中，我慢慢体味着工作，体味着生活，也在这来来回回的旅程中慢慢忘记了这是第多少次坐上这去往异国他乡的"飞的"。一直以为，我们只是在完成一份工作，一份重复在大山里、在田野里、在城市里立塔的工作，即使在浓墨重彩的升华下，也只是提前实现了很多人的理想——读万卷书，行万里路。直到

架线人

此刻，那道光，她悄然扫过脸庞，我才恍然大悟，这不正是我们真正所追求的吗，追寻光，传播光，成为光。

在那些发着光的日子里，我有幸赶上了中南院线路人开疆拓土的大潮。从十年前的第一个采用国外标准的线路工程投标开始，我就像刚从泥土里冒出新芽的小草一样，怀着满腔的好奇与兴奋，跃跃欲试，迎着朝阳，铆足劲儿汲取营养，期待着贡献自己微薄的力量。值得庆贺的是，中南院国外线路工程从无到有，撒下的种子，已经在全球多个国家遍地开花结果，其中的艰辛与曲折、欢笑与泪水，雕刻成了一圈圈的年轮，在茁壮成长中似讲述着无尽的故事。

非洲屋脊

未曾被遮挡的光，总是像以往一样清澈干净。埃塞俄比亚，非洲屋脊，也是距离天空最近的非洲国家之一，坐拥上天眷顾的丰富水资源，却无法实现能量的转化。或许是命中注定，抑或是盛名使然，内心的渴望和希冀传达到了遥远的东方，中南院线路人出发了，这一去就是十年。十年里，400 千伏、500 千伏、±500 千伏，单回、双回，交流、直流，环网、跨国联网，我们就像候鸟，去了又回，回了又去，在来来回回里，织出了密密麻麻的电网。冬去春来，韶华逝去，留下的永远是刻骨铭心的记忆：大雨滂沱的夜晚挤在皮卡车支起的油布里笑谈人生；在无人区疟疾横行的湿热丛林中露宿，煤油灯一点点煮热的泡面也是世间美味；偶尔听到周围零星的枪声，翻个身就当它是烟花吧。我时常在想，线路人的乐观并不是与生俱来的，恶劣的环境反倒造就了他们的坚强，而这种坚强，如陈年老酒，历久弥香。

2018 年，埃塞俄比亚业主来武汉培训，中南院作为主讲单位，我又遇到了埃塞俄比亚电力公司的老朋友，他见到我，亲切地叫了声“BIN”。我问他这么多年怎么样，他拿出手机打开照片，兴奋地告诉我，埃塞俄比亚现在电力建设蓬勃发展，变化很大，还问我他们是否适合建设同塔四回路线路。我静静地听他讲述，面前咖啡的氤氲中隐隐约约仿佛出现了铁塔的影子，我在他眼里看到了光。

南美彩虹

光是一种神奇的自然现象，虽轻却变幻多姿。厄瓜多尔，南美明珠，赤道之国，也是我见过的彩虹最多的地方。跨越上万里的异国他乡，我和我的同事们，努力把九百多公里的线路从构想落地成蓝图，而横在我们前面的竟是业主工程师的执拗。绵长的线路，漫长的图审周期，从旱季拖到雨季，从白露变成夏至，我们像不离不弃的追求者，精心打扮，软磨硬泡，却始终跨不过划下的栅栏。在一个细雨绵绵的中午，因为争论了数个小时，我和业主工程师筋疲力竭，放弃的声音一点点强大，撞击着耳膜。我推开窗户，想让凉风吹冷思绪，却在天空看到了一弯彩虹，美得艳丽，一刹那，我惊呼出声，为什么一定要直来直去地讨论问题呢，像彩虹这样，反射和折射，白日光成了绚烂的五颜六色。转过头，我快速打开硬盘，翻出以前同事做的线路三维动画，在大屏上展示出来，细腻的技术闪着金光，全场无言，但我看到了业主惊叹的表情。

接下来的日子里，一切顺理成章，彩虹也似乎和我成了朋友，在业主工程师签字盖章的那刻，在辛苦后终于定下塔位时，在首基试点完成的节点，在同事们启程回国时……她一次次出现，如此可爱，我们的工程也奇迹般地不断完成。

远方不远

地理学家说，地球很大，七大洲四大洋，但我们却常常说，距离总比不过光吧。十年里，我们在卡拉奇海边吹着海风欣赏波光、在尼罗河畔仰望金字塔尖的日光、在钦博拉索山顶眯着眼睛寻找雪光、在萨凡纳大草原与动物一起追逐金色阳光。微光如炬，聚光成火，点亮世界之光。

回忆满眼，皆是刻骨铭心。在国外工程开拓的路上，总是布满了荆棘。犹记得在厄瓜多尔过年的前夕，望着一批批同事归国的背影，我潸然泪下，但转眼间想到还有如此多的同事留下来一起过年，就立刻释怀了；忘不了一个人身处异国他乡，长夜漫漫，思乡之情犹如野草般疯狂地生长，而终于能够回国时，在北京机场，我俯身亲吻地面，感觉是如此的亲切；忘不了在一个伊斯兰国家，为了与业主面对面交流，一天只能吃两顿，饿得头脑发麻的那种感觉；更难忘在良乡试验站，杆塔真型试验最后一个工况加载到 100% 时，我握紧双拳，紧张得不敢直视窗外，而当试验加载到 105% 时，我又激动得不能自已，心情久久不能平静。

但我们坚持下来了，坚持到了最后，我们相信光的力量。君不见，如今在国外工程的谈判会议上，我们的人才与业主用英语唇枪舌剑，虽然不是那么流利，但应对专业问题已经绰绰有余；君不见，如今的我们，已经将国际几大标准体系消化吸收，在全世界大部分国家，我们能够将标准条款信手拈来。也许我们未必光芒万丈，但始终温暖有光。

在办公室的墙上，贴着世界地图，每开拓进一个国家，我们会在地图上标注出我们的足迹，如今，这些足迹已经遍布亚洲、欧洲、非洲和南美洲。我们是一队光明的使者，我们热爱光，喜欢光照在身上温暖的感觉，但我们更爱制造光、传播光，不信，看我们走过的地方，一座座闪着银白光芒的铁塔在原本没有人烟的地方挺拔，一条条带电的天网在空中悬垂。在不久的将来，虽然我们会被遗忘，但万家灯火齐放的蓝图已在全世界各地展开，这一切，足矣。

作者系中国能建中南院职工，作为中南电力海外架空输电线路工程开疆拓土的见证者之一，足迹遍布多个国家。

我在巴基斯坦做设代

李岩山

1994 年 12 月，由我所在的东北电力设计院负责设计的巴基斯坦费萨拉巴德联合循环电站（F 厂）项目投产发电。从那时起到现在，这座电站已经运行近 30 年，为当地的经济发展、人民生活改善和中巴友谊做出了重要贡献。

作为项目的参与者，我于 1994 年 3 月至 11 月以 F 厂现场设计代表身份在巴基斯坦工作生活了 8 个月时间。岁月如流，当时的情景我至今难忘。

一

1994 年春节过后一上班，我就被安排去巴基斯坦 F 厂。出发之前，我做了必要准备：买了军用水壶、蚊帐、清凉油、午餐肉和各种咸菜，找来了要带的技术资料、设计规程和《三国演义》等文学书籍。

经过 7 个小时的飞行，飞机抵达卡拉奇真纳国际机场。一出舱门，一股热浪扑面而来，外面骄阳似火，很快全身感觉燥热，心想酷暑模式这就来了！由于距离转机的时间较长，前来接机的同事送我去市内的办事处休息。

作者在巴基斯坦水电发展署前留影

车窗外不时闪过的椰子树、棕榈树表明，这是一座典型的亚热带沙漠气候城市。放眼望去，城市建筑新楼不多，高楼很少，偶尔看到有钢筋裸露在外的楼房。这里的街道，快慢车道不分，机动车非机动车混行。

大街上跑的车相当一部分是日本产的车，丰田车居多，时有摩托车、三轮车穿行其间，喷涂得五颜六色、门窗外“挂满”乘客的大巴车一路抢行。在重要路口，头戴白帽、身着白色制服的交警在炎炎烈日下卖力地疏导交通。抱着厚厚一摞报纸的报童不错过任何一辆停在停车线前的汽车，高声叫卖着当天的报纸。

办事处位于卡拉奇的富人区。这一带，闹中取静，鸟语花香。绿化整洁的道路两侧，一幢幢造型各异的二、三层高的别墅掩映在树荫之中，盛开的鲜花和挂满果实的果树散布在房前屋后。院内花园绿草茵茵，大门外坐着看门的老人。有的人家大门墙上还架着轻型机枪。

在办事处用过晚餐，同事送我去机场，继续飞往F厂所在的城市费萨拉巴德。

费萨拉巴德是巴基斯坦东北部靠近拉合尔的一座城市，属于旁遮普省，是巴基斯坦的纺织工业中心。一个半小时后，飞机抵达。同事把我接到了位于城市边缘的住所。

到达住所，早已等候在楼前的同事们上前热情地迎接我的到来。进入大厅，我做的第一件事就是打开箱子给大伙分发家书，每个人都如获至宝。

由于种种原因，F厂工期一拖再拖，设计代表在现场待的时间少则半年，多则两年甚至更长，加之那个年代，现场与国内通信不便，唯一的联络方式就是通过卫星电话每周与家人通话三五分钟，所以，鸿雁传书、见字如面，看到了书信，兴奋的心情可想而知。

住下后，首先得洗个热水澡。我们一栋楼的热水都由一台燃气热水器供应。在国内，我都没见过热水器，根本不会用，同事教会我使用。

奔波劳顿了一天，行程数千公里，洗个热水澡，头一挨枕头，一觉到天亮。刚一睁眼，就听到远处传来响亮的男子“歌声”。同事告诉我，这声音是穆斯林的唱经声，是从清真寺的扩音喇叭发出的，白天、晚上都有，天天如此。原来，穆斯林每天祈祷5次，除了早晚各一次外，其余3次都在白天。

二

我们的主要工作是随时解决施工中出现的设计技术问题，配合咨询工程师、业主完成图纸最后确认。星期一到星期六上班，星期日休息。

由于施工单位是国内的，所以我们打交道最多的还是中国人。现场人手紧张，施工单位在当地雇用了小部分力巴（劳力）。

我们和电厂业主打交道不多。印象中有一次，为了查阅老厂相关资料，我到电厂资料室借图纸，一位男性长者接待了我。我说明来意，递上写有要借阅内容的纸条后，他很快就从库房里拿出 3 本泛黄的、用麻绳装订的图纸。当场翻看图纸并研究一番后，我关心的问题全部解决。离开时，这位长者热情地送我到门外。

咨询工程师来自英国 EPL 公司，住在拉合尔，确认图纸和我们沟通主要是通过传真，必要时我们去他们的办公室当面交流。负责电气专业的咨询工程师叫迈森捷，我在现场时去过他办公室两次。他一个人一个办公室，一个办公室占一座房子，房子是木制平房，我印象最深的是他办公桌靠着一扇大窗户，透过窗户，后院是一大片漂亮的草坪。

位于拉合尔的巴基斯坦水电发展署，我们叫它“WAPDA”，是我们项目的主管政府部门，由于工作关系我去过几次。

我在现场期间，正赶上酷热的夏季，日均最高气温 38℃，最低气温 26℃。热也就算了，雨还特别少，因而城市没有排水系统。偶尔有雨，来得急去得快。赶上这时，只见各家的孩子纷纷冲出家门在雨中疯跑、嬉戏，尽情享受着这难得的快乐时光。

如此高温，对我们这些东北人来说，着实是一大考验。还好宿舍、办公室、车里都有空调。有时宿舍温度过高，我们就往地上泼水。中午在外停着的汽车，方向盘晒得烫手，上车打着火以后第一件事就是把空调开到最大。

巴基斯坦是伊斯兰国家，市场上卖的肉类都是鸡肉和牛肉。肉摊上空经常有苍蝇飞舞，只有当我们去买肉时，摊主才拿起鸡毛掸子象征性地轰一轰。肉买回来，首先要做的就是把肉放入开水中烫。这里，苍蝇多、蚊子个头大，从卫生安全方面考虑，一日三餐前，我们每个人都会把不锈钢餐具用开水烫一遍。我们所在的城市是内陆城市，附近没有江河，也没什么物流快递，平时吃不到鱼。我在现场期间，赶上两次有同事到我们现场，每次都“背”来一桶带鱼，够我们改善好几天。

土豆和鸡蛋较便宜，我们常买，其中鸡蛋是按“板”（有多个鸡蛋大小凹槽的纸浆托盘）卖。一次，同在巴基斯坦的其他电厂的同事来我们这里，我问他，你们都吃什么菜，他说一天到晚“两圆”，指的就是这两样。

我们基本上每周集中买一次蔬菜。菜市场在一片大的露天空地，各种蔬菜成排摆放，还算规矩。起初我们买菜时，司机带着我们各家看、比较，帮助我们讲价，菜农围前围后。买的次数多了，摊位和价钱就固定了，每次来就直奔目标，称重、交钱。菜农卖菜用的秤极其简陋，秤盘是一个简易托盘，秤砣干脆就是一个大铁块。

主食大米、白面，偶尔去超市买意大利 Spaghetti 面作为调剂。

这里也禁售酒类。我们平时买得最多的是 300ml 装的玻璃瓶百事可乐。炎热的夏天，喝上一瓶冰镇饮料，清凉爽口，舒服至极。

巴基斯坦最著名的水果当属杧果。当地的气候条件使得这里杧果皮薄肉厚、味道鲜美。我们经常统一购买，回来后按人分发，吃不了的放入一个小冰箱冷藏。在巴基斯坦,是我第一次吃到杧果,那种感觉至今令我回味。

买其他日用品，我们一般去“八角街”。它的中心区域是一个圆形小广场，广场中央矗立着一座 20 多米高的四面镶有大钟的红砖塔楼，以它为中心呈辐射状的 8 条街道向外延展，街道两侧布满了小店铺，没有大型商店。这里是费萨拉巴德最繁华的商业区，商品种类较全，当然人也较多。

在我们住所，生活用的地下水水质不是很好，我们经常带着大塑料桶开车去数公里外的水渠拉水，专门用于做饭和饮用。

业余生活方面，住所有一台彩电，放在大厅，电视节目主要是当地乌尔都语的节目，借助外面安装的大锅（卫星天线），可收看 BBC 等几个英语台。借助录像机可观看录像节目，在当地可租借到很多国家的电影录像带。在我之前，有人曾带去央视春节联欢晚会的录像带，供在除夕夜没机会看直播的同事观看，大家都很满足。此外，玩麻将、打扑克也是主要的消遣方式。

晚饭后，我们经常到附近田埂上散步。这是一天中最好的时光，迎着绚丽的晚霞，穿行在满眼绿色的田野间，微风拂面，逍遥惬意。美中不足的是，成群的飞虫在头上盘旋，嗡嗡作响，任凭你疾走、快跑，总也摆脱不掉。一个月后，我们搬家了，田野散步成为过往。

我们每晚散步都会路过一户富裕人家的二层小楼，有几次发现平时总是关着的黑色大铁门先是开一道缝，接着又关上。后来我们上心了，才发现秘密。原来，每晚差不多固定时间，我们从远处过来，这家的两个姑娘就把门打开一道缝，远远偷看我们。当我们要到门口时，她们就把门关上，当我们过去，她俩又开门从后面看我们。有两次我们回头，恰好看到这两个半蒙面姑娘。发现我们看她们时，她俩赶紧关门。巴基斯坦女性，尤其是没有工作的女性，深居简出，轻易不出门，对外面充满好奇，好不容易碰到了外国人，于是出现了上面一幕。

三

随着工程进展，我们驻在现场的人数时多时少。我到现场时，设计院在 F 厂现场有 12 人。为了吃得合口味，我们“自带”厨师。此外，我们还在当地雇了一名帮厨。为便于现场管理，总代表指派我们部分人员兼职会计、出纳、伙食管理员。我来现场后，马上要回国的同事把负责的会计工作交接给了我。

为了上下班和办事方便，现场配备一辆白色日产帕杰罗越野车。考虑到巴基斯坦汽车靠左侧行驶，我们雇了一名当地司机，他叫哈里德。

我们和哈里德出去办事，到指定地点，我们自己办事，不管多久回来，他都待在车里或在车跟前。

在现场，我和哈里德一起修过车，去加油站更是常事。

费萨拉巴德的修车店都很小。国内检查或修车底盘，都是通过油压设备把车顶起来，这里没有这些。他们有他们的土办法：修车店的地面正中挖一条长方形深沟，待修的车骑在上面，修理工下到沟内操作，效果是一样的。

当地的所有加油站都有显著的 PSO（巴基斯坦国家石油）标志，属于独家经营。

在现场，我们几乎每天都和哈里德在一起。哈里德人非常好，相处久了，我们彼此都很熟悉，有时还相互开玩笑。我还去过他家，见到过他的妻子和两个孩子。分别这么多年，我还清晰地记得他的模样。

周末是休息时间，我们经常“上街”。费萨拉巴德市里好看、好玩的地方少得可怜。费萨拉巴德农业大学算是一个，校园坐落在城市北部，除教学楼、宿舍楼、图书馆等建筑外，还有大片绿地，环境不错。这里，我去过几次，有一次碰到了一名学生模样的中国人，一打听才知道他是国内来的留学生。市内还有一个公园，除了陈列的一架退役战斗机和一个造型简单的白色亭子，其他好像就是草地了。走在大街上，我们经常能看到老汉赶着毛驴车驮着布匹赶路，这可能与费萨拉巴德是纺织城有关。

在巴基斯坦的那段日子里，在工地、在费萨拉巴德、在拉合尔、在卡拉奇我拍了不少照片。每卷胶卷照完，我都去市里的一家名叫 M.SUNNY STUDIO 的洗相馆冲洗，每次老板都会赠送一本 64 开带有“FUJI FILM”字样的简易相册。

如今，这些记录着我在巴基斯坦工作、生活经历的一本本相册，几经搬家仍然静静地“躺”在我家书柜里，成为我永恒的记忆。

作者系中国能建东北院职工，曾参与多项国家、电力行业标准制定和多项国家重点及海外电力工程咨询、设计工作。

柬埔寨诗纪

孙杰灵

柬埔寨首印象

空旷是我对柬埔寨的第一印象，成片灰黄色的平原从国航的大翅膀下铺出来，从舷窗一直延伸到地平线，弯曲的大河像一条闪光的白练。这是我转岗到商务经理的第二年，被派到柬埔寨开发光伏项目，当时院里在柬埔寨尚无据点，主要靠越南办事处辐射经营，一位韩姓同事充当了辐射的箭头。

机场外一位精瘦的柬埔寨小哥举着纸牌，被告知韩因为工作繁忙在酒店处等我，我假装老成地递上我从不抽的香烟，小哥腼腆地拒绝了。接机的车同时也是之后俩月我在柬埔寨的座驾，一台车龄超过 15 年的雷克萨斯，后来韩告诉我车龄 10 多年的二手车是此地的主要车辆来源，难怪丰田大行其道。

在酒店终于见到了韩，一张显年轻的脸，头发根根桀骜地竖着，还有一双表情丰富的眼睛，如果不是头发白了小半，几乎要以为是同龄人。这次我来不及递烟，就被韩揽进酒店。韩带我边参观边滔滔不绝地介绍着柬埔寨能源市场和项目开发的计划，顺路热情招呼了下房屋中介的美女客服。折腾完手机卡、水电，搞定翻译人员，刚刚卡到饭点，驻外代表的效率名不虚传。

我们在酒店周边的餐馆吃饭，一水的中国餐馆，餐品似曾相识，价格判若中外，韩很豪气地买单点菜，桌上他挥斥方遒，从个人事迹聊到国际市场外加东南亚诸国执政得失，杯不空起，话不落地，酒酣时我生怕他从腰后掏出一堆黄纸牌位要入伙拜把子。

“是不是觉得我路子很野？”冷不丁一句问话，我还在斟酌台词他就抢答，“我就是设计院出的土匪，院里高级知识分子、书生太多了，搞市场、拼海外，需要我这种土匪。”

我在心里点了点头，韩有一种剽悍的气息，说话迅捷走路带风，不蔓不枝只闯要害，那双表情丰富的眼睛盯着人时，仿佛孙二娘在打量她的包子馅。在设计院文质彬彬的圈子里，这样的草莽气息确实少见，虽然韩本人也是我国中部某名校的高才生。一顿饭的工夫就有三个中国面孔的人过来搭话，被他三言两语支开了。

“出门跑项目记得要小心，不只是工作，个人也要小心。”我正襟危坐地听课，韩又跟我强调了工作开发中的难点，除项目开发本身，还有跟同行的竞争，省、村、县各有态度的特殊政策，还有和国内全然不同的政府公关，人人都是新手，事事都要躬行，这可没有规范和程序文件能查。正惴惴不安中，韩及时补上安慰，“你做好自己的工作就行，哼哼，我来对付他们”。十足的匪气，十足的草莽。

晚上对着新买的地图指点规划第一次出国之行时，我作了一段小诗给自己壮怀——

少年游

一襟热望，两足风尘，离家万里轻。

鸿飞冥冥，鱼跃九转，千里暮云平。

凭谁问、乳隼试翼，安敢竞雄鹰。长缨待系，元龙百尺，直作少年行。

柬埔寨初体验

第二天在楼下等我的只有司机和两位柬埔寨翻译小哥，还有手机上韩的一条消息，说他回越南谈个项目，这边交给我了，来自深夜两点。

我和两位柬埔寨小哥一起上路踏勘，金边像是中心都市和避暑庄园的杂糅，现代建筑和法式风情的小楼错落比邻，筒子楼和佛教景观杂居其中，路面时而宽阔，时而逼仄，各路交通工具在车流的间隙里闪转腾挪，本地人脸上都洋溢着平和的笑容，一副乐天知命的样子，拥挤热闹和闲适静好奇妙地糅合在一起。

柬埔寨建筑

车辆很快驶出了城区，云端铺开的图卷真实地展现在我眼前，平原上砂石草木纠缠，随着公路延伸向腹地，堆积成丘成山成海，孤直的公路像是条细细的拉链，一点点解开更广阔的天地。因基建受制，光伏必须选在靠近变电站处，但缺乏坐标数据，勘测全靠对输电线路的人肉追踪，顺着线路狂奔，标记一个个目标位置。其间，我跟翻译小周科普电力基础知识，他会说中文但不会英语，司机 Smey 会英语但不会中文，我们在车里保持一种默契的交流三角。

接着在站点周边选址，大都未曾开发，很考验司机水平，有时近似丛林穿越，藤蔓树叶噼里啪啦地撞开，直至遭遇某个土坑，老迈的雷克萨斯在尘土里悲鸣。我只能下车探险，向导不愿跟进，只远远给我招呼方向。若是阴雨天倒好，怕的是万里无云，蒸腾的热气像空气炸锅，把防晒服下的内衣蒸出层层叠叠的汗渍。这该死的太阳——不过说起来，我不就是为它来的吗？

说是踏勘，但更像是风土调研，因柬埔寨光照充沛，土地权属和规划才是主要问题。司机一头杀入吊脚楼划出的小路，翻译指引我拜访各个村的长老。为表诚意我夸张地使用肢体语言来辅助，并示意小周注意传达情绪。工作很难一帆风顺，磅湛有块好地，却被告知雨季会整体淹没；暹粒的土地物美价廉，却被告知单价是美元不是柬币；还有磅清扬某处的土地是寺庙所有，小周立马告知我没办法了。

“阳光不是佛的馈赠吗？普度群众的事，不能通融下？”我尝试着从实用主义角度来劝解，但小周报以一脸无奈，“国王不会同意这种事的”。

“国王？我以为寺庙是佛祖主事呢。”

“是国王，我们的老国王就是四面佛。”小周一脸庄重，从此我不再提这茬儿。

好在无论结果，村民们都带着微笑接待我们，时有热情的留餐。本地饮食以果蔬和鸡肉为主，我尽量不喝汤，因为这里爱以柠檬调汤，据说是因为气候原因不产醋。其间还赶上一场柬埔寨的婚礼，那是我平生见过的有最多摩托车的场所，新郎新娘穿着类似纱丽的传统服饰站在位于中心的白棚下，把搓条的槟榔穗分给大家。婚宴一开，场子里各式乐音四起，最瞩目的是一把二胡，把中国抑扬顿挫的情绪带给了磅清扬某酒席的匆匆过客。小周告诉我这是柬埔寨的三弦琴，但我假装不知道，就着二胡声猛喝冬阴功汤。

返程时我窝在副驾记录着：

清平乐

穿林打叶，遥呼声切切。披蓑戴笠衣百结，草野踏遍日烈。

父老相对陶陶，一月望断林梢。功名曲歇莫怪，樽前斟取浊醪。

柬埔寨的公路没有护栏，与世无争的牲畜就在路边散步，时常要提防牛溜达到路上，所以限速很低。为此韩拒绝称其 Highway，顶多是个 Road。这里 80 迈已是超速，饶是 Smey 车技过人，从暹粒赶回金边也开到了半夜。翻译小周在暹粒留下了，隔天是佛诞日，全国都要享受假期，得知我不打算在暹粒旅游让他很吃惊。吴哥窟、宝石、沉香木，他跟旅游团时，从没见过不在这里驻足的中国人。比起旅行团，被志在国际一流工程公司的家伙们雇用真是件抱歉的事。

回去的路上只有我和司机，交流三角缺一，车内更沉默了。他盯着前面，我望着路边，千篇一律的景观掠过，看久了让人忘了在哪里，好像开着开着就能回到国内的家里。

我意识到无论是在旷野的车上，还是在欢腾的婚礼里，都是一种相同的感受——疏离。无论待得多久，外语多精熟，性格多热烈，身边多少人，总会有种无定的疏离感，这可能是驻外同事们最需要克服的。脑子里莫名蹦出了北岛的句子："远行与回归，而回归的路更长。"

Road没有服务区，我们只能在路边休息。Smey自顾走开抽烟，夜晚蒸散了暑气。我们停在一段胶片的中央，星月照亮了公路，前后都延伸到不见头的黑暗里，星河璀璨，月光温柔，天垂四野。一条大河从路边弯过，不知是不是大名鼎鼎的湄公河，万籁安睡，只有水声奔流向前。我不会抽烟，只能靠在车上做旷野的观众，那台德高望重的雷克萨斯在身后吭哧吭哧地咳嗽着，像是初次尝试的抽烟者，吐出的烟气曲曲折折地散进黑暗里。

重新上路的时候，我在想韩和其他代表们是否也曾听过月下的江声呢，摇了摇头，至少韩不会，不工作又不能胡侃的话，他肯定要补觉。

行香子

夜路映雪，远山泛青。四野顾、旷渺堪惊。归车心切，欲速难行。见夜中人，江中月，路中明。

曲曲作缎，浩浩如屏。车前霜、乡愁须倾。羽落沙洲，鸿点青萍。伴天外星，局外客，身外情。

柬埔寨真感受

两月间韩过来跟我交流了几次工作，表面上他绝不会被乡愁之类柔软的情绪困扰，做项目，找美食，交朋友，但使主人能醉客，人生何处是他乡。事实上，他也确实不介意风尘奔波，但他说妻子女儿受不了，尤其担心那种猛然回家女儿叫叔叔的场景——网络上流行的段子，却是工程行业无可奈何的真实。即使身经百战的老驻外也不能克服所谓的疏离，他只是学会了和它共存。

所以他每晚都会收拾干净自己跟家里人视频，这可能是种养料，支撑平日里那样昂扬燃烧的养料。他大概永远不会像我这样矫情地写心事，他的诗写在更广阔的维度，用脚步写成，在那举头望明月的时刻，他像那晚的江水一样，只有呜呜泱泱的前进声。

韩最近也要回国一趟，父亲病了，不过依然会走在我后面，有些尾工必须“他来对付”。

在金边机场挥别时，我远远看到他在车后排咆哮着接电话，阳光耀眼，照得他满头金黄。飞越南海时我胡诌了最后一首诗。

沁园春

南国初见，云上望遍，脚底铿锵。奈摇舌舞手，求田问地，穿林涉水，土里追光。欲说还休，天涯目送，前路迢迢接混茫。且稍住，听风月寂寂，大河泱泱。

久客难冷衷肠，风尘寄、怕锦书难张。见髭须白半，春风不染，淹留笑忘，豪迈沧桑。少憩云端，奔波柬越，霜船旧履著文章。笑草莽，问草耐甚事，莽又何妨。

作者就职于中国能建广东院，曾作为先头部队成员赴柬埔寨负责光伏项目绿地开发工作，东南亚地区一直是广东院聚焦的海外市场，柬埔寨新能源市场上仍有同志在推进项目开发。

尼日尔印象

宋理鸣

2021年12月5日，我又一次开启了赴尼日尔工作的行程。坐在开往机场的计程车上，看着窗外的万家灯火，耳边响起了李健的《异乡人》。我随手翻看工作笔记，发现距离第一次出国已经整整五年，而第一次去尼日尔的时间也恰巧是12月5日。时间一转，揭开了我与尼日尔邂逅的记忆。

尼亚美之冬

尼日尔的首都尼亚美，是尼日尔最大的城市，因尼日尔河而得名，在当地哲尔玛语里是“母亲汲水的河岸”的意思。

尼亚美安然地躺在母亲河河畔，被静静地哺育和滋养，由原本的小渔村逐渐成为繁荣的首都。热带地区风情浓郁，林木参天，花草繁茂，乳白色的建筑掩映其间，尽显自然之美。

来到这座城市一定要去尼日尔国家博物馆、尼亚美大市场、大清真寺和我国援尼第三大桥去看看。

尼日尔国家博物馆，馆藏近5000件展品，是非洲著名的博物馆之一。

古生物和史前馆最引人注目。那里陈列着世所罕见的一亿年前的一具完整的恐龙化石和百万年前非洲猿人的头盖骨化石。这具恐龙化石是在阿加德兹北部发现的，它是尼日尔国家博物馆最珍贵的文物之一。

尼亚美的中心有两座闻名遐迩的非洲市场，市场上的商品琳琅满目，尤其是各式充满异域情调的手工艺品和各种非洲传统香料，每每令人驻足。

冬天是沙漠藏在微风中的欢喜。尼日尔的冬天没有料峭寒意，恰好为酷热的空气增添一丝清爽。趁着阳光正好，微风不燥，我们驱车来到当地著名的 W 野生动物园，游览尼日尔河的美丽风光。

W 公园位于首都东南 150 公里的尼日尔河河畔，向尼日尔、布基纳法索和贝宁三国交界处延伸，公园因尼日尔河在这里河道弯曲呈“W”状而得名。

当地船夫见到中国人总是分外热情，不由分说便将我们引上船来。我们在微甜的风中感受尼日尔河的胜景。

河岸两边成群的水羚羊在安闲地吃着青草，灰冠鹤在朝霞里尽情地舒展着灰蓝色的身体和金褐色的垂羽，苍鹰从湛蓝的天空直掠而下，偶尔发出几声哀鸣，应和着树丛里赤猴发出的沙沙的声音。

不远处传来绵长的轰鸣声，我本能地向“震源”望去，只见一支庞大的象群从树林深处向河边靠近。

成群的河马也从远处缓缓游来，耷拉着惺忪的双眼，仿佛刚刚睡醒。当地向导告诉我们，不要被河马憨态可掬的外表所蒙蔽，非洲的河马是可以置人于死地的猛兽。

尼日尔河就发生过河马误食小孩而被送上法庭的离奇事件，最后法院不得不宣判枪毙河马以平复村民的怨气。

弯曲的木橹在故事声中，一来一回地搅动着平静的河水，树影、石

尼日尔人

桥、云彩和飞鸟在木橹的拨弄下碎成斑斓的波光。

河水在温柔的暮色中沉溺，忧郁且温柔，孤独又浪漫，如同一幅画卷将它往昔的故事缓缓地铺在我们面前。

多索之春

山林不向四季起誓，枯荣随缘，我想这便是多索春季的性格。初春的多索是太阳为尼日尔留下的最后一抹焦黄，枝丫脱净了生命年华的叶子，或瘦劲峭拔，或清寂孤寒。

多索，尼日尔西南部城镇，在尼亚美东南约 130 公里处，是尼日尔重要的交通运输枢纽。尼亚美向东横贯国境的公路干线与南入贝宁和尼日利亚的公路均在此交会，并在此建有飞机场。

长颈鹿野生公园

早就听说多索的长颈鹿野生公园值得一览，于是我和同事借着现场踏勘的机会顺便去拜访一下长颈鹿先生。

我们跨过一排排土黄色的瓦罐房，穿越一座座形态各异的蚂蚁窝，便来到了期待已久的长颈鹿公园。

第一次近距离看到长颈鹿，只见它们顶着两只绒毛小角，忽闪着长长的睫毛，深黄的斑纹遍布全身。

它们时而彼此磨蹭着对方的脖子，时而高傲地伸着脖子静静地吃树顶的枝叶，时而俯身用鼻子触碰身后的幼崽。

我们悄悄接近长颈鹿，它们似乎也并不怕人，踱着矫健的步子向我们走来，在这清峻萧索的稀树草原中，长颈鹿先生和它的家人成为这片荒芜中的第一幅春景。

多索的风格外温柔，像老朋友，像旧时候。靠在树下堆放整齐的草垛上，看着渐行渐远的长颈鹿，吮吸着空气中泥土的味道，我躺在风中，想起很久以前被它吹走的那些事。

阿加德兹之夏

2019 年夏季的一天，我接到阿加德兹柴光储混合电站的考察任务，怀揣着对阿加德兹的好奇，历经 4 个多小时的旅程，飞行 1500 多公里，终于抵达了阿加德兹，这座尼日尔中部城市，阿加德兹省首府。

传说阿加德兹是撒哈拉沙漠边缘的无人之地，是阿拉伯世界里独特而神秘的存在。

阿加德兹在中世纪时代建立起了阿加德兹苏丹王国，这是一座有上千年历史的古城，也是撒哈拉南部重要的十字路口。

近百年来，从西往东去麦加朝圣的穆斯林和南来北往的商旅驼队在这里会聚，阿加德兹从一个小驿站逐渐变为撒哈拉南部的商业中心。

大清真寺是阿加德兹最壮丽的风景，作为世界上最高的泥砖结构建筑，它孤独地伫立在无际的黄沙上，见证着阿加德兹古城六百年来的风雨变迁。

古城里图瓦雷格人的笑容在阳光下恣肆灿烂，黄沙并没有将这个民族的艺术天赋湮没，长久的沙漠生活让他们学会在现实生活中把“智”与“灵”发挥到极致。

拾级而上，便可发现街角的别墅像是一座座城堡，土桔梗黄为底色，马约尔蓝做映衬，点缀上明艳的绿和怯嫩的粉，使沉静的街道突然变得活泼起来。而群居着农户的房子，则像是一个个窑洞，洞穴大多有门无窗，弯腰低头才能进入。

往深处走，是一道道在墙壁上凿出来的倒 U 形门，错落有致，把

大清真寺

撒哈拉沙漠的风沙与酷热挡在门外。

而他们的艺术天赋远不止于此，风格各异的沙漠雕画，是图瓦雷格人独有的桃李春风，我想这便是我们常说的“心有半亩花田，藏于世俗人间”吧。

恰逢雨季，雨水阻断了去往北部考察的公路，不得已我们选择了那条当地人口中的“死亡之路”。与其说是路，不如说是茫茫戈壁。

短短的 205 公里，要途经绿洲、戈壁、险滩、断崖和沙漠等多种地貌，平常只要 2 个小时的路程，这次却耗费了 8 小时 50 分钟才抵达。

提米亚村沿着曲折的山势延伸，过往的水流被它一分为二，成为两湾澄澈的湖泊，被称作撒哈拉沙漠的两滴眼泪。

这是沙漠中少有的清凉之地，远处的沙漠像被水洗过一般干净，碧蓝色的天空向绿洲深处飞去，盛开的三角梅像瀑布一般倾泻而下。

此处，山水相逢，明暗相依，美得恰逢其时。天真的孩子在山谷湖泊中拾荒，捡拾着散落的星辰和光。

我斜倚在疏影横斜的墙上，拨弄着枝头的微风和夕阳，享受这夏日青林醉花阴的时光。生命，在这样荒僻落后的地方，一样欣欣向荣地滋长着，并不是挣扎着在生存，而是如此静谧安详。

迪法之秋

说起尼日尔的秋就不得不提起一年一度的沃达贝人的格莱沃尔节。它被我们笑称为尼日尔的“非诚勿扰”，也叫作“偷妻节”。

我们在当地友人的带领下，来到阿加德兹和迪法交界的地方，这里是沃达贝人的聚居地。沃达贝人素来以精美的服化道为傲，自诩是世界上最美的人。部落里男多女少，实行一妻多夫制，每年要进行一次大型的选美比赛。

2021 年萨赫勒地区滴雨未下，终于在 9 月迎来了甘霖，沃达贝人压抑了一年的躁动，在这天终于得到了释放。年轻男子们已经迫不及待，他们呼朋引伴，齐聚于此，就是为了将自己好好打扮一番。

他们用树枝将牙齿打磨得光滑洁白，用红色的陶土做底妆，用鹅黄膏在脸上印花，这样周边的深黑肤色能起到修容的效果，显得脸颊更小巧精致，用稍浅的米白色从额头拉到下巴，让五官更加立体。

为了让眼神更加深邃，嘴唇更加饱满，他们会用废旧的手电筒电池内胆，研磨成粉末当作眼线和口红，把眼睛衬托得更大，牙齿也显得更白。

最后穿上正式的传统服饰，佩戴沉重但精美的头饰。等比赛开始后，他们会在赛场上表演节目，或唱或跳，吸引三位女性评委的注意。

如果你问我是什么冥冥中指引我驻足在这片热情的土地，我想大概是尼日尔人顺其自然、活在当下的豁达。

每天清晨东方微白，清真寺的“召唤”就在睡梦中响起，一天的生活随着穆斯林的晨祷开启了。

我曾经好奇地问过一个当地人，一天祷告那么多次都在求什么，他一脸虔诚地说希望真主保佑平安康健、诸事顺遂……尽管过着面朝黄土背朝天的生活，但纯粹的信仰让他们拥有最纯真的笑容。

人生如海，总会有一些摁下惊涛又浮起微澜的无奈。与其在生命中挣扎，反倒不如以最大的平静去爱我们不确定的生活。

时间从来不语，却替我们回答了所有的问题。穆斯林刻在骨子里的乐观精神好像让他们从不感到人生绝望乏味，闲暇时三两好友烹茶焚香、读经谈天，一聊就到满天星辰。

尼日尔的母亲河，4000 多公里长的河流滋养了 190 万平方公里的土地，静静流淌过历史的兴衰更替，孕育出西部非洲的万种风情。

她承载了太多人的青春和回忆，它残忍，因为你想或不想她都会随着时间流动，让你害怕遗忘。

她温柔，因为她静默不语，在安静的流淌中等着你对她诉说命运的起伏。也许，就像这河水平静中自见汹涌，心有所向，平凡的日子也会熠熠生辉。

由中国能建葛洲坝集团承建的坎大吉水电站和阿加德兹柴光储混合电站，分别位于尼日尔蒂拉贝里区和阿加德兹。

坎大吉水电站是尼日尔建设的第一座水电站，被纳入尼日尔的“百年计划”项目。电站装机容量为 130MW，不仅能够为尼日尔经济发展提供电力保障，还将极大促进当地农业灌溉、公共饮水和生态环境的发展改善。

阿加德兹柴光储混合电站位于阿加德兹省提米亚、迪尔库和比尔玛等5座城镇，未来将拓展至17座城镇，是尼日尔乡村电气化框架项目之一。工程内容包括2876kWc光伏发电系统和4345kWh的储能系统以及相关附属设施的设计、供货和安装。

在巴基斯坦，来一场美丽的邂逅

王小玉　陈发理　杨夺　张惠瑄

巴基斯坦，是被中国誉为“巴铁”的好邻居。因为参与巴基斯坦的能源基础设施建设，我有幸见证了这份传统友谊。几则见闻，带您领略巴基斯坦的异国风情。

小镇见闻

NJ 水电站营地附近有一个名字叫做 Garrhi Duputtah 的小镇，它距离营地只有 10 分钟的车程。小镇不大，生活气息十分浓厚，米面、蔬菜、肉食、百货、服装、理发、修鞋、饭店等店铺一应俱全。

小镇的居民淳朴、善良，对待中国朋友尤为热情。如果你要去购物，不等你靠近，店铺老板便会面带微笑用略带生硬的“你好”向你打招呼，身在异乡也能感受到当地人的亲和、友善。为了更好地沟通，他们往往一边打着手势一边用英语或不太标准的中文，夹杂着乌尔都语与你交流攀谈。如果你要问路，他们会不厌其烦、事无巨细地指出所有路线。

小镇上有几家规模不小的 Chapat（贾巴蒂）店，深受当地居民喜爱。贾巴蒂是一种用粗黑面粉烙烤而制的薄饼，作为主食，家家户户都

穆扎法拉巴德市

能制作。制作过程并不复杂，稍大一点的店铺由两人合作完成，一人负责把小面团擀薄，一人负责烙烤，从和面到出炉，每个环节都配合得相当默契，有效地提高了制作效率。

贾巴蒂趁热吃又酥又香，可以蘸酱，也可以什么都不蘸，边吃边品，回味无穷。因为贾巴蒂烙烤较干，便于保存，因此也成为附近打工人员最喜爱携带的食物之一。

婚礼印象

巴基斯坦的婚礼真是有趣极了，按照当地传统，一个完整的婚礼至少需要三天时间，第一天的仪式称为 Mehndi，第二天的仪式称为 Barat，第三天的仪式称为 Waleema。受巴籍同事邀请，我有幸参加了他的婚宴。

前往婚礼现场，一下车就受到主人敲锣打鼓的迎接，他们因为中国朋友的到来而自豪。走进房间，地板上铺着好看的地毯，红色的座椅整整齐齐地摆放着，主人家楼顶很宽，搭的会客室像帐篷一样。屋里坐着八九十岁的长者，他们头戴白色帽子，胡子白花花地堆在下巴，典型的穆斯林老人模样。婚礼用餐的地方跟中国很像，一个大场地，摆满了圆桌，不同的是桌上的美食。

我吃完饭看到像是伴娘的年轻漂亮女孩，便跟着她们一睹新娘子芳容。也许是同为女性的原因，当我走过去时，她们热情地将我拥进屋，然后不知道从哪里冒出一些身着当地服饰的儿童、妇女。她们不论年龄大小，都热情地和我这个外国人合影留念，而我瞬间有种误入女儿国的感觉。本来是怀抱一颗来参观的心，结果我却成了被参观的对象。

巴基斯坦婚礼现场

婚宴进程即将结束，为了欢送我们，他们在路边伴随着锣鼓声跳舞。一个身着黑色巴服的男人随着音乐的变换跳起了蛇舞，他将两只手掌合十举在额前，腿部弯曲，在节奏的带动下，双手、腰、臀、腿都在扭动着，像一条正吐信示威的眼镜蛇。随后另一个蹲得更低的人，一只胳膊弯曲着，放在嘴前，扮演着另外一条蛇，两条蛇舞得愈来愈激烈。

这时，主人将手里的卢比散钞撒给我们表示感谢，然后将剩余的散钞一张一张放在旁人的头上。然后舞者上前来，边扭边拿走散钞，这是对他们的奖励，就这样他们边跳边捡，而我们也依依不舍离开了这场极具风俗的婚礼。

从巴袍品味巴基斯坦

如果说汉服是打响中国传统文化的一张名片，那么巴袍无疑是承载巴基斯坦民族特色的一块璞玉。巴袍作为巴基斯坦的传统服饰，整套可分为长袍（Kameez）、长裤（Shalwar）以及女性头部或颈部佩戴的长围巾或披肩（Dupatta）。无论是漫步在巴基斯坦首都伊斯兰堡的繁华商场，还是穿梭于白沙瓦市井小镇的街头，在精彩纷呈的现代流行服装中，巴袍总能映入眼帘，占得一席之地，引领服饰潮流。

初见巴袍，似衫非衫，像裙非裙，不免疑心此为何物？后着巴袍，宽松舒适，洒脱飘逸，大有仙风道骨之气。从身居高位的国家元首到德高望重的宗教长老，再到天真烂漫的乡村稚童，无不钟情于巴袍。90%的巴基斯坦人不分贫富长幼，不论四季更迭，日常着装均为巴袍。若适逢节庆、宗教仪式、国家典礼和其他正式场合，更是优选巴袍，盛装出席。这是民族尊严的象征，因而深受青睐。

在漫长的夏季，大多数巴国人喜穿薄质长袍，踩一双凉拖，简约干练，清爽度夏。到了冬天，人们会换上棉布的长袍，在拖鞋里加双袜

裹着头巾的巴基斯坦女子

子。即使在飞雪漫天的西北地区，也最多是外加一件马甲或者毛背心，便能安然过冬。于是乎就有了一个段子，拖鞋、巴袍和可乐是巴基斯坦人的四季标配，畏寒怕冷的异乡人，休想在巴基斯坦的冬季里寻获一条秋裤。

男士巴袍款式相对单一，有领和无领的各有亮点，宽松或紧致的量体裁衣，色彩上总体以素色居多，暗示着万事随心、素净庄重；女士巴袍则色彩艳丽，材质丰富，花样也更为繁多，有长袍、连衫裙等。

值得一提的是，巴基斯坦女性通常在身着巴袍的同时，还头戴面巾或披肩，因为伊斯兰教规定穆斯林女性不得暴露羞体（女子除手、足、脸部外，周身皆为羞体）。所以游走在巴国便不难发现，除了极少数的城市女性，无论老妇还是少女，从头到脚都是用长袍或面巾裹着。

工地上的绝味火锅

一群搞海外项目的，让人听着高大上，真到了工地，四面八座山，下馆子这种事儿是不用想了。晚上回宿舍叫上同事，搭配着自制小烧烤，喝着小酒唱着歌，一天的辛苦瞬间烟消云散，生活也变得惬意起来。在国外，背井离乡总是需要慢慢适应。

当然，这也算不上大事儿，身在异乡，味蕾上的刺激远比精神上直白。工地上有个中国人开的超市，麻雀虽小但五脏俱全，十多平方米大小，闲来无聊逛完一圈半分钟不到，却能找到湖北的鸭脖、新疆的奶啤，中秋的月饼、春节的饺子，幸福的优乐美、失恋的黄鹤楼，当然还有最畅销的火锅底料。

工地上，没有什么事儿是一顿火锅解决不了的，如果有，那就两顿。工作的忙碌和食物的匮乏，让省时方便的火锅寻觅到了大家的舌尖。姜蒜切末，洋葱切丝，再抓一把干辣椒扔进油锅里爆香，挤半包火锅底料大火翻炒，脱了水的干辣椒仅剩的火爆让整口锅的气氛变得狂躁。此时倒入半锅温水足以浇熄这份不安，轻轻搅动，给最浓烈的人间烟火充分的拥抱。最后丢进去几块番茄，用纯粹的酸甜点缀辣劲儿十足的汤底，一锅“中国红”便出现在了餐桌上。

火锅的奇妙在于让陌生的食材相遇，对人类也同样适用，只不过有个更好听的名字叫邂逅。东北汉子小常入职不久，就在吃火锅时遇到了同届的江南妹子林林。小常烹饪技术一流，林林对吃颇为讲究，几顿火锅吃下来，俩年轻人就走到一块儿了。小常在生产一线，下班时间不固定，每天不管多晚都赶回宿舍给林林做饭，要是大晚上七八点钟还能闻到饭香，准是他俩在开伙。

火锅作为每年春节必不可少的桌上餐。因为有了春晚作背景，就连食物也沉醉其中。听到春晚歌声，一片片慵懒地躺在菜筐里的白菜叶眼泪汪汪，任由油麦菜们伸出的大长腿肆意地搭在身上，生菜最是调皮，进了锅里还要站起来死死地盯着电视。

“肉食动物们”最爱锡纸包裹的烤羊排，焦黄的外表下是绵密的红肉，勾引着你的馋虫，外焦里嫩，油而不腻，凉了之后丢进火锅里，更是浸入一身的美味。伴随着新年的钟声，工地上数以千计的饺子噼里啪啦下锅的声音像极了鞭炮，一锅的珍馐在此刻显得更有“味道”。而这一顿火锅，也让身处异国他乡的我们感受到了浓浓的年味。

中国能建葛洲坝三公司积极响应“一带一路”倡议，深度融入“中巴经济走廊”建设，在巴基斯坦构建了涵盖NJ 水电站、SK水电站、DASU水电站、Mohmand水电站、Balakot水电站、KAROT水电站、E35 高速公路、M4高速公路等合同总额超过100亿美元的项目群，为巴基斯坦能源电力发展和基础设施建设做出积极贡献。

老挝札记

宋云龙　李会林

三年前，伴随着飞机发动机的轰鸣声，我抵达了这个并不算遥远，却又陌生的国度——老挝，开启了我在这里的工作和生活。

初识老挝

最初对于老挝的印象还停留在“与云南接壤的一个邻国，经济上比较落后”，其余一无所知。坐上去项目部的车后，我开始对这个国度打量起来。驶出机场，几分钟便抵达了城区，没有北美的高楼林立，也没有欧洲的古典雅致，这里的一切，稍显得有些杂乱。

正浮想之际，不远处一幅巨大的广告牌吸引了我的目光，定睛一看，竟然是啤酒的广告。暗自揣测“老挝人民，这么爱喝啤酒吗”，又或许是在用音乐和酒来表达欢迎之情吧。

老挝也称寮国，是东南亚唯一的内陆国，也是世界上最不发达国家之一，没有出海口，平原缺乏，唯有大面积的山区，经济上主要以农业为主，工业、服务业基础薄弱。

老挝的首都万象是我见过的最不像首都的首都。如果忽略那些被游

老挝啤酒的巨幅广告牌

客占领的西餐厅和酒店，它几乎和国内的小县城没有区别：路边小店，临街摊铺，废弃的街边大楼，朴素得甚至可以说是简陋的老挝国立大学，还有那蒙着历史尘埃的法式建筑……

在新冠疫情的影响下，老挝支柱产业旅游业遭到严重打击，货币持续贬值，短短几年时间，贬值幅度接近腰斩程度。老挝工业品基本依靠进口，造就了当地相对高昂的物价。

初探老挝

物质上的短缺，似乎并不会影响老挝百姓精神上的富足。据报道，老挝有超过 90% 的民众信仰佛教，佛教几乎贯穿了所有老挝人的生活。

随处可见的寺庙与佛塔，无不彰显着佛教的强大影响力。其伽蓝（佛寺）繁盛，不仅佛寺密集度世所罕见，而且宏大的佛殿皆粉妆玉砌，纵使主席府亦相形见绌。民众礼佛虔诚，清晨布施的传统蔚为壮观。

破晓时分，僧侣们伴随着阵阵梵钟，沐浴着晨曦中的第一缕阳光，从各个寺庙鱼贯而出。橙红色的僧衣，银灰色的食钵，僧侣们神态安详自若，赤脚无声。

布施者微笑以对，虔诚地用手抓起精心准备的糯米饭放入僧侣们的钵中，一切都静寂无声，秩序井然。他们相信，一切都是福报，冥冥之中，自有天意，这种看淡一切又敬畏生命的态度，最能触动人们内心最柔软的角落。

在这祥和的环境背后，鲜为人知的是，老挝是全世界被轰炸次数最多的国家。大多数人可能只知道越战，却少有人知晓越战中老挝受到的波及。

在越战进行的同时，为了防止越共和寮共将老挝作为大后方向南越渗透，美国在 1964 年至 1973 年向老挝投下了 2.6 亿枚共计 200 万吨的航空炸弹，其中至少 30% 的炸弹没有当场爆炸，以至于战后老挝全国有 8000 多万颗未爆炸炸弹（UXO），给老挝人民造成了沉重的战争苦难。

在当时被轰炸得最猛的中部石缸平原，至今存在着大量未引爆的炸弹，威胁着当地人民的生命安全。

据报道，截至 2011 年，已经有 5 万多老挝人因为 UXO 而死亡或受伤。直到现在，每年依然会有大约 100 人因 UXO 而伤亡。那场看似早已结束的战争，至今仍在这片土地上延续。

大量未爆炸的炸弹也对我们项目的进展造成了严重的干扰，中国能建葛洲坝电力公司老挝南屯项目为架设 154 公里的输电线路，施工前需要进行全线的清雷工作。值得庆幸的是，在现代科技的支持下，清雷工作得以顺利开展，为项目的安全开展打下了基础。

接受布施的僧侣

乐在老挝

每年 4 月，老挝都会迎来民间最隆重的节日——泼水节，也称宋干节，是老挝的传统新年节日。人们可以用互相泼水祝福、寺庙祈福、清水洗濯佛像等传统方式庆祝节日。

由于疫情的影响，即使是在老挝工作生活了三年的我，也只参与了一次泼水节活动，未免有些遗憾。

那一天我们一出门，便遇到了“袭击”，除了开车的同事，每个人都被从头到脚浇了个透湿。当然，我们也不甘示弱，拿起大瓢就开始泼水。然而工具不够专业的我们，又怎抵得过拿水管的他们呢，无奈之下，只能加速开溜了。

一位老伯看我们使用水枪便走过来，摆着手，比画了一番后，我们才明白老伯的意思是不要用水枪，可能会伤到眼睛，可以泼水，哪怕是水管都无妨。而后，老伯从背后拿出了一个小水瓢，轻轻地给每个人的头顶浇了一遍，以示祝福。时至今日，我依旧记得老伯诚挚祝福的模样。

相比于闻名遐迩的泼水节，老挝的火箭节就显得小众许多。火箭节老挝语为 Boun Bang Fai，是老挝民间祈雨的一种风俗仪式，一般在老挝新年后（佛历 6 月 15 日）举行。用自制火箭射向空中，向雨神祈祷雨季来临。

把火箭射得最高、最美丽、最有娱乐性的人将获得冠军和奖励。如果火箭发射失败，则会被惩罚在泥泞的水坑中浸泡。

民众以村为单位，用塑料管、竹子或木头等简易材料做成火箭进行比赛。各村自成一队，穿上不同服饰，也有一些扮成鬼神的奇特装扮，先是各村互动，喝啤酒、跳舞，玩到尽兴了再开始比赛。

在锣声、呐喊声中，人们竞相“放箭”。远近围观的人群不断欢呼喝彩，热闹非凡。为了发射这种将近 10 米长的火箭，村民们用木头搭建起了简易的倾斜发射架。在点火之后，装载着 120 公斤火药的火箭便腾空而起，飞向天空。

尽管是手工制作的火箭，升空的场面仍蔚为壮观，很具观赏性。按照当地的说法，如果“火箭”被点燃之后飞得很高，就预示着农作物将获得丰收。其实，且不论“火箭节”能否带来风调雨顺，单是“火箭节”每年吸引的大量外国游客，就能给当地带来十分可观的经济效益。

食在老挝

老挝人饮食简单清淡，多以香料调味，外国人大多不适应，但不得不承认老挝菜的确别有一番风味。老挝菜的特点是酸、辣、生，烤鱼、烤鸡、凉拌木瓜丝、酸辣汤等最具民族特色，蔬菜多生食。

糯米饭是老挝人最爱吃的主食，约占他们全部食物的70%。老挝糯米饭的做法很讲究，一般都是头天晚上就用水浸泡，而且浸泡糯米的水不能太少，至少要高出糯米2厘米。

等到第二天早上，把糯米捞起来，放在一个竹编有盖的漏斗状的容器内。然后，将容器套架在盛有适量的水的陶钵口上，再慢慢地烧蒸三四十分钟。这样做的糯米饭黏性适度，软硬适中，香甜可口。

由于缺乏工业化的养殖业，老挝人民的蛋白质来源多为放养的水牛、河鱼、山中野味等。

老挝牛肉多为水牛肉，因缺少工业化养殖，多以散养为主。散养的水牛较国内饲养的黄牛，肉质更加坚韧紧致，脂肪极少，吃起来颇费一番牙口。

相对于难以咀嚼的水牛肉，老挝的烤鱼对我就友好得多。老挝烤鱼多是湄公河内的罗非鱼，辅以香茅草等香料，表皮抹上粗盐，炭火慢炙烤，吃起来倒是别有一番风味。若再配上一杯冰爽的老挝啤酒，更是人间美味。

当然，老挝也有着对于我这个中国胃不太友好的食物，比如生吃的鸭血、猪血或山羊血。

在食用羊血时，他们将羊血与一些煮熟的山羊内脏混合，放入大量草药，如薄荷、大葱和香菜等，再添加一些香脆的青葱和花生。到目前为止，我仍未敢品尝这道当地人的美食。

老挝啤酒相对于国内常见的啤酒等，酒体更厚重，麦香更加浓郁，味道偏苦且酒精度更高。酒量不太好的人，可能喝上一两瓶，就需要去睡上一觉了。

老挝人民对于当地啤酒的喜爱，可以说是如痴如醉，上自年逾花甲的老伯，下至还在读书的中学生，无不畅饮老挝啤酒。后来我与老挝工程师聊天时才得知，老挝啤酒的生产技术源自德国和法国，难怪喝起来更接近于德式小麦啤酒的风格。

老挝虽穷，虽小，但有它低调的美。当早晨第一缕阳光洒向石板街道，静静跪在街边等待僧侣们接受布施时，当漫步在傍晚的湄公河边，眺望不远处的泰国时，当背上自己的双肩包，穿梭在原始热带雨林时，周围的一切都是如此静谧，远离喧嚣，再配上僧侣的诵经声，此时此刻，那最原始、最生态、最真切的小众之美令人痴醉。

老挝南屯 1 号水电站项目由中国能建葛洲坝电力公司参建，总装机容量 474 兆瓦，已于 2020 年完工，为推动老挝经济的可持续发展奠定了良好的基础。目前，中国能建葛洲坝集团仍在深耕开发老挝国内市场，积极践行“一带一路”倡议。

黄麻之乡见闻记

王兆祥

初来孟加拉国时，我从未想过自己会与这片陌生的土地结下如此深的情缘。从初到首都时的拘谨，到后来的穿梭如流，从磕磕绊绊的交流沟通，到后来的侃侃而谈，几年的光阴让我恍然成了半个孟加拉国人。如果说有什么是让我感到遗憾的话，那就是在号称黄麻之国的孟加拉国，我却从未目睹过黄麻丰收的壮观场景。

达卡，三轮车的海洋

作为一个人口密度极大的国家，不大的首都达卡承载了远超其预期的人口。人力三轮车，作为达卡最主要的交通工具，因灵活便捷、价格低廉深受孟加拉国人的喜爱。无论道路多么拥堵，三轮车司机总能在绝境之中杀出一条道路。再加上所有三轮车上几乎都有花花绿绿的装饰，远远看去甚是壮观，这也被在孟加拉国生活的华人称为初到达卡不得不看的一大景观。

当然，在达卡的街头，不止有人力三轮车这一种特色交通工具，这个城市总能在不经意间给你眼前一亮的惊喜。

比小狗还大一圈的波罗蜜

水果爱好者的狂欢地

或许是国别或饮食习惯的不同，许多在国内司空见惯的食材在孟加拉国项目驻地附近根本买不到，这着实让项目部的人为之难受了许久。但与食材匮乏相反的是，在国内价格居高不下的波罗蜜、杧果、番石榴等水果在孟加拉国却随处可见。甚至在项目部驻地内就有许多波罗蜜和杧果树，有时一场雨下来，树上的杧果便噼里啪啦地落一地，真真切切地让我享受到了杧果自由。

孟加拉国的波罗蜜个大肉肥，一二百塔卡（约人民币十几块）就能买到十几斤重的一个，四五个宿舍的人聚在一起，每个人都吃得肚儿溜圆，也不过只吃了大半而已。盛产期更是一百塔卡能买十个杧果，换算

达卡老城区穿梭的人力三轮车

成人民币不到一块钱一个。硕大的杧果个个都有手掌那么大，果肉香甜不拉丝，真是没有什么比饭后吃上两三个杧果更开心的事了。

简单的生活，淳朴的幸福

作为世界上最不发达的国家之一，绝大多数的孟加拉国人都过着较为窘迫的生活。但他们却很少为了生计而四处奔走闯荡，工作日的上午九、十点钟，经常可见路边的铁皮棚子里，几个正值壮年的汉子端着咖啡悠闲地聊着天，身后是甩着尾巴吃草的牛和呼啸而过的汽车。

孟加拉国人都很好客，记得那天去一个村庄里勘查现场，很快便被村民团团围住。当我们向村民打听周边资源的时候，一个瘦瘦高高的汉子便已轻而易举地砍下了几个椰子，端到了我们的面前。村里的孩子都好奇地来凑热闹，一双双眼睛黑得发亮，盛满了单纯与善良。我笑着递给他们矿泉水，他们便如获至宝般地露出了开心的笑容。

孟加拉国的饮食不太精致，路边的摊子较多。摊主们随意地炸着一些食物，菜品往往是一些黄瓜丝或者咖喱煮的肉类。撕下一片刚烤好的饼卷着塞进嘴里，咖喱味瞬间迸发出来，这是一种不同于国内的奇特味觉体验。

在孟加拉国最让我羡慕的是这里的学生，无论是初中生还是大学生，走在校园里总能看到他们有说有笑，脸上洋溢着幸福。项目驻地内有一大片草地，每天路过的时候都能看到踢足球、打棒球的学生。戴着头巾的小姑娘看到我，会羞涩地低下头，挽着小伙伴一溜烟地跑开，但还不忘回头笑着和我摆摆手。

当然，在孟加拉国让我印象最深的人，还是厂区门口的网店老板。他是一个满脸络腮胡的大汉，一开始结缘是因为给生活区拉网线、缴纳话费等业务，慢慢熟悉之后，才发现这个老板很不一般。他能说一口流利的英语，对中国也很感兴趣。我和他一见如故，既向他请教孟加拉国的风土人情，也向他介绍一些中国的文化习俗。我们从伊斯兰教聊到道教，从达卡聊到北京，从孟加拉炸鸡聊到西安肉夹馍，友情也在不知不觉中渐渐升温。

开斋节时，他会邀请我去他家里吃咖喱牛肉。疫情严重时，他也会提醒我不要外出，有需要的东西，只要一个电话，他就会买好送到项目部大门外，然后咧嘴一笑骑着摩托车扬长而去。

在黄麻之国，我已度过四载光阴，经过风霜雨露，也流过血泪汗水。此刻，虽已离开了那个熟悉的国度，但那厂、那树、那景、那人，却永远铭刻在我的记忆里。

坐落于孟加拉国诺尔辛迪省的古拉绍电站，总装机容量950兆瓦，是孟加拉第一大电站。中国能建所属中南院、广东火电以及作者所在的西北电建三公司，共同承担4号机组改造工程。

猫城游记

刘昊

提起马来西亚，你会想到什么？

繁华喧嚣的都市，恬静悠闲的岛屿，风景如画的海滩，还是诱人的美食？

或许，每个人心中的马来西亚都是不重样的。

在我们眼里，它是宁静的老城，是神秘的雨林，更是人与自然和谐共生、多元种族团结协作的美好画卷。今天，请跟我们一起在砂拉越感受马来西亚的非凡之美。

再现老城故事

落地砂拉越首府古晋，一股温润的风拂面而来。这是一座有老街、有古乡，又有人情味的城市。不同于其他都市的活跃喧嚣，古晋有着一种全然不同的浪漫氛围和历史气息，有着一个半世纪以来也未曾改变的温柔与宁静。

在马来文中，古晋是猫的意思，因此，古晋也被称为“猫城”。据说这里是世界上唯一一个崇拜猫的城市，以猫为主题的城市雕塑、工

猫家族雕塑

艺品到处可见。在古晋，慢生活是这里的标配，你完全可以像猫咪一样慵懒地肆意游走，享受着每一分、每一秒的闲适，时间仿佛都变得缓慢下来。

清晨，找一家老店，点一杯咖啡，吃一碗特色的哥罗面，温暖的阳光穿过猫城的大街小巷，时间顿时变得缓慢而悠长。吃饱喝足后，在印度街和亚答街（唐人区）感受多元文化，华人下南洋开垦的遗迹、可爱的猫咪壁画、地道的民族服饰、多种宗教的庙宇……让人在不经意间进入了时空隧道，一下回到了旧时光里。

初识伊班风情

项目启动的第二年，我们集体迁入了雨林深处。从砂拉越内陆水路起点诗巫出发，沿着拉让江缓缓穿越深不可测的雨林，大约 7 小时后，我们来到了项目地方“双融合”重点合作社区 Antawau 村。

伊班族战舞

Antawau 村共有 5 个长屋，每个长屋由数十至上百间紧贴一起的木屋组成，每一间木屋是一户人家，木屋外是木板铺成的公共走廊（Ruai），这里是居民们休闲和集合的场所，也是婚丧仪式的举行地。长屋短则数十米，长则过百米，它将所有的人家连在一起。一个长屋，往往住着一个部落的人们，他们团结在一起，共抗外敌，守望相助。

为了替首次来到村子的我们驱邪祈福，进入长屋后，屋长热情地接待了我们并为我们举行了米灵仪式。米灵仪式是伊班族传统的祈福仪式，居民们精心准备了舞蹈、击鼓等民俗表演。惊艳的文身、漂亮的服饰令人眼花缭乱。仪式结束后，我们和热情的伊班族人一起载歌载舞，尽情畅饮自制米酒 TUAK。在入口前，大家一起高举酒杯，祝福呼喊："呼——哈！"这一切都让人回味无穷。

再探雨林深处

砂拉越州三分之二的土地都是热带雨林区，也是世界上唯一保有原始生态的热带雨林。一次偶然的机会，我们乘坐伊班族同事的小船再赴雨林深处，前往上游 Long Singut 开展招聘活动。一米宽的快艇在拉让江上呼啸而过，身旁江面上的木状物让人一时分不清是树木还是巨鳄。耳畔除了发动机的轰鸣声，甚至还能听到自己急促的心跳声。

Long Singut 位于与世隔绝的马印边境。下船步入森林，除了偶尔可见的木栈桥，几乎全是原始形态。顺着小溪，以石为路，源头清流飞瀑。林中枝繁叶茂，不时还能看到奇特的动物和昆虫自由游荡。脚踩树叶的窸窣声也让我们不禁担忧惊扰到其他生灵。

绿色营地

人与自然和谐共生

巴勒水电站是砂拉越州“再生能源走廊(SCORE)”计划的重点工程之一，也是目前砂拉越州最大的基础设施建设工程。在实现砂拉越州水利工业化的过程中，项目部始终坚持将“绿色发展”的理念融入建设全过程，从工程设计、设备选型到施工技术方案都充分考虑了环境保护因素。

为有效避免建设中可能造成的环境污染问题，项目部在河流入口处及弃渣场下方均设置了拦沙坝，将混杂泥沙的雨水进行沉淀和过滤，确保流入河道时水质良好，同时在坝顶等区域持续种植藤本植物，辅助做好水土保持和环境绿化工作。

作者所在的巴勒水电站项目位于马来西亚砂拉越州，总装机容量1285兆瓦，由中国能建葛洲坝集团承建。全面投产后，每年将为砂拉越州贡献近百亿度的清洁电能。

来约旦吧，体验一场奇妙之旅！

曾自畅　林丹茹　李华钧

11 月的约旦，白天还是温暖舒适的，但到了夜里，却要裹上厚厚的棉袄。我伏在案前稍作休息，看到电脑桌面的约旦风景，不禁回忆起自己与约旦的“结缘”。那是 2019 年 5 月，我从广州出发经多哈转机到约旦，在飞机上向下看，绵延不绝的戈壁和荒漠，便是我对约旦的第一印象。自此开始了我外派全球最大的油页岩电站——约旦阿塔拉特油页岩电站项目的工作与生活。在约旦漫天黄沙的背后，有着悠久的历史和文化，也有许多又奇又美的风景。

忆在安曼　登顶城堡山

想认识约旦的首都安曼，当从城堡山开始。城堡山是安曼历史的起点。公元前 11 世纪，一群战败后被抛弃的埃及遗民带着阿蒙女神的信仰来到了这里，建立阿巴斯·阿蒙王国。从那以后，城堡山一直是历代的城市中心，其残存的文物古迹反映了各个历史年代的面貌。

城堡山是整个安曼的制高点，可以俯瞰整座山城。登上城堡山，第一眼看到的是赫拉克勒斯神庙遗址的立柱，擎天而立。

古罗马剧场

伍麦叶宫是阿拉伯帝国伍麦叶王朝于1300多年前在城堡山建立的王宫，是典型的阿拉伯建筑的风格。

古罗马剧场坐落于城堡山脚下的老城区，建于公元2世纪，整个建筑依山而卧，设计风格与杰拉什的古罗马剧场极其相似，可容纳6000人。剧场呈圆形，建造者在修建过程中充分利用了声学原理，不论坐在剧场何处，舞台上歌唱、朗诵、讲演的声音均可清楚地听到。

奇在死海　漂浮在“地球的肚脐”

“妈妈和女朋友同时掉进水里，你救谁？！”这个千年无解的难题在这里有解！因为就算是不会游泳的旱鸭子，到了死海，也能漂在水面上。

小时候我就通过书本知道地球上有个神奇的海，即使不会游泳的人也能漂浮在水面上。去体验死海的神奇，一直是我的愿望。记得那是五一假期，我和同事从项目部向西驱车，向死海进发，一路上非常兴奋。越过无数的沙石，约 2 小时后，在一片荒芜黄沙的尽头，湛蓝的水面渐渐映入眼帘。

举世闻名的死海实际上是一个内陆咸水湖，南北长 82 公里，宽平均 16 公里，总面积约 1049 平方公里，最深处 409 米，平均深度 146 米。死海湖面低于海平面 407 米，是世界上最低的内陆湖，被称为“地球的肚脐”。海水含盐量为23%—25%，最高达33%，是一般海水含盐量的4倍，连湖边的石头都附上了一层白色的盐，水中和岸边无任何生物生存，故得名“死海”。

缓缓走入水中，当水没了腰之后，整个人自然就浮了起来，顺势躺在水中，就像躺在软绵绵的垫子上一样，十分舒适，丝毫不用担心溺水，那些来自工作、生活的压力一瞬间都释放掉了。

夕阳西下，悠闲地躺在水面上仰望苍穹，欣赏海天一色的美景，那一刻的美好永远铭记心间。走上岸后，用清水冲洗身体，被水泡过的皮肤滑溜溜的。听说死海的水因富含化学物质可医治皮肤病等疾病，死海黑泥更具有独特的医疗效果。

绝在佩特拉　走进“玫瑰古城”

有座古城不仅藏匿于高山峡谷之中，而且全部建筑物都是精妙绝伦的“石头房”，在光照下笼罩着玫瑰色的光泽，让人不禁感叹这是大自然的鬼斧神工与巧夺天工的建筑工艺的完美融合！

佩特拉古城是约旦南部沙漠中的一座历史名城，希腊语里是“岩石”的意思，位于距约旦首都安曼约260公里、海拔1000米的高山峡谷中。

佩特拉古城

它曾是纳巴泰王国的首都，因为建筑物几乎全是在岩石上雕凿而成，且岩石带有珊瑚宝石般的红色，尤其在朝阳和晚霞的照射下，整座城市就会变成玫瑰色，因此被称为“玫瑰古城”。1985年，佩特拉古城被列入联合国教科文组织的《世界遗产名录》，2007年被评为世界新七大奇迹。

为了领略佩特拉的风采，一睹这座古城的真容，我特意从遗迹的最末端开始，踩着碎石路上山，又沿着断壁残垣下山，一路攀爬好几座大山，在炎炎烈日下汗流浃背。但当我站在山顶，望向风化后的群山，在阳光的照耀下，峰峦重叠的玫瑰色建筑令人惊艳，一路上的疲惫瞬间烟消云散。

古城核心是一座依山凿出的大广场。广场正面是一座高40多米、宽 30 多米、依山雕凿的殿堂——卡兹尼，意为“金库”。夜幕降临，神殿前烛光熠熠，与红色的岩石互相映衬，形成了神秘的“佩特拉之夜”。值得一提的是，卡兹尼神殿也是《夺宝奇兵》《变形金刚》等大片的取景点。

最后，我走过有“蛇道”之称的“西克峡谷”，它狭窄绵延，在两边高耸的峭壁遮挡下，头顶没有了阳光的炙烤，峡谷里光线明暗交错、斑驳陆离，走到最窄处，形成了大自然鬼斧神工的“一线天”奇景。

妙在瓦迪拉姆　穿梭在“月亮谷”

红色的漫无边际的沙漠，屹然突起的巨石，荒凉寂寥而无生命感，恍惚间给人以来到外星球的错觉。

瓦迪拉姆沙漠是约旦最壮观的沙漠景观，有着神奇的地貌，被认为是地球上最接近火星的地方，因为它像月球表面一样宁静沉寂，又被称作“月亮谷”。除了大热的《火星救援》，这里还是《变形金刚》《普罗米修斯》等大片的取景地。瓦迪拉姆沙漠浩大，一望无际，是典型的纯沙沙漠，满眼都是红色的沙，千年风化的沙山形态各异，在阳光下五颜六色、斑斓夺目，风化的巨大岩石有的形似蘑菇、彩云，有的看似城堡、谷仓，千姿百态。

在当地人的带领下，我们乘坐四驱越野车进入月亮谷，从来没想过坐车就像乘船一样，跌宕起伏，仿佛置身于沙漠的海洋。但驾驶过程并非一帆风顺，乘坐的车子有时会陷入松软的沙地中，需要人工清沙，烈日当空照，无遮无挡，我们就在大沙漠里合力推车，一会儿就汗如雨下。

在这里可以度过奇妙的一天，从清晨的日出到炎热的烈阳，再到柔和的夕阳，不同的光线渲染着月亮谷里的沙石，呈现不同的颜色，或粉或橘或红，令人流连忘返。

月亮谷

看似寂静的月亮谷，如果仔细观察，会发现有骆驼、马等动物在漫步。如今，月亮谷已经是生态探险旅游的胜地与登山徒步旅行者的天堂，白天可以骑着骆驼在沙漠中赏景，也可以挑战自己，参加攀岩等极限运动。到了夜晚，可以在星空下露营，看着满天繁星渐渐地睡去。

还有这些美好　人与美食不可辜负

食物在约旦的文化中占有非常重要的地位。聚餐是约旦人一项重要的社交活动，也是展示他们好客之道的方式。在约旦同事家中，我们品尝到了约旦国菜 Mansef，大大的盘子里堆满米饭、坚果和羊肉，再淋上奶酪酱，吃的时候用一张薄面皮包起来，十分可口。这种“手抓饭”是约旦最受欢迎的食物，适合多人分享，吃的方式也很简单，卷起袖子就开吃，很能体现约旦人的豪爽与热情。还有约旦出名的小吃 Shawarma，被称为“阿拉伯三明治”，就是在皮塔面包中夹上羊肉、鸡肉、牛肉等肉类以及蔬菜，配上独门酱料，一口下去回味无穷。

随着工程的顺利推进，项目部主体工作已趋近尾声，回国的日子也渐渐近了。真正离开约旦的那天，我想我一定会十分留恋这里的异域风景和难忘经历，那海、那城、那谷、那人和美食……真是一场奇妙之旅!

约旦哈希姆王国简称约旦（Jordan），位于亚洲西部，阿拉伯半岛的西北，西与巴勒斯坦、以色列为邻，北与叙利亚接壤，东北与伊拉克交界，东南和南部与沙特阿拉伯相连。旅游业是约旦支柱产业之一，佩特拉古城、死海和瓦迪拉姆沙漠等景点是世界各国游客探险旅行和休闲度假的首选目的地。

约旦是个能源缺乏的国家，约96%的能源依赖进口。作者所在的约旦阿塔拉特油页岩电站2×235MW项目，由中国能建广东火电EPC总承包建设，项目建成后将成为约旦规模最大的发电站，年发电量将达37亿千瓦时，可满足约旦10%—15%的用电需求。

纳米比亚，一半火焰一半海洋

蒲海霞

生活工作在纳米比亚，我已经深深爱上了这个国家。行走在纳米布沙漠，抬头可以看到“大漠孤烟直，长河落日圆”的苍茫壮阔；来到十字角海豹保护区，可以欣赏到憨态可掬的海豹家族成员；探索在鲸湾，让人惊叹于蔚蓝海洋与茫茫黄沙的交汇融合；漫步于斯瓦科普蒙德，从繁杂工作中抽离，得到了“偷得浮生半日闲”的治愈。

纳米布沙漠

纳米布在当地语中是“遥远的干燥平地”的意思，纳米比亚的国名就取自纳米布。纳米布沙漠是本格拉寒流的杰作。数亿年前，本格拉寒流冲击大西洋海岸，由于温度低，海水不仅不蒸发，还“吸取”了从海中吹来的湿气，经过上亿年大自然的变迁，干燥的热风将岸上山中的岩石风化为细沙和粉尘，纳米布成为一片沙海。

作为世界上最大、最古老的沙漠之一，纳米布沙漠拥有罕见的红色沙子和稀有的沙漠动物，是非洲最耀眼的明星之一。葛洲坝易普力纳米比亚公司服务的湖山矿即坐落于这颗纳米比亚引以为傲的明珠中。在湖山矿工作身心疲惫时，只要眺望远处，就可以从纳米布沙漠的奇美风光中得到治愈。在光影的变幻下，高耸的红色沙丘显现出极具冲击力的多样色调，风塑而成的沙丘展现出的柔和曲线也令人着迷。

风沙过后的清晨，来自大西洋上空的湿气在沙漠中形成一面雾墙，那种吞噬天地的笼罩感所带给我的震撼，绝不亚于任何一部好莱坞的科幻大片。

深夜的纳米布沙漠，脚下是夜行动物的乐园，抬头是浩瀚的星河。作为国际认证的暗夜星空保护区，纳米布沙漠光污染少，气候干燥，使得这里成为世界上非常适合观测拍摄星空的地方。

十字角海豹保护区

十字角海豹保护区位于纳米比亚的大西洋海岸，海豹数量、密度均居世界第一，可称得上是一个海豹王国。漫步在十字角海豹保护区，远远望去，波涛汹涌的大海中，海豹以各色优美姿态，不停地游动、捕食，不时露出带着胡子的小尖脸四周张望，黑乎乎的一群又一群，场面蔚为壮观。可当它们爬到了陆上沙滩岩石间，却立刻变得非常笨拙，在阳光下懒散地躺着。不过别看它们长得蠢萌可爱，闻起来真的是直击灵魂深处……保证让你深吸一口气，记住一辈子！

这里是海豹的家园、海豹的王国，这一壮观的奇特景象只有在纳米比亚的这片小海滩上才能看到，令人叹为观止！

鲸湾

鲸湾又称渥尔维斯湾，位于纳米比亚中西部海岸线上，是纳米比亚唯一的深水良港。因其得天独厚的地理优势，鲸湾成为纳米比亚重要的

一边是海水一边是沙漠

港口和旅游城市，亦是纳米比亚主要进出口中心、重要商业和贸易中心，它还是纳米比亚最大渔业中心，集中了纳米比亚主要的捕捞船队、造船业和鱼类加工业。

经济高速发展使得鲸湾的美于多姿多彩中带着繁华的烟火气。既有繁忙的货港，也有旖旎的海滨风光，还有生猛海鲜供人大饱口福。游客既能观看到巨大的盐场、火烈鸟遍布的堰湖，还可乘游艇畅游海上，与海豚嬉戏，去探访令人难忘的海豹岛，更可乘滑翔机或骑沙滩车饱览沙漠风光，体验大自然的神奇。

来到鲸湾不得不提到一个奇观，仅仅一条公路之隔，一边是蔚蓝大海，一边是无垠沙漠，让人体会到两种截然不同的风光。大海与沙海在

斯瓦科普蒙德海的落日余晖

此处交汇，于荒谬中让人更加惊奇于造物的神奇。

斯瓦科普蒙德

斯瓦科普蒙德是纳米比亚西部大西洋沿岸的一座港口城市，位于温德和克以西 280 公里、鲸湾港以北 33 公里处，是埃龙戈区首府。纳米比亚矿业服务公司的生活营地亦坐落于这座安静整洁、气候凉爽的海滨小镇。

斯瓦科普蒙德是纳米比亚著名的海滨疗养地，享有“夏日之都”的美誉，城市被质朴的海滩和诸多档次的度假村所环抱。白天的沙滩上熙熙攘攘，当地居民以及来自世界各地的游客聚集在这里，或是成群结队打沙滩排球，或是踩着轻柔的细沙散步，或是慵懒地享受日光浴。相比温德和克的庄重与鲸湾的繁华，斯瓦科普蒙德是悠闲而安静的，连天气都是那么凉爽，让人的心也沉静下来。

纳米比亚湖山铀矿作为“一带一路”重点项目，是目前中国在非洲最大的单体实业投资项目，达产后将显著提升纳米比亚矿山行业的国际竞争力，已成为中非合作标志性工程项目，对发展纳米比亚经济、提高当地税收和就业有重要意义。中国能建易普力股份有限公司主要提供湖山铀矿1号区矿山工程服务，包括民爆物品供应、钻爆施工、挖运施工等。

行走在巴尔干半岛之波黑

蒋子标　田爱军

2020 年 3 月 10 日，我从北京出发经慕尼黑转机到萨拉热窝，下飞机时的蓝天白云、绵延山脉以及去住处路上起伏的山路便成了我对波黑的第一印象，自此开始了外派波黑图兹拉燃煤电站项目部的工作与生活。

波黑位于巴尔干半岛西部，是一个多山的国家。我们住处周围便有不少小山丘，加上疫情尚未消除，于是偶尔周末出去爬山便成了我业余生活中为数不多的运动休闲项目，而随手拍下沿途的风雪云雨雾也成了我的一大乐趣。

风本无形却可见，风亦无声但可听。波黑的风与北京并无二致，春夏温柔和煦，秋冬狂躁凛冽。11 月，波黑已经调整为冬令时，不到五点便已日落。晚饭后在住处周围散步，便可遇到阵阵狂风卷起大片大片的椴树叶呼啸而过。

波黑冬季虽然多雪，但首都萨拉热窝冬季气温多在 0℃以上，要在城区看到厚厚的积雪、邂逅银装素裹的童话世界并非易事。山上气温稍低且行人、车辆较少，则能较长时间保存积雪。碰到前一天晚上下雪的时候，乘坐缆车到 Trebevic 山顶公园是非常不错的选择。随着缆车缓慢上升，你便渐渐进入了一个全新的世界。

山城

初来波黑时在住处无法外出，凝视天上云卷云舒便成了每日的消遣方式之一。后来，无论是蓝天白云、厚重乌云还是绚烂晚霞，都成了生活记录的对象之一。

萨拉热窝年均降水量为 935 毫米且分布较为平均。日常淅淅沥沥的小雨往往并不能给你留下深刻的印象，但某一次爬山回来遇到暴雨加冰雹，车窗被砸得噼里啪啦，或者暴雨过后日常清澈且温柔的米里雅茨河

落雪

云卷云舒

变得湍急又混浊，抑或某天深夜你被窗外的电闪雷鸣、狂风暴雨惊醒，绝对会成为你对波黑的回忆中难以抹去的一笔。

波黑给我印象最深的当数这里的雾，原因有二：多山的环境让这里雾气不断，深秋之后如若无风必定有雾；波黑无回国直飞航班，如果雾气太重导致前序航班延误对回国计划影响较大。不过这里虽然雾多，但一般都在半山腰及以下，周末爬山的话便时常能有行至云端的特殊体验。

波斯尼亚和黑塞哥维那，简称“波黑”，是巴尔干半岛的一个国家，首都萨拉热窝。北部为温和的大陆性气候，南部为地中海气候。四季分明，夏季炎热，冬天寒冷。5 月到 10 月温暖和干燥，期间是到波黑旅游的最佳时间。

作者所在的波黑图兹拉燃煤电站项目位于波黑东北部图兹拉市，是中国企业在中东欧地区承建的最大电力项目、波黑最大的基建投资项目，总装机容量 77.9 万千瓦，是波黑首个采用清洁、高效燃煤发电技术的机组，也是波黑目前参数等级最高的火力发电项目。项目由中国能建总承包，于 2020 年 7 月 16 日开工。

寻访瓦尔特的故乡

周燕蓉　周　宇　闫玥宗

上世纪的一部老电影《瓦尔特保卫萨拉热窝》，让很多中国人知道了萨拉热窝，这部影片满含英雄主义和家国情怀，如一个时代的烙印，深深印在人们心中。电影最后那句话将影片的精神进行了升华：“看，这座城市，它就是瓦尔特。”

今天，让我们跟随中国能建员工的脚步，一起去寻访瓦尔特的故乡。

萨拉热窝的今日往昔

萨拉热窝是个群山环抱、风景秀丽的古城，建于1263年，市区人口约40万，算上郊区也只有50多万。在近一个世纪的时间里，萨拉热窝经历了三场沉重的战火：一战、二战、波黑战争。听当地老人说，很多人因为战争离开了这里，由于山地多，经济发展慢，战后也没有回来。比起其他地方，萨拉热窝不是很现代化，完全没有首都的大都市范儿。在萨拉热窝市中心，随处可见战争的痕迹，满布弹孔的建筑，仿佛战争刚过去不久，整个城市还处在一种等待发展的状态，看上去像是我国90年代的小县城的样子。

萨拉热窝城区

静静流淌的米里雅茨河，将城市分成老城区与新城区。依山而建的红顶白墙小楼错落有致地铺满山谷，偶有一些尖顶风格的建筑从房屋群中冒出。清真寺、天主教堂、东正教堂、犹太教堂，不同宗教的建筑在这座城市和谐共处，这里被称为“欧洲的耶路撒冷”。

萨拉热窝的巴西查尔西亚老城，充满了中东异域风情。这里是电影《瓦尔特保卫萨拉热窝》重要的取景地，我们踏着石板小路，在纵横交错的巷陌中寻找影片中的钟楼、清真寺和铜匠街。

格兹·胡色雷·贝格清真寺，有着强烈的奥斯曼土耳其风格，是波黑和巴尔干半岛最大、最古老的清真寺，绿色的拱顶清晰可见，高大的宣礼塔尖顶直指云霄，让人肃然起敬。

电影中的钟表匠就牺牲在清真寺的庭院内。与喧嚣集市相隔一墙的

著名的拉丁桥。1914年，奥匈帝国皇位继承人斐迪南大公夫妇在这座桥上被刺杀，导致第一次世界大战爆发

距离，是霎那的肃穆安静，现实与影片画面重叠，有种时空穿越的恍惚。

钟楼顶上带有星月装饰，是贝格清真寺的一部分。电影中的革命志士在这里接头，瓦尔特就是在这座钟楼上与德军展开激烈的枪战。仰望高高的钟楼，仿佛听到激烈的枪声在空中回荡。

经过电影里瓦尔特被追捕的铜匠街，耳畔不时传来“叮叮咚咚”的金属敲打声。这条街上的店铺，不乏家族传承的百年老店。琳琅满目的铜盘、波斯尼亚风格的咖啡壶等精美器皿，令人感叹工匠的巧手与奇思妙想。

电影中的瓦尔特有着挺拔的身姿和明朗俊挺的五官，这也是塞尔维亚人典型的外貌特征。漫步老街时，随处一瞥，朝气的少年，英俊的青年，似曾相识。

电影中的瑟比利喷泉广场，是老城的地标，建于奥斯曼帝国时期。广场上成群的鸽子“咕咕”叫着，翩翩飞舞时哨声划过天际，一幅和平的景象。

广场周围咖啡馆、餐馆林立，是人们放松休闲的场所。正逢周末，街上行人熙熙攘攘。沿街摆开的咖啡座，古朴厚重的木桌木椅，当地人围坐在一起，享受咖啡的慢时光，带着笑意的眉宇间是享受休闲的欢愉神情。

萨拉热窝森林公园的静谧时光

波黑的森林覆盖率很高，到处都是浓郁的绿色，萨拉热窝也不例外。在前往萨拉热窝机场的路上，有一座森林公园。

漫步在公园的林间小径，远处山峦重叠，近处绿树葱葱，平静的湖水微波荡漾，潺潺的小溪清澈见底，优雅的白天鹅轻划着水波，金黄的蒲公英开满草甸。骑单车的青年、玩跷跷板的孩童、亲密的情侣、乐融融的家庭，三三两两的身影不时从眼前晃过。侧耳聆听，是溪水“哗哗”的流动声与鸟儿的轻快呢喃，还有我们的欢笑声，在山谷密林中回荡。

在森林公园唯一的餐厅点份简餐，绿树环绕的院落里，阳光透过枝丫洒下点点光影，慵懒在一杯咖啡的醇香里。

已经从战争苦难中走出来的萨拉热窝，褪去了悲情色彩，回归了平静，人们的笑容重现。祝福波黑人民的生活越来越好，也默默祈祷，愿世界和平。

中国能建总承包建设的波黑图兹拉燃煤电站项目是中国企业在中

东欧地区承建的最大电力项目、波黑最大的基建投资项目，总装机容量77.9万千瓦，是波黑首个采用清洁、高效燃煤发电技术的机组，也是波黑目前参数等级最高的火力发电项目。中国能建葛洲坝集团建设的达巴尔水电站是中资企业在中东欧地区承建的最大水电项目，主要工作内容为设计采购施工160兆瓦径流式水电站的全部设施。

寻找梦中的多瑙河

谢双扣

多瑙河曾是我梦中的河。上大学时，我在音乐欣赏课上曾听过小约翰·施特劳斯的圆舞曲《蓝色多瑙河》，透过旋律似乎看到阳光下闪烁荡漾的水波，那是多么柔美的河。

2013 年 11 月，作为技术人员，我前往塞尔维亚的科斯托拉茨镇，参与洽谈一台 300 兆瓦燃煤机组改造工程初期的技术协议。在预约商谈的等待中，我有了空暇。

听说多瑙河距项目部不足十公里，我心动了。于是拉上同伴，踏上了寻找多瑙河之路。

地图来帮忙

没有导游，没有翻译，怎么去？我找来一张科斯托拉茨镇的地图。图上，柔白的底，橙色的路，淡蓝的河流，还有点状的、块状的明黄，似乎对应着民居和集镇。通过地图，我看到了项目部所在的位置。一图在手，我们信心满满。

没承想，出发点——科斯托拉茨电厂的西侧，紧挨着就有一条南北走向的路，可地图上没有显示。

成也地图，败也地图。我们在原地徘徊片刻后，遇到一位略懂英语的当地人，“How to walk there?”我摊开地图，指向蓝色的多瑙河。当地人很热情，语言、表情加手势，进行了回复，我“耶耶”地回应，看懂了他的手势：左拐，穿过小镇，一路向西。

一刻钟后，我感觉我们已走上了地图上标有的道路，方向对了，心安了，接下来就可以“按图索河”了。

沿途风景

路上，我们看见一位老者推着自行车慢悠悠地走着，后面跟着一条黄狗，当我们即将擦肩而过时，老者侧过脸与我们优雅地打招呼。

没多久，又碰到一群玩足球的孩子，他们老远地跑向我们，开心地欢呼，大方地与我们合影。

走了差不多一个小时，我们看到了另一座电厂。地图上这座电厂与科斯托拉茨电厂相距约 5 厘米，等比计算，我们离多瑙河至少还有 3 倍的距离，意味着徒步还要走 3 个小时。虽然时间大大超出了我们的预期，

与当地踢足球的孩子合影

多瑙河支流边的民居

但我们还是决定继续走下去，不放弃。

电厂不远处有一个餐厅，门外树荫下摆放了四五张桌子，已坐满了人，下午两点多，正是他们吃午饭的时候。有喝酒吃牛排的，有咖啡搭面包的，也有单单喝着啤酒的，三三两两，一边吃，一边低声聊天。午后的阳光下，在秋叶的沙沙声中，尽是惬意闲适的景象。

我与同伴商量了一下，大家也加个餐。走进餐厅，舒缓低柔的音乐在耳畔响起，洋溢着浓浓的当地风情，西面的墙上挂有捕鱼的网兜，餐桌摆放得错落有致，不同颜色的格子台布整洁雅致。餐厅主人给每位客人免费送上一小杯当地的伏特加酒，酒质晶莹澄澈，酒味浓烈似焰。

品尝完美酒、咖啡和烤乳猪，我们告别餐厅主人，继续顺着多瑙河的一条支流，向西北方向而行。路的一侧有一排民居，临河背北，风格不同，色调各异，但都清爽整洁，显示出屋主的精心维护。

每户的阶前窗沿均有盆景装饰，或摆或吊，秋天里绿意盎然、花红正艳，偶尔可见老人在房前屋后的园地里躬身培土。由于近邻多瑙河，不少人家在河边系有小船、小艇。

多瑙河映入眼帘

让我们没有想到的是，寻找之路柳暗花明，不到二十分钟我们便走到了支流的尽头，多瑙河映入眼帘。宽阔的河面，来往的船只繁忙。当地的老人坐在河边的长椅上吹着笛子，悠扬的笛声伴随着多瑙河河水漂向远方……

我低头看着手中的地图，莞尔一笑。一路按图寻找，喜忧参半，这张地图对空旷的地方一再压缩，甚至视而不见，而对有人居住的地方就铺展开来，进行细致入微地标示，实在没有地方标注就涂成一个色块，好像一幅写意的画，尺寸之间所有的布局、意象和色调皆为情绪的表达服务。

我这个地道的技术男，差点被地图忽悠。这份“漫不经心”，在我看来是一种闲适、率性、慢节奏，追求生活的品位，回归生命真正的需要。当地人慢条斯理，让我们感受到温暖与信任。

从多瑙河畔回来，我一直在想：我们有多长时间没有在夜深人静的时候，看一看天上的星星和月亮；有多长时间没有向陌生的路人报以微笑；有多长时间没有静下心来，认真读完一本好书……

此次的寻找多瑙河之旅，带给我无尽的遐思。

塞尔维亚共和国是位于欧洲东南部、巴尔干半岛中部的内陆国，多瑙河支流边的民居面积为88361平方公里，人口约750万，首都是贝尔格莱德。欧洲第二大河多瑙河的五分之一流经其境内。科斯托拉茨热电站坐落于塞尔维亚科斯托拉茨镇，位于塞尔维亚东北部多瑙河畔，距首都贝尔格莱德约60公里。中国能建江苏电建一公司承担的热电站检修项目，于2014年3月1日开工，同年12月28日并网发电。江苏电建一公司还参建了科斯托拉茨-B电站二期项目，这是中塞务实合作的典范。

印度尼西亚：风情万种的千岛之国

朱将根

2017年11月，我被派往印度尼西亚芝拉扎电厂三期工程项目部工作。第一次去国外参加工程建设，内心多少有些忐忑。但作为一名摄影爱好者，又非常向往能通过此行拍到一些异域的人文风光。

当飞机降落在雅加达机场时，热带雨林的闷热气候迎面扑来，国内已是秋叶金黄、凉意袭人，但进入雨季的印尼却是雨水滋润，植被葱绿。

印尼是中国能建浙江火电深耕之地，当地人对ZTPC（浙江火电的英文缩略语）都很熟悉，开展工作并不困难。

芝拉扎是印尼最大的业余中文、印尼文翻译的聚集地。因为很多芝拉扎当地的年轻女子都结伴而行，到我国台湾打工。前往台湾前，她们要参加几个月的中文培训；到台湾后，与当地人一起工作、交流，渐渐学会了一口台湾腔很重的中文。

他们大多只会讲，不会认，更不会写，但对开展日常的工作、生活用语基本没有问题，在ZTPC工作了几年的翻译，通过学习和积累，对一般的工程用语也能应付自如。

在印尼，芝拉扎相当于我国东南沿海发达地区，农业、渔业依然是他们的主要产业，由于工业欠发达，当地居民的就业率很低，能到电厂

印尼籍员工

打工意味着能拥有一份不错的收入，因此他们很珍惜这份工作。

印尼是全世界穆斯林人口最多的国家，穆斯林传统文化是这个国家的主旋律。

每天，天刚蒙蒙亮，高音喇叭就传送出阿訇低沉的《古兰经》，整

印尼当地婚礼

夕阳映照在美丽的海滩

个千岛之国同时沉浸在浓厚的宗教氛围之中。虽然我听不懂经文的内容，但从他和蔼的语气中能感觉到对教徒的谆谆教诲。

大约建于公元750年至850年间的婆罗浮屠是印尼著名的宗教文化遗产，与中国的长城、印度的泰姬陵、柬埔寨的吴哥窟并称为古代东方四大奇迹。能在黎明时分，在婆罗浮屠遗址中欣赏美丽的日出，可以说是人生最纯净的体验。

印尼有全世界最长的海岸线，蔚蓝的印度洋及沿岸千奇百怪的火山岩，要是落在中国，几乎每处都可以成为游人如织的5A景点。

在印尼的两年时间里，我走访了穆斯林家庭，参加当地穆斯林的婚礼，目睹了开斋节的肃穆和宰牲节的孝义，也曾游历当地市场、街道，探访燕窝加工基地，寻找民间艺人，穿梭在雅加达亚运会狂欢节狂热的人流中，亲身感受印尼的宗教信仰和民俗人文。

印度尼西亚共和国，简称印度尼西亚或印尼，由约17508个岛屿组成，是全世界最大的群岛国家，疆域横跨亚洲及大洋洲，别称“千岛之国”，也是多火山、多地震的国家，2019年后，首都从雅加达迁至东加里曼丹省。

作者参与建设的芝拉扎电厂三期1台100万千瓦机组工程全部采用中国设备和中国标准，是印尼单机容量最大、环保指标最优的绿色环保型电站之一，由中国能建西南院设计，浙江火电承建。工程施工过程中，直接为当地提供2600多个就业岗位，印尼籍员工占员工总数近76%。浙江火电还承担了芝拉扎电厂一期、二期、三期工程的运维工作。

地球另一端的诗与远方

何寨袁斌

与绝大多数中国人一样，我对阿根廷这个距离中国最遥远的国度总是充满着无限的遐想，但对它的了解又非常有限。2017 年，我作为西语翻译，被派往阿根廷基塞水电站工作。五年的异国生活，让我与阿根廷有了亲密接触的机会。

南美小巴黎

很多人到阿根廷的第一站，一定是其首都布宜诺斯艾利斯。布宜诺斯艾利斯的西语意为“清新的空气”，因欧洲探险者首次抵达这里时对当地美丽环境的赞誉而得名。

布宜诺斯艾利斯始建于 1536 年，由欧洲建筑师设计建设。当时欧洲连年战火，遗世于南美大陆的布宜诺斯艾利斯受到欧洲贵族的青睐。他们纷纷携家带口来到这个气候宜人的地方定居，还带来了资金和技术，打造出大量古典优雅的建筑，以延续他们在欧洲的奢华生活。

如今，随处可见的街心花园、喷泉广场和城市雕塑，使人仿佛置身于欧洲。每年夏季，布宜诺斯艾利斯大街小巷、公园、马路边怒放着蓝

友人与探戈舞者合影

花楹，梦幻的紫色，又增添了几分南美的风情。世界知名旅游刊物《旅游者》杂志 2019 年曾评出全球 50 座最美城市，布宜诺斯艾利斯位居全球第 14，南美洲第一。

多元文化在这里碰撞、融合，古老与现代交织，历史与时尚相遇，热情奔放的阿根廷人总会带给你惊喜。也许是博卡区五颜六色的房子，也许是一曲暧昧探戈，又或是街边踢足球的恣意少年，你总能在不经意间发现布宜诺斯艾利斯的明媚与多彩。

五彩博卡

如果你是一位摄影爱好者，一定会爱上布宜诺斯艾利斯那片色彩缤纷的街区——博卡区。

博卡区是布宜诺斯艾利斯第一个港口，早期是贫民区。码头工人用铁皮搭建房屋，用船坞剩下的彩色油漆粉刷墙面。这些船用的油漆防水性好，经久不褪，使博卡区变成了布宜诺斯艾利斯色彩最鲜明的街区。

赤橙黄绿青蓝紫，像把彩虹泼洒在房子上，浓墨重彩又很相宜。走在博卡区，被色彩包围，就像身处童话世界，不由自主就想拿起相机拍下这一切。在这里，墙壁是画布，色彩是灵魂，艺术是恣意地挥洒。

即使后期人们生活改善了，铁皮屋被砖石墙代替了，当地人还是保留用油漆粉刷房屋的习惯。一如阿根廷人奔放热情的性格，博卡区的明媚色彩也让这片街区显得生机盎然，充满乐趣。

除了色彩斑斓的建筑，随时可见的探戈也是博卡区的一大特色。探戈是阿根廷的国舞，发源于博卡区一条名叫卡米尼托的小街。

阿根廷的探戈舞蹈风格含蓄、洒脱，加上深沉、忧伤、惆怅的探戈曲调，将南美风情的典雅与浪漫表现得淋漓尽致。

当然，提起阿根廷，肯定少不了足球，足球是阿根廷人的激情所在。阿根廷从不缺少球迷，这里有多少人口，就有多少球迷。在博卡区这片五颜六色的街区，就诞生了有名的博卡青年队。

博卡青年队赛场所在的街区只有两种颜色：蓝色和黄色，这是博卡球队球衣的颜色。博卡球场因为造型像巧克力盒子，所以被称为“糖果盒球场”。

无数少年奔驰在糖果盒，无数梦想在这里生根发芽。在马拉多纳的整个足球生涯里，博卡青年队虽然只是其中一站，但也正是这片初心之地，成就了他从贫民窟男孩走向“球场上帝”的传奇人生。而博卡也因为马拉多纳和足球得到了更多瞩目，成为“足球文化”的圣地。

马拉多纳退役时，球迷们以一首深情的 *Don't Cry for Me Argentina*（《阿根廷别为我哭泣》）致敬永远的球王。其实，这首歌出自音乐剧《艾

球迷留影

薇塔》，是阿根廷人为纪念前第一夫人伊娃·庇隆（Eva Perón，即艾薇塔）所作，讲述了她从一个受尽社会歧视的私生女到权倾阿根廷的主政者的传奇一生。

最美书店

很多人说布宜诺斯艾利斯是南半球最有文学气质的城市，而雅典人书店则是培育文学基因的沃土，它曾被《国家地理》杂志评为“世界最美书店”。

走进雅典人书店，金碧辉煌的装饰、精致华丽的穹顶壁画和舞台上的深红色幕布，让人恍若置身于剧院之中。而一排排书架上放满的书安静地等待着你的翻阅，让你第一眼就会爱上这个书店。

书店是由历史悠久的剧院改造而成，华丽复古的彩绘穹顶原封不动地保留，原本摆放观众桌椅的位置放了一排排书架，表演歌剧的舞台变成了可供读者休息的咖啡厅，包厢雅座则改成了阅览室。

岁月没有改变剧院的格局，但剧院却见证了岁月的变迁。从古老剧院到最美书店，雅典人书店成为布宜诺斯艾利斯的文化和历史地标。

阿根廷著名作家路易斯・博尔赫斯说过："我觉得天堂应该是图书馆的模样。"雅典人书店就是所有热爱阅读的人的天堂。

书店包括地上三层，地下一层，进门一层出售文具，再往里走是一排排分门别类的书架，正面对着的就是舞台改造的咖啡厅了。书架一旁，也有很多沙发供读者使用。

柔和的灯光下，来自世界各地的读者，在不同书架前驻足阅览，让人不由自主就想起一个词——岁月静好。

持续增长的冰川

伴随着舷窗外引擎的轰鸣声，前往阿根廷卡拉法特的航班从布宜诺斯艾利斯的乔治・纽伯里机场起飞。飞机在宽阔的拉普拉塔河上空爬升、转向，向 2700 公里外的目的地——阿根廷最南端城市卡拉法特出发。

经过三个小时的飞行后，飞机平稳地降落在卡拉法特机场，机舱内爆发出热烈的掌声，这是阿根廷人祝福飞机平安降落的习惯方式。

步入航站楼，廊道上就可将远处的阿根廷湖收入眼帘，再往上就是大名鼎鼎的莫雷诺冰川。卡拉法特这座人口只有 2 万左右的小城市因莫雷诺冰川而闻名世界。

莫雷诺冰川是全球少数没有后退的冰川之一，如今，它仍以每天 30 厘米的速度向前推进。它坐落在南美洲大陆南端的巴塔哥尼亚高原之上，从安第斯山脉上向下延伸至阿根廷湖中。

绵延长达 30 千米的莫雷诺冰川总面积达到 250 平方公里，而阿根廷最大城市布宜诺斯艾利斯也只有 200 平方公里。

走近莫雷诺冰川，高达 74 米、20 多层楼高的白色壁垒矗立在湖面

远眺莫雷诺冰川

上，让人不禁联想到《冰与火之歌》中的“绝境长城”，将人类隔绝于巴塔哥尼亚冰原净土之外。

但这也只不过是冰山一角，莫雷诺冰川冰层总深度为 170 米，还有近 100 米的冰川藏身于湖面之下，使得其成为全球第三大淡水储备库。除了淡水储备外，冰川还具有参与调节气候、参与水循环、充当生物基因库等重要的价值。

运气好的话，来参观的游客们可以目睹莫雷诺冰川的破裂。原本几年才会发生一次的破裂，在近年频率也明显增高。

附着在冰壁上的小面积冰块会接连落入水中，在平静的湖面上掀起一阵阵波澜，岸边的游客纷纷拿出自己的手机记录这难得的画面。随着短则几分钟、长则十几小时的酝酿，整面冰壁脱落下来，伴随着游客们的惊叫坠入湖中。

冰块坠入阿根廷湖后，随着水流汇入圣克鲁斯河，圣克鲁斯河则一路向东，贯穿巴塔哥尼亚高原，最终注入大西洋。圣克鲁斯河被当地人誉为“母亲河”，她不仅养育了当地居民，更养育了这片土地上古老的主人。

走进世界最南端水电站

圣克鲁斯河是一条冰川河流，融化的冰川注入阿根廷湖，河流蜿蜒穿过圣克鲁斯省流入大西洋。世界最南端的水电站基塞水电站便坐落于此。

营地的秋天是我的最爱，它如同阿根廷的探戈舞曲，从骨髓里毫无保留地迸发出生命中全部的热烈与感性，而我只需用心去感受这种自然之美。

清晨，天空的云彩气势磅礴，仿佛从地平线下炸裂出来一般，初始的阳光把一切都笼罩在金色的光辉之中。通勤途中，湛蓝的天空下，随处可见羊驼、鸵鸟和马群悠然自得地散步进食，给本就宏伟壮丽的风光增添了些许灵性。

黄昏时刻，光线分分秒秒变幻着，山水随光影而变。在落日余晖下，紫色的天、紫色的地印在秋色里，显得静谧而浪漫。倘若此时漫步河畔，望着纯净的翠蓝色河水和水中嬉戏的鸳鸯，浑然一幅天然画卷，纯净到你只想坐在河边发呆，什么也不做，什么也不说。

一方水土养育一方人。在电站上班的人们对生活充满热爱。球场上，欢笑声随着足球的飞转而升温，激情跟随足球的滚动而燃烧。

汗水在球场上挥洒，青春跟随球体飞翻涌动。又或三五成群，沐浴着晚风，细嗅着花香，慢悠悠地往山上走去。时而停下脚步细细观赏，时而凑到花前拍照留念，好不惬意。

值得一提的是，在电站工作的很多外国友人对中国文化非常喜爱，被中国文化的美感深深吸引，向往着“诗和远方”，渴望有朝一日能踏上中国这片土地，深入感受中国文化，领略五千年文明的独特魅力。

由中国能建葛洲坝集团建设的基什内尔和塞佩尼克两座水电站是阿根廷在建的最大能源项目，也是中阿最大合作项目，是阿根廷实现电力自给自足的“百年梦想”工程。项目建成后，年均发电量可达49.5亿千瓦时，阿根廷电力装机总容量可以提升约6.5%。

魔幻之都哥伦比亚

郭海鑫

20 世纪 60 年代，随着文学巨著《百年孤独》的问世，充满魔幻的哥伦比亚向世人敞开大门，这个以航海家哥伦布的名字命名的“小众”国家也一举成名。

2015 年 4 月初，经过亚洲、欧洲、大西洋、南美洲，乘坐三趟飞机、一趟动车、五趟汽车，行程近 2 万公里，跨越大半个地球，我来到了哥伦比亚 GECELCA3.2 燃煤电站项目，从此开启了一段奇妙的工作生活之旅。

印象波哥大

哥伦比亚的首都波哥大，是哥伦比亚最大、最现代化、发展最快的城市之一，虽然靠近赤道，但因地势较高，城市近郊山岭环绕，林木苍翠，气候凉爽，四季如春。

然而，大街上荷枪实弹巡逻的士兵以及他们身上挎着的冲锋枪仿佛在提醒你，这里看上去并不是那么安全。

据我们的翻译介绍，波哥大城区有富人区和穷人区之分，穷人区抢劫等犯罪率是很高的，即使在富人区人们晚间也很少外出。这时，我脑海中突然浮现出美国大片《史密斯夫妇》片头演绎的波哥大士兵激战的场景。

波哥大市区的主要街道笔直宽阔，车道之间有草坪花圃相隔。在路边众多建筑中你会发现有一面五星红旗在那里飘扬，耀眼夺目，那里正是中国驻哥伦比亚大使馆的所在地。

大使馆附近的大街小巷、宅旁空地和房屋阳台上都种植着丁香、小菊、兰花以及许许多多不知名的奇花异卉，含笑盈枝，绚丽多彩，香气袭人，将城市点缀得万紫千红，格外美丽。

摩托车、汽车、出租车在路上疾驶着，有些道路在早晚交通高峰期还是很堵的。让我欣喜的是路上还有许多中国品牌的汽车。

在到达波哥大的当天晚上，大街小巷已华灯初上，夜晚的街道冷清了许多，冷风吹过还有阵阵凉意，让人不经意打个哆嗦。

由于对当地饮食的不习惯，转了好几条街区也找不到一家中餐馆，我们便用在宾馆附近超市采购的泡面、面包等速食食品填饱了饥肠辘辘的肚子。

旅途的困乏将我初到南美洲的兴奋冲到了九霄云外，最想做的事情就是好好睡上一觉。然而 13 个小时的时差，让我一晚上辗转反侧，早起感觉头还晕晕乎乎的，时差让我体会到了什么是白天不懂夜的黑。

从波哥大到此行的目的地科尔多瓦省普埃尔托利贝尔塔多市之间，隔着崇山峻岭且道路不太好走，匆匆填饱肚子后我们便又前往波哥大的机场。

波哥大的机场又名埃尔多拉多国际机场，位于波哥大西北部，是该国最大的国际机场，也是南美洲第四大机场，同时也是南美洲货运量最大的机场。

从飞机上向窗外望去，迎接我的是与波哥大截然不同的南美洲热带

树梢上的鸟群

风光。这里没有繁华、现代的城市景象，映入眼帘的是无边的草原和树木，空旷与荒凉是留给我的第一印象。

心旷神怡的体验

哥伦比亚就像大自然的情人，造物主将所有的生态物种都赠予了它。这里，陆地面积虽仅占世界陆地面积的百分之一，但却拥有六万多个野生物种，其中 20% 还是世界罕见的蝴蝶物种，吸引众多蝴蝶爱好者前往该国进行拍摄！

在距离我们工作的电站 700 多米的 San Jorge 河附近就存在着天然

的热带雨林。

原始森林中，到处是我从未见过的长着奇异板状根的巨型参天大树。老干上附生着大量蕨类和有花植物，草丛以及低矮灌木林之间生长着白木棉、橙棘、金合欢、黄槟榔青木等木本植物。

看着树影婆娑的雨林，整个世界的噪音被重重树荫遮蔽，留给我的是满眼的绿色。

我在雨林中穿梭，聆听耳边鸟儿的歌唱，大口呼吸着新鲜的空气，整个心灵仿佛也被绿色洗涤了，徜徉于自然与心灵之间，体会到一种由内而外的喜悦，想必这就是人与自然的“天人合一”吧。

San Jorge 河在绿树环绕中蜿蜒前行，河水碧波浩荡。白鹤在河流的两岸休息、嬉戏，雪白的身影倒映在河水中，悠然自得地漫步、觅食。

下班坐船回家的电站工人

成群的溪鸟从树梢上飞过 San Jorge 河，飞向雨林深处。

当我沉浸在这宁静、和谐、绿意盎然的画卷中时，身后不远处一片嘈杂的声音打乱了我的思绪。

回头一看，原来是在电站工作的哥伦比亚工人下班了。他们有说有笑，陆陆续续来到河边，上了一条小船，踏上了回家的行程。

清晨，站在高高的锅炉顶上眺望东方，当阳光穿破那层层的浮云射向广袤的大地时，身上顿时感到温暖无比。有时，天空布满大朵大朵的云彩，好似大海里翻滚的浪花。

一阵阵滚雷之后，原本厚重洁白的云彩开始变得暗了，慢慢地变成淡灰色、灰色、深灰色直至黑色，雨就这样落了下来。雨后，一弯彩虹镶刻在蓝天白云中，犹如花束编织的环带。

酸甜苦辣的日子

中国人常常以米饭、面类食品作为主食，而哥伦比亚人的主食则以薯条、玉米饼、香蕉为主，其中尤以炸香蕉最受青睐。

将香蕉切成薄片或整个香蕉油炸后，咬开酥脆的外皮，甜香可口的香蕉汁溢满整个口腔，美味极了。

但我钟爱的小米、木耳、粉条、豆腐干等食材以及老陈醋、大料、鸡精等调味品在当地都不易买到。每次从国内回来，大家的行李箱中三分之二装的都是食材和调味品。

到了国外，大家只能是有节制地分期吃这些食材，毕竟物以稀为贵嘛！每当逢年过节大家齐动手，包顿饺子、涮个火锅，其乐融融，以解思乡之苦。

哥伦比亚属热带草原性气候，每天几乎都是三四十摄氏度左右骄阳似火的高温天气，一年四分之三的时间都是雨季。

电站全景

刚刚还晴空万里，突然乌云笼罩，暴雨倾盆而下。不过，这里的暴雨似乎来去匆匆，没过多久，太阳就又露出笑脸，大地在阳光的照射下就像桑拿间一样，在户外工作汗水浸湿衣裳是常有的事。

而且当地的网络信号受天气的影响极大，只要遇到阴雨天气，手机信号总是显示“无法连接到服务器”“网络连接不可用”，信息好久都发送不出去。

在大雨倾盆的夜晚，窗外肆虐的疾风暴雨敲打着窗户，思念家乡、想念家人的心就会犹如一粒浸透了水的种子，无端地膨胀起来。

在国外待久了，乡愁就像是条穿越时空的线。这端是游子，那端是故乡，游子走得愈远，乡愁来得愈紧。此时此刻，唐朝诗人刘皂的七绝《旅次朔方·渡桑干》最能表达我的思乡之情：

客舍并州已十霜，归心日夜忆咸阳。

无端更渡桑干水，却望并州是故乡。

思念如涓涓流淌的溪水，奔流在隔山隔水的岁月里，这也是建设者的别样生活。

GECELCA3.2 电站是哥伦比亚最大的燃煤电站，中国能建山西电建负责项目的全部安装工程。该电站全部采用中国设计、中国技术和中国设备。在带动国内相关产业“走出去”的同时，也让中国标准为当地所认可，目前已全面建成投产。

感受内罗毕

刘默 杨浩丹 郭峰

陌生的城市，熟悉的角落。

非洲，对于许多人来说遥远而陌生。但对于我来说，它已是另外一个家乡。在这里，我有经历，有朋友，有守护的事业，有做过的梦。

内罗毕是肯尼亚的首都，东非的经济文化中心，也是联合国人居署和环境署的全球总部。在随项目驻扎在内罗毕的这几年里，我感受着这片土地的脉搏，记录下生活的点滴。在我眼里，这是一座多元而复杂的城市：它有高楼林立、喧哗嘈杂的市区，也有着充满市井气和独特生存哲学的贫民窟；它有密布的森林和瀑布，拥有园林和马厩的庭院藏身其中，也有住着狮子和长颈鹿的国家公园。它是原始的，也是现代的；它是文艺的，也是潮流的。它是如此多姿多彩，以至于很难用一个词去概括这座城市。但让我印象最深的，还是这座城市带给我的大自然的力量和文化的魅力。

森林市集：原始与现代的交融

每年年中和年末，内罗毕都有大型的手工市集，颇有特色。其中一个叫做 Bizzar Bazzar（怪味市集），在位于内罗毕东北角的 Karura 森林里举行。活动浩大的时候能吸引 100 多号商家参加。商家大多是肯尼亚的各类设计师，有传统非洲风格的，有现代极简风格的，商品从小饰品、衣服、环保组织的周边产品到非洲古董、装饰艺术、画作、照片，甚至还有极具肯尼亚本地特色的精酿啤酒和奶酪。

活动举办地 Karura 森林本身就是一个神奇的存在。由于紧邻城市带，房地产开发商们曾经瞄准了 Karura，森林内大量土地面临被拍卖征用的命运。在肯尼亚“绿带运动”倡导者旺加里·马塔伊的推动下，该片森林得以存留。

马塔伊的名字和“绿带运动”已经密不可分。借助这项在 1977 年由她发起的非洲最大的植树运动，在 30 余年的时间里，她带领贫穷的非洲妇女在森林覆盖率不及 2% 的肯尼亚等 20 个非洲国家种植了近 3000 万株树苗。

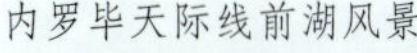
内罗毕天际线前湖风景

2004年，马塔伊获得了诺贝尔和平奖，她也是非洲第一位女性诺贝尔和平奖获得者。

两片森林隔开的缺口是联合国非洲总部和美国驻肯尼亚大使馆的所在。附近的区域是外交官和各类非政府组织的聚集地。

肯尼亚全国总人口有5000多万，官方语言为斯瓦希里语和英语。全国45%的人口信奉基督教新教，33%信奉天主教，10%信奉伊斯兰教，其余信奉原始宗教和印度教。肯尼亚是一个多民族国家，共有44个民族，主要有基库尤族、卢希亚族、马赛族、卡伦金族、卢奥族和康巴族等。此外，还有少数印巴人、阿拉伯人和欧洲人。

其中最为著名的就应该是马赛人，他们是有名的狮子猎手、千里眼。马赛人是东非现在依然活跃的，也是最著名的一个游牧民族，人口将近100万，主要活动范围在肯尼亚的南部及坦桑尼亚的北部。

Sumburu Reserve 路上遇见的斑马，我将车熄了火，我们互相默默陪伴了一个小时

如今的马赛人一方面仍然坚持着传统的生活方式，另一方面也更多地加入到了当地的旅游业中。

他们以肉、乳为食，喜饮鲜牛血，每个大家族都饲养几十头牛，专供吸吮鲜血之用。他们的装束很显眼，成年男子蓄发编成小辫，年轻妇女剃光头。

男人们身披红色束卡，手持木棍和钢刀，时刻准备要与狮子搏斗。马赛人传统规定，每个勇士必须杀死一只狮子才能成人，所以成年马赛男子都敢和狮子单打独斗，但更多的是他们拿着标枪对狮子群起攻之，以至于纵横非洲大草原的狮子看到穿红衣的马赛人就会落荒而逃。但是现在政府已禁止马赛人猎狮，他们只有在自己的牛群受到攻击时才选择杀死狮子。

近年来，定居的马赛儿童开始上学，已出现少数马赛人知识分子。

山川湖海：感受大自然的神秘力量

肯尼亚不乏绝美的山川湖海，对囿于城市丛林的我们来说，具有强大的疗愈功能。在大自然里，就像回归母亲的怀抱，让人平静、放松。

肯尼亚是众多野生动物和一千多种鸟类的天堂，也是世界上最受欢迎的野生动物巡游胜地之一。仅国家级天然野生动物园和自然保护区就多达数十个。横亘肯尼亚和坦桑尼亚的马赛马拉－塞伦盖蒂大草原是狮子王辛巴的故乡。在这里，除了能遇到大名鼎鼎的非洲天团“BIG FIVE”——大象、狮子、犀牛、野水牛、猎豹，还能遇到羚羊、斑马、角马、河马、长颈鹿等动物。

去草原，伴着植物和泥土的气息，和斑马、羚羊一起奔腾，和长颈鹿一块儿享受荫凉，听大象咀嚼的声音。

来到这里，我才知道很多羚羊是有自己的“厕所”的，它们总是会在自己领地一侧的一个位置排便，在另一侧吃草，过一段时间再换。

来到这里，我才了解，动物也和人一样，有自己的个性。如果你和一个象群在一起久了，就会了解谁比较安静，谁比较暴躁，谁是“刀子嘴豆腐心”……

这时候我才突然意识到，原来我就是它们，它们也就是我。所谓智慧，并不只有人类才有。人类，也不过是诸多物种中的一个。

在没有人烟的草原里，跟着动物走，偌大的天地里只有它们和我。远离城市的钢筋水泥丛林，逃开烦琐的日常、错综的人际，沐浴在大草原的暮光之中，晚风拂过脸颊，倾听着草原上的虫鸣，看着远处静静吃草的羚羊、斑马。在这片辽阔的草原上，反而能将精力集中于自身，感受自己的生命的意义。

在草原上，你能从大自然里感受到某种力量，一种原始的本质的力量，那个力量附着在你的身上，就会成为你的一部分，让你更加勇敢。

肯尼亚舞台剧 Tinga Tinga，曾在百老汇演出

潮流文化：感受多元与包容

如此多元的内罗毕自然不乏有趣的人，有人就有烟火气。音乐剧、画展、读书会、脱口秀、时装表演、彩色跑、音乐节。是不是听起来相当熟悉，很难想到在如此原始的非洲大陆，依然有如此潮流和前沿的文化。

但是细想又觉得无可厚非。若把内罗毕比成一个人，他一定也有丰富的精神世界。有困惑，有激情，有思考，有挑战，有伙伴，更有对未来美好的畅想。

我们在其中成长，我们的成长也推动他的成长。道路建设让他的血液流通，贸易交换让他的细胞更新，能源建设让他的心脏跳动。

每一个我们都是他，他就是每一个生活在这里的我们。

由中国能建华北院总承包建设的肯尼亚－坦桑尼亚电力互联 K1 标段，是肯尼亚－坦桑尼亚电力互联项目的重要组成部分。

肯尼亚：动物的天堂，行者的向往

赵 阳 邓雨佳

这里位于肯尼亚东南部内陆，高原地形，热带草原气候，属于半干旱地区，全年少雨。登高远眺，大片云团飘忽闪烁，掩映着辽阔的金黄草地，零星的金合欢、猴面包树和充满野性的荆棘树丛点缀其间，增添了几丝绿意。更远处浮现着嶙峋的黑色山体，峰峦浓影连绵不断，有时能发现乞力马扎罗山的雪白峰顶，壮阔的景观让人不禁联想起《动物世界》，感觉随时会有一群角马和长颈鹿迁徙而过。

我们的“邻居”

若观察得再仔细点，远处有座凸起的小山，山脚下是整齐排列的蓝色屋顶，屋前隐约显露着一条沟壑，附近银白色地块在阳光照耀下闪闪发亮，那是正在施工的斯瓦克大坝，也是肯尼亚在建的最大水利水电工程，由中国能建葛洲坝集团承建。项目位于斯瓦克河和阿西河交汇处，2017 年开工，建成后将对附近 Kitui、Makueni 和 Machakos 三个郡的供水、发电和农业灌溉带来巨大经济收益。

项目营地外，斯瓦克河流水潺潺，清澈见底的河水吸引了不少动

肯尼亚斯瓦克大坝项目部春景

物。河底，一群群罗非鱼、白鱼和鲇鱼在水中自由穿梭。中心小岛上栖息的水鸟是鱼儿的天敌，身影敏捷地掠过稀疏的芦苇丛，衔着一条小鱼，贴着水面得意地飞走了。

河边，驮水的小毛驴引人注目，它们既是斯瓦克众多动物的颜值担当，更是肯尼亚乡村居民的得力助手，总是面带笑容，好像对自己的工作充满热情。成队的山羊也是这里的常客，有的在河边愉快地喝水，有的慵懒地躺在沙滩上，有的则把前蹄扒在树干上，努力啃食着低矮灌木高处的嫩芽，可爱极了。

除此之外，斯瓦克河有种动物值得一提，它们是潜伏在河中央的河马家庭，偶尔露出半个头顶，扑哧扑哧地呼气，让人既好奇又惧怕。听当地朋友说，河马若是游上岸来，攻击性强，人基本上跑不过，所以我们安排了专人时刻驻守，等待肯尼亚野生动物保护局将河马迁移出去。

我们的小菜园

项目营地内，绿意盎然，热情果、香蕉、木瓜、西瓜、释迦果等竞相生长，丝瓜、南瓜、洋葱、辣椒、香菜……绿意盎然。赤道附近阳光充足，营地里的果蔬一茬接着一茬，种植瓜果蔬菜成了众多同事工作之余的兴趣爱好。

来肯尼亚已有半年，我和同事的园子也日渐丰富。初来时，门前一片荒芜，无人看管的杂草也禁不住烈日的炙烤，已成枯草，毫无生气。但入住不久后，惊喜地发现石缝中探出了一根纤细的热情果苗。

在我们浇水、搭棚、理枝等悉心照料下，如同其名字一般，它热情地迎着阳光生长，如今已形成一面绿墙。翠色欲滴，密密层层的枝叶遮挡住了些许炽热的阳光，微风吹拂，带来阵阵凉爽。

门前茂密的热情果藤

绿墙之下，是密实实、郁葱葱的三角疏齿状叶片，里面躲着大小不一、形状各异的西瓜。挑个最大的手指一敲，声音清脆，便叫上周围朋友一起，分享自己的成果，大家你一言，我一语，都夸这西瓜新鲜脆爽，欢声笑语，好不热闹。

我们的小惬意

除了自然景观，吸引我的还有肯尼亚的人文风情。肯尼亚人对生活的态度颇富朝气，从不吝于展现笑容。虽说这儿远离闹市，看似生活单调，但周末夜晚，营地外村庄的欢快旋律从未缺席，那是聚会的声音。踮脚隔墙望外，他们载歌载舞，一片欢腾。即便在到处是临时搭盖的简陋棚屋村庄，生活也活力四射，完整而丰富。

若非疫情，我都想加入其中，共享喜悦。肯尼亚人的乐观不仅表现于肢体言语，房屋的风格也体现出他们的生活态度。即便是一间不到

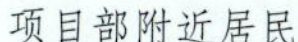

项目部附近居民

20平方米的屋舍，也被精致地刷成五颜六色。我问当地朋友为什么这样，她回道："多些颜色会让人更开心。"

虽不及营地外生活的精彩，营地内的生活也算得上惬意。傍晚时分，结束了忙碌的一天，结伴散步，谈笑甚欢，这是最常见的消遣方式。经过篮球场，凉风习习。只见一名同事抓住篮球，双手一沉，握着球放在腰间，接着右手抡起篮球，球从灯光下划过一道美丽的弧线，擦拭了一下篮筐，以为要弹回地面，却不偏不倚又落入了筐内，驻足观赏的同事连声叫好。

篮球场上欢呼之际，旁边颇具非洲风情的茅草屋下，白色的小球从乒乓球台这端飞到那端，左边同事把球接住用力一击，右边的人也不示弱，两人势均力敌，难分伯仲。

我们的进城之旅

若生活在首都，生活便丰富多了。办事处位于内罗毕环境优美、治安有序的别墅群，交通四通八达。虽赴首都的次数屈指可数，但每次都流连忘返，记忆犹新。因时间有限，开展全面的肯尼亚之旅只能是念想，倒是可以体验一把异域城市生活。

驱车置身于繁闹的街道，高耸的大楼与路边摊贩的木制小屋对比鲜明，行人有的身穿西装制服，有的身着色彩绚丽、图案粗犷的传统衣裙，竟毫不违和，反倒构成一幅独特的景观。

让我印象最深的是温莎酒店。进入酒店，眼前的景象犹如置身欧洲庄园，一缕缕阳光透过树叶间的缝隙，在长廊的地面映出一片斑驳。通过长廊，便进入风格奢华的阔大空间，头顶是华丽的水晶灯，墙上的壁画简单却不失格调，华美的欧式桌椅和小巧精致的吧台，都漆成深红色，处处散发着奢华气息。

穿过大堂，碧绿平整的草地，犹如铺开的柔软地毯，远处是茂密的森林，老鹰在空中盘旋。绿毯上，大大小小的白顶帐篷给打高尔夫球的客人提供庇荫休憩之所。选一张球场边的圆桌坐下，点一杯 Mojito，清风徐来，与朋友们畅聊，惬意舒坦。

我们在路上

当东非大裂谷真实地映入我眼帘时，总感觉有点不太真实。它和我想象中有些差别。我想象中的东非大裂谷就和大峡谷一样，两谷狭长，腹地荒凉，入目尽是黄土，而真实的东非大裂谷，两谷宽广，马赛马拉大草原就处于裂谷之中，谷底郁郁葱葱。

在欣赏完裂谷之后，我们便踏上了前往马赛马拉的路程。进入谷底，又是一片新天地。广袤的天空中点缀着大片大片的云朵，与沿着山路边疯狂生长的灌木及不远处山坡上连绵的野花相交映。越是靠近腹地，路越是颠簸，我们穿梭在灌木丛的狭窄小道里，不时地会看到三五成群的瞪羚、野水牛在小河边饮水。经过 5 个多小时的颠簸，我们终于来到了马赛马拉野生动物保护区。

马赛马拉野生动物保护区成立于 1961 年，总面积为 4000 多平方公里，其中约 1500 平方公里在肯尼亚境内。我们的车停在保护区的大门前，导游向警务询问大型动物的大概方位时，有一群非洲少女围了上来，手中拿着色彩斑斓的手工艺品试图推销给我们。她们赤着双脚，皮肤黝黑锃亮，一身红袍似披似裹，耳朵上戴着不知道什么材料制作而成的装饰品，将耳垂拉得严重变形。

进入草原后，我们换了辆车。车的顶棚可以打开，我们站起身来，透过车顶，马赛马拉大草原近在咫尺。车慢慢悠悠地在颠簸，穿过小树林，就能够看到不远处悠然自得走来走去的长颈鹿，还有正在寻找食物的大象，突然有一只狮子从车边飞快奔过，我们的车提速紧跟在飞奔的狮子身后，车扬起漫天的尘土，大草原的风呼呼啦啦扑面而来，我脑子里突然想到了两个字：自由。

其实肯尼亚有很多美好的事物等着去领略，有乘坐热气球俯瞰动物的马赛马拉游猎体验，有蒙内铁路直达的繁华港口蒙巴萨沿海之旅，还有白雪皑皑的乞力马扎罗山……也希望更多的朋友能来这里和我们一起探索，一起发现。

肯尼亚是中国能建持续深耕的重要国别市场，中国能建葛洲坝国际公司、葛洲坝路桥公司、华北院、湖南火电等单位先后参建了肯尼亚斯瓦克大坝项目、肯尼亚－坦桑尼亚电力互联项目、肯尼亚纳曼加70兆瓦光伏电站EPC项目等一批项目，为肯尼亚能源电力发展和基础设施建设做出了重要贡献。

一入泰南旖旎染

熊竣熙

泰国有一首温柔的歌曲，歌名叫做《每一瓶酒都让我喝醉，每一首歌都让我心碎》，听着歌迎着泰南的海风，踩着细沙漫步在美人鱼（儒艮）的乐园（董里府），这里是旅行胜地，也是太平洋的遗珠。大家熟悉这里的普吉（岛）和甲米（岛），却不知这里的丽贝（岛）和皮皮（岛）。行走在泰南的绿林之中，慵懒地坐在丽贝岛的海滩上，在童颂县蹲下轻抚瀑布下的鱼群，在素叻他尼府仰望能看见银河的星空，每一处景色都让人沉醉，每一分每一秒都格外宝贵。

初来泰南工作让人有些难以适应，带有浓重南部口音的泰语让我怀疑是不是到了另一个国家，但也正因为南北文化差异，泰南的食物总是那么让人难以忘怀。

泰南食物多腥辣，带有腥味儿的活螃蟹配上鱼露与柠檬辣椒，在烈日下凉拌一盘螃蟹木瓜丝，被辣得大口喘气也忍不住多吃一口。冰椰子去顶，加入特制的果冻制品，喝一口便能带走旱季的焦躁，余下椰子的清甜。

在凉爽的阴雨天来一顿泰式烤肉火锅，中间的烤肉和四周的火锅交替温暖舌唇，配上一碗酸酸辣辣的冬阴功汤，可以温暖整个雨季。

小镇夕阳

偶然买了路边老人售卖的泰南特有绿山竹，山竹的酸酸甜甜与清脆的口感融合在一起，在接下来的一年再也没有找到。

偶然一次在洛坤府的乡间走进一对老人经营的街边凉菜店，柱子上挂着的一本中国老式手撕日历格外显眼。虽然早已习惯不懂中文的泰国店家供奉关公和财神、贴春联、挂灯笼，但看到日历每天被手撕更新，我意识到或许这位老人是懂中文的。

老爷爷注意到我盯着手撕日历，满脸期待地问我是不是中国人，我们的对话便有了开头。他磕磕绊绊地说着被自己放下了几十年的中文，言语之间透露着重逢的喜悦。

一顿饭的时间，我仿佛感受到了他背后的人生故事，他似乎也遇到了期待已久的故知。老人的妻子是泰国人，父母兄弟早已去世，家里只有他会说中文，这里是他的家，却不是他长大的故乡。

厚厚的日历，年复一年地承载着老人对故乡的思念和渴望。每天撕一页日历，或许仅仅是不愿被遗忘。我不由想起EGAT（泰国电力局）管理团队中另一位泰国老华裔，开完项目会后激动地拉着我的手，全然不顾其他人不懂中文，和我诉说他的过去，让我告诉他这些年中国社会的变迁。

作为一名电力工程从业人员，免不了东奔西走，四处漂泊，虽辛苦一些，却也因这份工作见到了不一样的风景。

身处被印度洋、泰国湾拥抱的泰南，若不去看看海水和岛屿，把时间都用在乡间不免太奢侈。尽管已经走过众多岛屿，但丽贝岛的景色还是让我心中不由得想起李白的“天然去雕饰”。

丽贝岛一角

它的海水比普吉岛更加湛蓝，岛屿比甲米岛更加原始，这里鲜有商业设施，有的只是望不到尽头的碧海蓝天，还有数不清未经人类涉足的翠绿岛屿。

乘一艘船出海，穿梭在原始小岛之间，海面上的鱼群触手可及，轻轻把手伸进海水便有鱼群从手心划过，正如我从丽贝岛的指尖划过。

在这样的世外桃源，谁不想和大海来一场亲密接触。我穿戴好潜水面具一跃跳入海中，可惜镜头不能记录下五彩斑斓的珊瑚和形状各异的海洋生物，纵使鱼群近在眼前却怎么也摸不到。

猛一抬头才发现海平面将世界一分为二，海平面上是现实，海底更像是梦中世界，向往只缘寻不见，却在丽贝指缝间。潜在海中久久不愿起身，是否到过这里的人都愿化作一条海鱼，游去所有的烦恼和忧虑。

在丽贝岛上找一处海景木屋，喝一杯泰国产的 leo 啤酒，来一盘凉拌螃蟹木瓜丝，听一首温柔的泰语歌曲，沉醉在如诗如画的泰南世界。

除了美食和美景，泰南的班武里府还有一处疗愈心灵的临海小镇。没有游客涉足，没有刻意打造的商业设施，没有赶路的背包客，也没有忙碌的上班族。

有的只是一个小镇，一条马路，一片沙滩，一汪海水，还有一座海上的木桥。住在小镇最高的公寓，可以看到傍晚的山峦拥抱了夕阳，也可以看到夜晚的大海揉碎了月光。

有时候夜晚的大海很平静，安静到能听到蚊子恼人的轰鸣声。有时候夜晚的大海波涛汹涌，只有从耳边刮过的海风能与之平齐。

马路旁边一座一百多米的木桥通向大海中央，桥上原本只有钓鱼、吹风、喝酒的居民，今天却多了我这个拍照的过客。桥上能看到年轻恋人的甜蜜，也能看到孩童玩耍的乐趣。只见钓鱼的人鱼竿一扬，便有海鱼进筐，甚至能经常看到地球上最古老的生物之一：鲎。

顺着桥头望去，星星点点的灯光点亮了海平线，一条彩色丝带将海天分隔开，那必定是晚出的渔人早归的希望。大海承载了小镇居民的生活，小镇居民点缀了大海和远方。

这个温柔的小镇，适合忙碌的人停下手头的工作暂时栖息，适合每日穿梭于车水马龙的人临时停靠。脑中不觉浮现起久石让的《临海小镇》，所处不同，心境一样。

旱季的泰南，能带给人无尽的遐想；雨季的泰南，充满了生机与希望。徐徐微风抚棕榈，淅淅小雨打芭蕉，雨中的泰南带来的不是烦恼，而是一丝惬意。不论往哪个方向，都是望不尽的绿植，登高遥望小雨洗过的青山，更加疗愈和温婉。在这里，悲伤的秋天不露痕迹，春天的复苏四处满溢。

一入泰南旖旎染，蹀躞丽贝不惹尘。小镇和风拂头望，半缕星空半缕云。

泰国是中国能建一直聚焦的海外市场。多年来，中国能建葛洲坝国际公司、安徽电建二公司、西南院、山西院等企业深耕泰国市场，为泰国的经济发展做出积极贡献。

缘会亦别离

张强

一条高速公路宽阔而平坦，前面就是赫利普尔市了，这次出差恰巧经过这里，故地重游，心中滋味颇为繁杂。赫利普尔，说是城市却还保留着上世纪的气息，少了金碧辉煌，多的是古朴。也不奇怪，巴基斯坦的城市大多如此。摇下车窗，向外看去，图费尔老师说的地方应该快到了吧，和图费尔老师相识多年，亦师亦友，有着一段难得的师生情谊。看着这条熟悉的公路，往事轻轻浮现，脸上泛起了笑意。

嘟……一阵铃声打断了思绪，是图费尔老师的电话。“喂，老师，我就快要到了，但是司机对这儿不熟，而且又不会英语，听不懂我的话。”接起电话，语气中略带歉意，“哈哈，这么快就到了，非常好，把电话给司机吧，我告诉他在哪儿停下，我过去接你”。电话那端图费尔老师很是高兴。说起来，E35 项目结束以后我们已经许久没见了，这次出来办差也是难得的机会。很快图费尔老师便到了，久别重逢，一阵寒暄，两人是师生也是朋友，更多的还是亲人一般的感觉，图费尔老师说过，我就像他的孩子一样，而我的回答是，师者如父。

在图费尔老师的协助下，差事办得快而干脆，正事忙完，闲事方始。图费尔带路寻了家餐馆，二人坐下，多时未见自然少不了一番闲聊过往，

左一为图费尔

陈述旧谊。正所谓，山河易变，人如故，时过境迁，忆仍存。

E35 高速公路，始从普若汗经过赫利普尔，再往前通向的是不知名的什么地方，从赫利普尔到普若汗的这段公路，就是我们承建的部位。E35 项目部设立在位于赫利普尔市边缘的一个名为 TAT 的老电话厂区里，据说在上世纪 TAT 也曾辉煌一时，然而经过岁月的洗礼，这个英国人建造的厂区似已到了垂垂暮年，丝毫不掩颓败之感，如同一个慵懒的老人，消沉而不修边幅。好的方面是这里树木极多，灌木丛生颇为茂盛，虽然无人打理，杂乱无章，却正好合乎自然之理，符合道家的无为而治。傍晚、清晨，各种原本罕见的鸟儿嬉闹穿梭，莺莺燕燕好不热闹。

项目部租用的是一栋约 60 余米长的二层楼，砖混结构，虽说老旧也还算结实，修修补补粉上涂料，粗眼看去，值得一句“还不错”的评价。正如老汉添新衣，枯树吐嫩芽，隐隐有一种春意盎然之意。用一堵围墙圈起了个大院，前院有块儿草坪松柏环绕，一株两人环抱粗细的杧果树长在正中，每逢夏日，挂着一颗颗肉肥多汁、味甜可口的杧果，诱人采摘。后院则是大厨开采的菜园，食堂的鲜蔬多出于此。院落外正前方是块足球场，年久失修已经不见了草坪，每天下午本地的孩童、年轻人大多都会来此娱乐，足球、板球、羽毛球玩得不亦乐乎，吵吵闹闹。院落之后有一条主路，沿着它经过一栋废弃的旧楼，便是一个小市场，规模不大但种类齐全，超市、理发店、水果摊、餐饮店等应有尽有，是这个厂区里第二个热闹的地方，说它麻雀虽小五脏俱全，恰到好处。

我是在E35项目成立一年后调动过来的，初到之时，E35项目的外围环境可谓严峻，正逢难关。多方势力利益交割，错综复杂，业主委托监理签发了重大设计变更，施工量大幅增加，另外卢比汇率折损、材料市场价格动荡更是雪上加霜，项目既有工期履约压力，又有着亏损风险。同时一家与我方合作的当地公司也来摆擂台，闹罢工，一副经典的只同甘不共苦的嘴脸，不过换而言之，商人逐利无可厚非。往往这种时候，也是项目部全体人员展现智慧和勇气的时候，同合作方斗智斗勇，又不乏精诚合作，同业主和监理一边委曲求全，一边讨价还价；从自身方面，项目领导大刀阔斧实行改革，改变经营策略，增加设备资源，引进施工队伍；对外，项目部成功获得了工期索赔和单价变更，最终稳住了局面。狂风暴雨后的宁静，似乎风轻云淡，而这过程中的曲折，又岂能一言能尽?

图费尔是E35项目的顾问，我们自然是在E35项目中相识的。依稀记得初见之时，一袭白袍，头顶毡帽，很典型的穆斯林装扮。军伍出身的他虽已年迈，身姿仍还挺拔，面含笑意，眼神里又透着几分机警，思维敏捷，妙语连珠，看上去便知一身本领，不容小觑。有道是，锋芒敛尽刀未老，老骥伏枥亦良驹。事实也正是如此，项目部同业主、监理方的几个经典博弈，图费尔都给予不小的助力，诸如工期索赔、清单变更、争议裁决等，功不可没，用一个领导的原话讲，对这个老头简直有些崇拜。

图费尔的办公室设在现场营地，而他的家就在TAT厂区附近，隔着一条街，到项目部大概十多分钟的路程。每逢闲暇无事之时，图费尔便会到项目部坐坐。他最喜欢的地方就是一楼的接待室，炎炎夏日，沙发空调，再有几个徒弟奉上一杯清茶，谈笑风生，难得的惬意。也是在这里，我们工作上遇到的困难疑惑都会一一得到指点，传业授道毫不吝啬。当然了，不会总是聊工作，也没那么多难题请教。我们更喜欢的还是听图费尔讲讲故事和风土民情，同时我们也会说说知晓的新闻逸事。

也是从图费尔口中知道，他退伍之前是少校军衔，军队的高级工程师。退伍后当过监理，旁遮普省建设的许多公路、桥梁他都曾主导或参与过。图费尔有一个女儿居住在伊斯兰堡，平常家里就只有他母亲和妻子。他最开心的时候，莫过于女儿带着他两岁的外孙过来看他，大概没有老人不爱天伦之乐吧。我也时常会想，身为工程人能走到他这一步应该足够了，半生拼搏家境殷实，老有所养，少有所依。

人总是凭着个人心境来评判时间，说什么度日如年又或是时光飞逝，无非是对美好时的眷恋、煎熬时的厌烦。然而时间的脚步何曾有过变化，从不快上一分，也不曾慢了。天色渐晚，看了看表，不知不觉已经过去了小半日，“老师，时间不早了，我该回去了。”“回去吧，趁着天色还亮，回去晚了也不安全，在外边照顾好自己，跟家人多通电话。”“嗯嗯，记得了，老师我走了，保重！”“嗯嗯，再见！”……

什么是相见时难别亦难？也只有依依不舍分别之时方能体会，一句再见、一声珍重何须再多言。

中国能建葛洲坝三公司参建的巴基斯坦E35高速公路将喀喇昆仑公路与拉合尔－伊斯兰堡－白沙瓦高速公路贯通起来，是连接巴基斯坦南北大动脉的重要通道，在中巴经济走廊公路网建设中具有重要意义。

四季里的十年间

杨夺

时常调侃自己五行缺土，与大山结下了不解之缘，好不容易走出了秦岭大山，又一头扎进了巴基斯坦尼卢姆·杰卢姆的深谷，继而又漂泊达苏的喀喇昆仑山支脉。如今，终于五行和畅，修成正果，与大山相

中巴员工和睦共处

看两不厌。寄身印度河畔，听闻NJ水电站整体移交的消息，忽而回想起山的那边，和我并肩前行过的“指挥官”“工程师”和“学生”。他们陪伴我度过了不舍昼夜的四季，亦见证了NJ水电站项目浩浩向前的10年。

和风里春去春又来。54岁的他唠起嗑来，大门牙便会不自觉地突围出来，抢尽“风头”。上工地的他时常挎着个绿色工具包，包里面除了水杯，其余空间都被图纸和笔记本占领了。他是钢筋队巴方劳务的领头羊，也是施工管理部23岁的巴方质检员Rafay Awan的中国师父，更是NJC（尼卢姆·杰卢姆水电站项目顾问公司）驻地结构工程师口中的“Mr. Commander（指挥官先生）”。他叫赵书清，一名来自中国吉林省的普通钢筋工师傅。前雇主分包商退场后，便主动加入了葛洲坝工程，确立了新的劳资关系。他时常揶揄自己从分包商一路干到了总承包，成为巴国有经验的承包商。算上前朝旧事，厂房标段的他已工作了六载有余。

素有“地下宫殿”之称的厂房，施工结构复杂，技术挑战性高。地下开挖伊始，现场巴方劳务甚至部分顾问工程师均缺乏施工经验，尤其是在面对千丝万缕的钢筋体型图时，经常是无从下手。语言障碍又是搞国际项目的中方师傅的软肋。但这些困难如今已不再是老赵的硬伤，施工过程中常用的英语、乌尔都语基本难不倒他。因为他有自己的秘籍，翻开他的笔记本，钢筋——色力压（乌尔都语谐音）——四d要（英语谐音）……工地上眼熟的工具、耳熟的口号，他都用拼音或汉字谐音做上笔记。常和技术部走动、探讨设计问题的他，日积月累，也能画得一手好草图。东北腔的中国话、英语、乌尔都语混合在一起，一波草图的展示加上现场比画的助攻，他与现场巴方劳务和工程师总能沟通得格外顺畅。

熏风里的巴国，气温于每年4月中旬就节节攀升，却往往拖曳着长长的尾巴，直到11月份才褪去炎热，因此记忆最为悠长。相识Nasser Ahmad Lodhi先生便是在夏天，他是NJC的一名初级结构工程师，厚嘴唇，自来卷头发。工作之余，他一年四季都穿着凉拖。个头一米六的他，体型微胖。移驾电缆洞的他，在新一段电缆沟完成备仓，准备浇筑混凝土时，不急不缓地打开了图纸，掏出卷尺，对已完成绑扎的钢筋间距做了再次核对，并抛出了连珠炮般的三问："架立筋为何出现焊接？钢筋与模板之间为何未设置垫块？上一仓混凝土为何无养护？"此番诘问让盯仓的质检Rafay Awan如坐针毡，学语言的我遇到了工程专业的他，更是应了那句"秀才遇到兵，有理说不清"。我嘱咐Rafay Awan先招呼这位巴国兄弟，我去搬师父救急，速去速回。

老赵和Lodhi先生简单寒暄后，便开课了。"一、架立筋并未与主筋焊接，作为支撑，额外设立，不会损坏结构的整体稳定性。二、垫块并不是每一处都须设置。"他用尺子随机量了三处钢筋与模板的距离。"瞧！保护层均达到设计要求……"话音未落，徒弟Rafay Awan眼疾手快，早已擎起水管将上一仓的混凝土面浇了个湿漉漉。Lodhi先生怔了怔，告诉我们他的祷告时间到了，在开仓证上飘逸地签上了自己的名字。紧接着，他便去水管下面洗手冲脚，淋了淋头发，用狡黠的眼光对我们喊"我正在给自己养护"。我又打趣道："Lodhi先生每天要坚持养护五次。"（巴国穆斯林信徒每日一般祷告五次，祈祷前要沐浴净身）语言有国界，而默契无疆。隧洞里大家爽朗的笑声，回响不绝。

现场与老赵频繁打交道的Lodhi先生和其他工程师，对承包商的态度发生着微妙的变化，由起初咄咄逼人的质问变成了商量，再到请教和点赞。老赵便在这无数次不"打"不相识的交锋和演练中，得到了驻地工程师的认可，成了他们口中啧啧称赞的指挥官先生，也让这位中国师傅有了更多的底气。

巴国的秋，像兔子的尾巴一般短暂，却是金风送爽，最惬意的季节。

Rafay Awan 与我共事的那个秋天，在他的请求下，我给取了中文名，叫阿万，是其家族姓的谐音。尴尬的是，他一直发音成四声调，听起来更像是“二万”。我们计划学习各自的语言，做彼此的老师。上夜班的时候，Rafay Awan 偶尔会从路边摊买来夹巴地（谐音，巴国一种用未经发酵的面粉制成的烤饼，类似于馕）。我则负责买冰镇 Pepsi（百事可乐），搭配我们的夜宵，滋味无穷。我们并肩行走在悠长的尾水隧洞中，习惯了靠右行的我经常揶揄靠左行的他“You are on the left”（你在左边），他则回应道“You are always right”（你总是右边 / 对的）。他时而用一口颇具异域风情的中文，不流利地对我说“对对对，你说得对”，时而又秀一秀他的肱二头肌，敦促我多锻炼，做型男。Rafay Awan 告诉我他有 6 个兄弟姐妹，其中一个弟弟马上要考大学了，他需要挣钱供弟弟上学。又略带惆怅地告诉我，下周他要回穆扎法拉巴德市（巴控克什米尔地区首府）参加进修考试，得请个短假。现场办公室昏黄的灯光下，这位虔诚的穆斯林不紧不慢地翻阅起带来的课本，沉浸在自己的经典里，顿失平日里的活跃。他像一面镜子，让同龄的我清晰地看到自己当下的生活状态。凌晨的杰卢姆河谷多了几分清凉，那里的月夜、激扬的河水让人心旷神怡。

朔风渗透了所有季节，转眼即入了冬。2017 年底，我调到了新工地，成了印度河畔的非土著居民。Lodhi 先生为了照顾体弱的儿子，调回了老家木尔坦（巴国旁遮普省南部的主要文化和经济中心）公路项目，担任高级结构工程师。Rafay Awan 在完成进修考试后，去了 SK 水电站项目，在质检岗位上继续发光发热。2018 年元旦，他参加了集团公司的长跑活动，中国的河山风光成为他津津乐道的难忘故事。我们彼此之间依然葆鲜着那些打开话匣子的旧梗，婚否婚否亦成为新的讨论焦点。遗憾的是，他没能讲一口流利的中文，我也始终未以乌尔都语出口成章。指挥官老赵依旧坚守在 NJ 阵地，打理着项目现场的尾工。他培养出的巴方钢筋工徒弟有的开拔去了 SK 水电站项目，有的驻扎在了达苏水电站项目，还有一部分进军到了 Mohmand 水电站项目……

山的那边是高峡身后的平湖，恢宏的地下宫殿。山的这头，是千百名风吹黑发雪满白头的巴国兄弟，葛洲坝人四季里、十年间攀登的又一座国际高峰。这里的指挥官、工程师、学生们已踏上了自己的征途，熔炉锻造，奇迹可待。

由中国能建葛洲坝三公司承建的 NJ 水电站总装机 969 兆瓦，年发电量约为 51.5 亿千瓦时，占巴基斯坦水电发电量的 12%，能解决巴基斯坦全国 15% 人口的用电紧缺问题。2021 年 12 月 21 日，巴基斯坦 NJ 水电站工程整体移交证书签约仪式在伊斯兰堡举行，标志着被誉为巴基斯坦“三峡工程”的 NJ 项目全部完成履约。

归去来兮

阚震

一朵成功的花都是由许多雨、血、泥和强烈的暴风雨的环境培养成的。

——冼星海

这次去俄罗斯、哈萨克斯坦、沙特阿拉伯三国，几乎就是一场说走就走的出行。境外项目在中国能建占相当比重，工作层面，许多业务国内外一体化运作，在心态上，出国就是一段更远的旅途。除需办理必要外事手续，国内国外，好像也没有太大的区别。

但做事总要做些功课。比如去哈萨克斯坦（以下简称哈国），我们就有一个预设的“小目标”。到哈国第一站是阿拉木图，大家出发前就有个约定，“一定要找时间去冼星海大街看看”，实地寻访一段鲜为人知的旧日往事。

2023 年 12 月 21 日中午，我们来到了冼星海大街。它位于阿拉木图市东区，与繁华的主干道——加加林大街交会，东西走向，长约半公里，两条道路的交叉口旁，矗立着冼星海纪念碑。

冼星海短暂生命的最后岁月，就留在了阿拉木图。一位受到爱戴和

荷花造型的冼星海纪念碑

怀念的人民音乐家，伟大的《黄河大合唱》作曲者，在这里，究竟演绎了怎样的绝唱？

1940 年 5 月，冼星海从延安赴苏联，为纪录片《延安与八路军》进行后期制作与配乐。不料，苏德战争爆发，回国受阻，被迫滞留于阿拉木图。

初到阿拉木图时，冼星海居无定所，食不果腹，贫病交加，冬日里连一件御寒的大衣都没有。幸运的是，他得到了当地音乐家拜卡达莫夫一家收留——虽然他们素昧平生，甚至无法用语言交流，又因正值卫国战争生活格外艰难，但拜卡达莫夫一家还是给予冼星海无私的关怀和照顾。

得到帮助的冼星海仍然坚持从事音乐活动，他汲取哈萨克民族音乐精华，创作了如今已在哈国广为流传的交响诗《阿曼盖尔德》等一批传世佳作。但由于长期劳累和营养不良，1945 年 10 月，冼星海在莫斯科的医院中病逝，终年只有 40 岁。

冼星海纪念碑用中、哈、俄三种文字刻着 :“谨以中国杰出作曲家、中哈友谊和文化交流使者冼星海的名字命名此街为冼星海大街。”碑上还镌刻了《阿曼盖尔德》的第一行乐谱，并写道“冼星海用音乐在两国人民之间建起了一座友谊之桥，让我们永远铭记他的名字，愿中哈友谊世代相传”。

中国能建国际集团哈萨克斯坦分公司同志准备了鲜花，我们鞠躬致敬，凭吊良久，不愿离去。

冼星海大街旁是居民社区，建有整齐住宅楼，现代化的铲雪车在穿梭作业。星海同志当年的困苦生活场景，已消弭于那风雨飘零、人声鼎沸的过往中，又或留在摇曳的树丛、闪烁的阳光里，印记难寻。墙上有些壁画，不知道是哪位艺术家的作品，莫非是在用艺术的色彩与音乐的旋律隔空对话?

临别，突然跑来一只小猫，一蹦一颠，以其特有的方式表达着友好，依偎摩挲，画面温暖。不知道这小家伙的家在哪里？又要去往何方?

前一日刚下了场雪，冼星海大街两旁白雪皑皑。我们赶上一个好日子，雪后初晴，空气特别清新，阳光也格外明媚。朦朦胧胧中，我们感到，这真是一个有艺术灵气的地方……

后来，我们意识到，这冥冥之中的感觉似乎还暗藏伏笔！后续旅程中一个神奇的故事，果然验证了这一切。

哈国位于亚欧大陆中部，东连中国新疆，是中亚经济体量最大的国家，也是世界上最大的内陆国，石油是其主要经济来源。

有一种阔，叫幅员辽阔;有一种稀，叫地广人稀。无论是在飞机上，还是车中，哈国窗外的景象都给人这样一种感觉。中哈两国有着悠久的

阿拉木图独立纪念碑

睦邻友好关系，哈萨克族是分布在哈中两国的跨境民族。过往的历史也承载着许多陈年往事。1991 年，苏联 11 个加盟共和国领导人在这里签署了《阿拉木图宣言》，苏联解体。

今天，这里是中国提出“丝绸之路经济带”的首倡地，中哈两国就加强“一带一路”建设与“光明之路”新经济政策对接合作达成许多重要共识。

在哈萨克斯坦克孜勒奥尔达州（简称克孜州），有一座中国能建的西里工厂，是中哈产能合作首批重点项目之一。这个项目由中国能建葛洲坝水泥公司投资建设并运营，年产水泥 100 万吨，建有哈国首条油井水泥生产线，2017 年 4 月动工建设，2019 年 5 月投产运营。产品质量过硬，广受市场欢迎，已服务哈国多个重点工程项目，并大量出口到周边国家，其中油井水泥的市场覆盖率约占到了哈国的 50% 份额，企业也获得哈

中欧班列支线运输繁忙，穿梭不停

采用了最先进的生产工艺的西里工厂

萨克斯坦“杰出投资贡献奖”等多项荣誉。

我们参观工厂生产流程，了解企业经营状况，实地查看职工生活区，与企业干部和职工代表座谈，走访哈国员工家庭，在员工餐厅还品尝了职工菜地种出的南瓜。

第二天，西里公司的负责人说，我们到边上西里县纳尔泰村看看吧！那是一个艺术村，还有一个音乐家博物馆。

原来，这里是专门介绍哈萨克斯坦诗人、作曲家、歌手纳尔泰·别克扎诺夫的博物馆。展览内容十分详细丰富，全面介绍了纳尔泰的生平和艺术生涯。

纳尔泰博物馆

纳尔泰1890年出生于克孜州西里县，他的母亲、兄弟都是诗人。这位艺术男孩，继承了艺术村的传统，十岁就登台唱歌，为艺术和文化事业发展追求了一辈子。他是将手风琴应用到哈萨克音乐中的最早一批音乐家，推动了这一乐器在当地音乐中的广泛运用。在前苏联时期，他参与了多项艺术演出和比赛，并先后被哈萨克斯坦苏维埃社会主义共和国授予最高苏维埃“荣誉勋章”和“功勋艺术家”称号。

纳尔泰的音乐艺术得到哈国的悉心保护和传承。在西里县现建有“纳尔泰艺术学校”，培养教育传统艺术的后代。在克孜州，还有一个以他名字命名的哈萨克艺术音乐剧剧院。

贝多芬说，音乐是比一切智慧、一切哲学更高的启示。

从阿拉木图到克孜州，从冼星海到纳尔泰，这一路，为什么我们总是与音乐相伴？我们不认为这是偶然，或者说我们不愿意相信那只是偶然，为什么那不是冥冥之中的一种约定？

如果我们遵循艺术精灵的指引，推开艺术之窗，来一场思想的遨游。艺术的形式、艺术的精神、艺术的回归与超越，将给我们莫大的启迪——

“移风易俗，莫善于乐”，既然我们已经接受到音乐艺术的“召唤”，那就让西里工厂与音乐来一个“约定”，组建一个职工合唱团吧！把中哈职工组织起来，再请来西里艺术家做指导，让中哈友谊的歌声唱响西里，让音乐见证民心相通的精彩！为了经营企业，中国能建葛洲坝的职工，从长江之滨来到锡尔河畔；也许有一天，我们的合唱团可以走出西里，用艺术的形式讲述自己的故事。

推而广之，在这场艺术精神的“召唤”下，管理工作也应该与卓越追求有新的“约定”。我们究竟应该以什么样追求和态度办好企业？既要坚决遵循经济规律，同时还应有那么一种精神，定义我们更高远的价值追求。办企业也要有一种“星海精神”：开疆辟土，艰苦奋斗，永葆对胜利的渴望，即使在最困难的时候，必胜的信念也坚韧不拔；以艺术之心抓好管理，像艺术家对待自己作品一样精益求精、匠心独运，打磨各项管理，在追求卓越上志存高远、永不止步；生动践行爱国、强企、富民的追求，以企业的价值贡献，做和平发展的建设者、守护者。

历史告诉我们，个人际遇与国运紧密相连，在“困苦、离难、乡愁”的动荡年代，大音乐家的命运尚且如此多舛，更何况普通百姓？珍惜今天这份来之不易的安定，贡献自己的一份作为，这才是对冼星海同志最好的纪念与告慰……

也许，在艺术的感召下，我们还需要有一种发掘生活真谛的自我回归与超越，与美好生活的追求有新的“约定”。让工作、生活里的“真善美”以最真诚的态度、最自然的语言、最温情的状态回到我们身边。恪守求真务实的底色，重塑质朴淳厚的观念，实事求是，行稳致远。

在西里，我们还听到了职工们破土开耕种菜的故事。中国人好像特别喜欢种菜，我们哪个项目没有菜地呢？难道，这不是我们职工艰苦奋斗精神的最好缩影？这不是新时代的南泥湾精神？在中国人看来，对收获的共同分享才是最好的交流，这种超越经济考量的文化现象，正是勤劳朴素的中国人热爱生活的最好写照。进而言之，菜园里面有政治，而且是大政治——那一方丰收的心田，也是一个政党阶级基础的独特表现！中国工人、中国工程师，从来没有离开土地，也不愿意离开土地，脚踏实地是我们最深厚、最持久的寄托。

我们知道，在艺术追求“可能性”的过程中，总有最美好的想象。而在真实世界，我们却总要去面对不理想的现实，以及世俗的种种不如意。我们非常想问问星海同志，应该如何了断这样的心结、失望、恐惧，乃至牺牲？我们多么需要有一位精神导师，帮助我们在未知中实现超越，找到自我的救赎。

星海同志！如若时空能被我们自由地折叠、穿越，我们一定把您接到西里，把所有的温暖、崇敬都献给您，告诉您用一生所热爱、所讴歌的中国今天的样子，以及我们的奋斗与成就、变革与创新……我们相信，您一定会非常开心，一定会以一位艺术家的欣喜、激情和灵感，为我们留下一曲《西里之歌》，让我们永远传唱。

中国有那么多艺术家，我们多么希望他们能像您一样，走到我们中间，谱写一曲曲“一带一路”上中国建设者的赞歌……

老兵不死，归去来兮！

在这里，我们找到您，也找到了自己！

中国能建葛洲坝西里水泥项目总投资 1.69 亿美元，年水泥产能 110 万吨，2019 年 5 月投产。其生产的油井水泥填补了哈萨克斯坦油井水泥市场空白，改善了该国油井水泥长期依赖进口的局面，被当地政府誉为“工业领域的新名词”，各类水泥制品在哈萨克斯坦 MMG 曼吉斯套州油田、克孜勒奥尔达州西部油田、札纳塔斯 100MW 风电项目、奇姆肯特国际机场、乌兹别克斯坦塔什干新城建设项目、锡尔河燃气电站项目等中亚地区多个重点工程得到广泛应用。

印度河畔的多面手

杨夼

达苏老王的声名虽尚不及“隔壁老王”那般家喻户晓，但继他顺利通过一级建造师考试，成功组建项目部电视台之后，便于印度河畔声名鹊起。人们不禁要问，老王究竟何方高人也？其人本名王海清，后勤组管家之一，手下巴方高徒三两，分掌电工、水工事宜。另有清洁工者数人，散布各处，常保营地整洁。五十岁的他擅长修理，痴迷钻研，且至今手不释卷，广泛涉猎各类知识。

深山里挑灯夜战，建造师脱颖而出

后勤组是前方工地的保障团队，后方营地的运行维护者。其成员不仅下得厨房，还能上得考场。老王属于后者，驰骋一建考场，刷新了大家对后勤人员的传统认知，提升了项目部后勤队伍的内涵。

众所周知，一级建造师证书作为建筑行业高含金量的证书之一，是工程人升职加薪的金钥匙。然纵观全国7%的考试通过率，其难度可见一斑。2018年初，老王踏上了自己的备考之路。白天公事缠身，杂务繁多，他根本匀不出时间潜心看书，更不必说腾出整块时间，进行模块化的题场练兵。因此，只要老王不贪嘴，于饭后小酌了两口“粮食精”，下班后休息时间都是他备考复习的黄金时段。老王每晚伏案于前，潜心备考，仿佛重回学生时代。虽无头悬梁锥刺股的意志，可也是一番鏖战，苦行至考前。然而，一建考试涉及的知识面广，且与老王从事的实际工作有一定的差距，所以难免令他疲于面对。考试放榜，老王只过一科，其余三科均沦陷。第一次备考之旅，以落第作罢。

“考一建嘛，很枯燥的。但是作为工程人，一定要有专业知识，不仅限于技术，还要有管理知识”，老王如是总结第一次落榜。2019 年始，他再次备考。有了前车之鉴，老王调整了心态和战术。作为实实在在的工程人，他开始把一建考试当作自己需要汲取的营养，而非功利。荷包瘪点没关系，毕竟学到了平时实践中没有习得的专业知识，体会到了工程管理的内涵，所以这次备考前的老王心态是相当豁达的。以这种定位去学习和自勉，他发现复习不再那么枯燥了。他开始系统性、分板块、循章节地看授课视频，继而设定时间进行模拟题作答。深夜学习，睡着了，耳机还响着，那是授课视频的声音；餐厅大厨熟睡的鼾声似踩了谱子，抑扬顿挫地起伏着；百米开外的印度河或汹涌咆哮，或静静流淌。静谧的夜里，耳畔萦绕着这些声音，让他多少次挣扎在清醒和昏睡之间。因为知识匮乏，所以被梦想鞭策着进步，老王终是坚持了下来。2019 年再战，他顺利地通过了其他三科，为项目部争得荣光，亦使自己脱颖而出，成了后勤组里的“总工”。老王通过此等考试，似闪耀明星，为项目部青年员工所拥趸，不可谓不彩。

老工匠躬身力行，小徒弟独当一面

小杨的寝室漏水了，老李的厕所堵住了，张总的门锁坏了……老王忙碌的身影时常穿梭在营地各栋板房之间，当然，还有跟在他屁股后面

王海清

的三个巴方徒弟。

领导发难老王，要学会带徒，自己才能脱身。老王则频频抱怨，徒弟的水平实在不敢恭维，经常把事办砸返工，撒不得手。以至于 2015 年冬天，一位同事房间的厕所下水管堵住了，老王还得撸起袖子亲自上阵。打开水阀疏通厕所之际，污秽之物顿时横溢，几人面面相觑，不知所措。一个徒弟竟当场呕吐，其余二人更是退避三舍。老王二话不说，身先士卒，戴上手套，拿出工具，亲自动手。见此状，几个徒弟这才上前搭手，助师傅一臂之力。折腾了三个小时有余，厕所终于疏通。师徒四人露出笑靥，自此徒弟更是心服口服，向老王虚心学艺。老王在手把手地示范徒弟焊接水管、走线布灯、识图画图、优化工艺方法的过程中，逐渐把握住了三个徒弟的特长和短板，并投其所好，为他们教授了各自擅长的本领。

既为人师表，徒弟的理论知识也要跟上去。老王自知语言不通是自己的软肋，便请办公室的巴方翻译 Ayaz 先生做外援，毕竟他是留学中国多年的半个中国通。有了喉舌，老王给徒弟们讲起了维修工艺、工匠精神。他敦促徒弟们对建筑结构、建筑给排水、建筑电气、暖通、通信、智能化等专业知识都要有所了解，言语里才情流露，效果却常常是自我陶醉。不知是翻译水平有限，还是文化差异，徒弟们学习理论知识的能力让老王几近跳脚。因而老王时常自嘲，带你们这帮徒弟，我是动手不动口，指指点点，涂涂画画就够了，言语间尽是无奈。翻译 Ayaz 却领会老王恨铁不成钢的无奈，称赞老王是“Jack of all trades（多面手）”。

长此以往，三个徒弟成长迅速。在营地水电生活设施的维修上，各司其职，均能独当一面，不让师门蒙羞。活儿毕，老王只需验收即可，自不必费心费力，诸事亲力亲为。语言有国界，肤色有差异，但正是老王与徒弟的同甘共苦赢得了人心。徒弟们不仅学会了技艺，还习得了师傅的其他品性，或好或坏。比如，一个徒弟跟着老王学会了抽烟吐烟圈；另一个讲话语速飞快，乌尔都语、英语和中文一股脑儿如同往外倒豆子，沟通效果出奇地好；最后一个徒弟则负责监督清洁工，总能在营地里回收到少量被遗弃的、可循环利用的小工具和耗材。老王也不吝溢美之词，时不时称赞一下徒弟们的小聪明，和他们打成一片。

多面手行成于思，电视台崭露头角

一日餐厅排队打饭，电视荧屏上播放的企业文化宣传片引来一众员工驻足观看。台标很亮眼——达苏项目部，这便是“台长”老王亲自组建的达苏项目部电视频道。

工地坐落印度河畔，山高水长。通信极不稳定，网络时有时无，就连电视信号也是微弱不堪。直到2015年8月份，营地地面卫星锅遭遇雷击，所有电视节目信号彻底中断，老王这才启动了搁浅已久的卫星电视系统的整改措施。

走进老王所在的后勤办公室，便会发现，桌子上摆放的均是拆卸后的电视接收机、调制器以及各类小配件。走访卫星电视调制机房，映入眼帘的则是交错缠绕在一起的各类射频传导线，令人眼花缭乱。对老王而言，其对通信技术并不十分精通，面对此前巴方供应商不规范的布线搭接，他深觉棘手。但作为营地的物业管理员，他不得不迎难而上，从通信技术入手，到处找资料，每天晚上挤时间学习。通过线上搜索，他逐渐摸索搭建出了生活营地闭路电视系统，就是以射频信号形式，用同轴电缆传送到各个住户的电视网络系统。在经历多番线下实践、饱尝加班之苦后，他终于完成了卫星电视系统的整改，仅有的几个中文节目恢复如初。然而，由于巴国存在时差的原因，下班之余，员工在寝室实际能欣赏到的节目仍是少之又少。对此，老王又萌生了升级项目部闭路电视功能的想法。

鉴于项目部前期已安装有卫星电视接收器，且配有机房控制室一间，具备搭建局域网的基础。这个有利条件似催化剂一般，彻底点燃了老王组建闭路电视台的激情。老王兴致勃勃，将升级闭路电视功能的方法进一步具体化，即将视频文件通过播放器、调制器进行处理，一起载入营地闭路电视，让同事们随时可以搜索收看。他开始着手系统升级，进行一系列的准备工作。首先整合前端设备，挑选具有USB接口的卫星接收机，测试卫星接收机能识别的文件格式、数据缓存能力。然后对视频进行数据格式转换处理，添加水印，以“达苏项目部”为名制作台标。其次，通过USB接口导入卫星接收机，对接收机进行播放设置，将卫星接收机输出端AV格式的视频和音频两线接入调制器，调制成射频信号，再与其他卫星电视信号进行混合、放大、分配。最后，在完成前端配置后载入闭路电视，供终端电视用户搜索观看。

技术落地，整合资源自不在话下。老王的工作创新得到了项目部领导的肯定和大力支持，并给予了他一些建设性的意见。比如，节目的选取要既能丰富职工文化生活，又要强化教育培训工作，扎扎实实为项目服务。说罢，领导将自己移动硬盘中多年来保存的大量珍贵资料分享给了老王，供其筛选分类和加工整理，并在闭路电视里滚动播放。自此，老王对节目频道的设置也更为明晰，暂将其分为三类：一号娱乐频道放映英文纪录片及音乐 MV；二号施工频道播放水利水电技术视频；三号教育频道则播放安全教育视频。以上均可根据手头资源，定期上新。如今，这一创新不仅为员工茶余饭后的生活平添了一抹色彩，亦能让项目部同人在优秀的影音节目中耳濡目染，斩获技能。日积月累，凡夫或可才高八斗，裨益不可估量。

以上便是那位活跃在印度河畔、精通十八般武艺的老王吗？答曰，不尽然。糟老头子坏得很哩，据说他最近又在琢磨上线二维码，解锁电视频道的鬼点子，结果被领导直接拍板，扼杀在了摇篮里。又传言，老王最近在研究道家学说，实习医理，欲做个江湖郎中，潇洒乡野之间。照我看，老王若再继续深造下去，指不定可以著书立说，成一方大家。既然学无止境，那么不难预料，多面手老王必将在水电天地再建新功，引领勤学好思之气象，以资我等钝学累功，奋起直追，续写更精彩的水电人故事。

人文之影

品读苏东坡

马明伟　刘光义　李　峰

国学大师王国维先生指出，宋代“人智之活动，与文化之多方面，前之汉唐，后之元明，皆所不逮也”。国学大师陈寅恪先生认为，“华夏民族之文化，历数千载之演进，造极于赵宋之世”，并断言未来中国文化的发展必归于“宋代学术之复兴”。两位国学大师以超强的学术判断力，对宋代在中华文化发展中的地位做了极高的评价。宋代是中国古代文明和经济文化科技发展的巅峰，苏东坡生活的 11 世纪中后期，恰好是宋代文化最发达的时期，是一个文化巨人群星璀璨的时期，苏东坡就是那群巨人中耀眼的巨星。

苏东坡成为耀眼的文化巨星，在于他是在散文、诗歌、书法、绘画领域都有罕见造诣，在思想、政治、哲学、伦理、医药、音乐、博物、水利科技上都有巨大的成就的天才、全才，在于他继承并光大了能与王安石为代表的“新学”、“二程”为代表的“洛学”、张载为代表的“关学”并列为宋代几大学术流派的“蜀学”，更在于他以独特的宇宙观、人生观、价值观、道德观，忧乐天下的赤诚之心和文以载道的士大夫精神、豁达乐观的处世哲学，阐释了生命的永恒意义，成为中华优秀传统文化的闪亮名片、文人士大夫的精神偶像，某种意义上也成为中华文化

眉山三苏祠内的苏东坡雕像

和中国文人的代表，具有了超越时空的文化魅力。对于苏东坡这样一个百科全书式的文化巨人、集大成者，应满怀敬意，带着“高山仰止”之心来学习他的文化思想，领悟其中的精髓要义。

首先是“守其初心，始终不变”的政治文化。政治文化是政治生活的灵魂。苏东坡在长期宦海生涯中形成并践行的“守其初心，始终不变”的政治理念，“忧乐天下”“德被生民”“功施社稷”的政治理想和家国情怀，是中华优秀传统政治文化的精华。苏东坡曾为八州太守，先后掌管杭州、密州、徐州、湖州、登州、颍州、扬州、定州；三部尚书，先后担任吏部、兵部、礼部尚书；一任帝师，曾任翰林学士、宋哲宗的知制诰，一度是宰相候选人。他仕途坎坷，曾四次遭贬，先后被贬黄州、汝州、惠州、儋州。他一生“四起四落”，无论居庙堂之高，还是处江湖之远，他都能行道、明德、爱民。他以百姓心为心，不忘“我虽穷苦不如人，要亦自是民之一”。他说：“雨顺风调百谷登，民不饥寒为上瑞。”在陕西当小吏时，天气干旱，弥月不雨，苏东坡担心“无麦无禾，岁且荐饥”。也许天人感应天降大雨，旱情的缓解令苏东坡喜出望外，写出了入选《古文观止》的名篇《喜雨亭记》，千载之后读来，爱民之心仍跃然纸上。后来苏东坡被诬入狱，陷入“乌台诗案”，他任职过的湖州、杭州的老百姓数万人涌入寺庙，为他焚香念佛，祈祷平安。

其次是“融通儒释道三教、兼采诸子”的蜀学底蕴，苏东坡继承并发扬光大的“蜀学”，是两宋影响深远的显学。蜀学核心范畴是“道”，强调闻道、悟道、体道，主张文以载道、振兴文道、匡扶世道。苏东坡追求“得道”“成道”的国家治理和个人修养的最高境界，反映了其高尚的精神追求和终极关怀，是中国人的生命智慧。蜀学的特色可以用杂、博、通来概括。“杂”：清人评价蜀学“出于纵横之学，亦杂于禅”，苏东坡自己说，“孔老异门，儒释分宫，又于其间，禅律相攻。我见大海，有北南东。江河虽殊，其至则同”，体现了蜀学儒释道兼容并包的气象与格局。“博”：苏氏蜀学保持独立自由的品格与巴蜀地方的学术特色。张载、“二程”等人，以思想的深刻、体系的严密著称，但在才华的淹博方面，都比不上苏东坡的无涯无际。“通”：张载关学、“二程”洛学，奉儒家为正统，在具有儒家自强不息精神优点的同时，又有趋于保守的不足，后来洛学演变为理学。而蜀学更加通达、大气、开放，成为后世陆王心学的重要思想渊源。

再次是“取之无禁，用之不竭”的文化美学。任何艺术，最终要以美来判断优劣。苏东坡的文化创作，终极取向就是美。在才俊辈出的宋代，苏东坡诗、文、词、书、画俱登峰造极，傲视群侪，其创造力让人叹为观止。在他看来，人只要尽情地打开五官，那么江上之清风、山间之明月，耳得之而为声，目遇之而成色，取之无禁，用之不竭，都是美的化身，都是精神的享受。这种文化美学，达到了“超然物外”的精神境界。反观肇端西方的现代化，带来物质丰富的同时，一定意义上也造成了自然的“解魅”、信仰的解构和精神的解体，大自然被功利地看待。当前，我们的物质生活极大地丰富了，但有一些人的精神追求匮乏、精神生活粗陋，缺乏审美、诗意，没有跟上“建设物质文明与精神文明相协调的中国式现代化”的要求。因此，进一步弘扬苏东坡文化美学，对于用文化美学的力量引领人民丰富的精神文化生活，促进全社会精神文明建设提升颇有助益。

“天人合一，以善率真”的“中国式”科学精神也是苏东坡文化思想的重要体现。中国传统文化中，对世界的认知可分为“德性之知”和“见闻之知”。德性之知为本，见闻之知为末，德性之知统御见闻之知。可以说，苏东坡是一位工程师、科学家和科普文学作家。他积极参加科技活动，在美食、酿酒、养茶、医药、农矿、水利、建筑、园林等方面均有相当技艺和造诣，且尤善治水。他推广石炭（煤），改良秧马，宣传水车，研讨制琴、制墨与种松、种竹之法，创办慈善医院，与沈括合撰医药学著作《苏沈良方》。他的文集中，有关科技题材的作品多达300余篇。苏东坡参与的科技活动，往往能突破单纯的技术层面，讲究“师法自然”“天人合一”，具有精妙的文化底蕴，善于将科技活动提升到文化的境界，是德性之知驾驭见闻之知的范例。英国著名科技史专家李约瑟认为，西方征服自然式的科技观，在创造巨大物质文明的同时，也创造出了毁灭这种文明的手段。中国古代“天人合一”的宇宙观、“德性之知”和“见闻之知”命题，能矫正西方科学主义的弊端，以人文智慧校准和引导科学理性，建设健康的科学的文明，实现人类科技文明的新形态，达到时代文明的新高度。

最后，苏东坡身上体现出深刻的“祸福得丧，付之造化”的生命哲思。苏东坡一生乐观豁达，面对生命中的忧患困苦，往往能一笑置之。他少年得志、春风得意，中年鲲鹏折翅、艰难困苦，但他始终有着“达则兼济天下，穷则独善其身”的情怀，无论顺境逆境，都能完成精神救赎，发现生活的诗意，创造并享受美食的魅力，保持儒雅风度，实现优雅人生。这种世所罕见的豁达气度，综合了儒家的自强不息、道家的乐天知命、佛家的无我自在。苏东坡去世前一个多月的作品——《自题金山画像》中说："心似已灰之木，身如不系之舟。问汝平生功业，黄州惠州儋州。"黄州、惠州、儋州是苏东坡人生的"滑铁卢"，但正是这些地方使他更深刻、更透彻地理解了生命的意义和局限，使他在最痛苦的处境里实现了生命的超越，探索到智慧的价值。苏东坡参禅悟道，写过"人生如逆旅，我亦是行人"，参悟了"此心安处是吾乡"的哲理。苏东坡在儋州写过"年来万事足，所欠惟一死"的诗句。在当时人的心目中，死亡是忌讳，但苏东坡直面死亡、勘破死亡，这是一种精神上的伟大和超越。

思想文化的真正力量，在于它能超越时空。新时代新征程上，我们学习研究苏东坡文化思想，应遵照党的二十大报告强调的"把马克思主义基本原理同中国具体实际相结合、同中华优秀传统文化相结合"的"两个结合"要求，以尊崇敬仰的态度来传承弘扬中华优秀传统文化，以守正创新的精神推动苏东坡文化重现生机，以观照当代的自觉来活化利用苏东坡文化，让苏东坡文化思想在中国大地经久不衰、大放异彩。

要学习领悟习近平总书记强调的共产党人要修炼"心学"的深刻内涵，在此基础上展开对苏东坡文化思想的研究。要领会初心、民心、忠心、核心、廉心的深刻内涵，结合北宋时期张载"为天地立心"的思想，结合王阳明"心学"，进一步总结苏东坡关于"守其初心"的政治文化思想，推动党员干部增强传统文化底蕴，弘扬优秀传统政治文明，提升政治美学，修炼好新时代共产党人的"心学"，建设好新时代政治文化。

要在学习领悟习近平总书记关于"把马克思主义基本原理同中国具体实际相结合、同中华优秀传统文化相结合"的基础上展开对苏东坡文化思想的研究。通过科学总结苏东坡融汇儒释道于一身的文化品格和文化魅力，打造"苏东坡文化传世工程"，推动党员干部、社会大众开展中华优秀传统文化教育和修炼，让传统文化活起来，增强做中国人的志气、骨气、底气。

要学习领悟习近平总书记关于科技创新的重要论述精神，在此基础上展开对苏东坡文化思想的研究。应认真总结四大发明中有三大发明都普及和运用于宋代的内在机理，总结苏东坡在开展水利建设、探索祖国医药学等方面的成果，总结现代人因对自然的功利主义而导致美和诗意缺少的缺憾，建造新时代“格物致知园”，弘扬“天人合一”“以善统真”理念，打造展示中华传统的科技美学和现代工业美学，展示人类在世界中“诗意地栖居”。

要学习领悟习近平总书记在党的二十大报告中提出的“坚守中华文化立场，提炼展示中华文明的精神标识和文化精髓，加快构建中国话语和中国叙事体系，讲好中国故事、传播好中国声音，展现可信、可爱、可敬的中国形象”，在此基础上展开对苏东坡文化思想的研究。要坚持胸怀天下，不忘本来、吸收外来、面向未来，加强东西方文化交流互鉴，打造东西方文明“交流互鉴园”，用数字化的形式展示苏东坡在诗词、散文、绘画、书法、音乐等方面的天才创作，展示博大精深的中国文化，推动不同文明交流互鉴。

苏东坡是中华文化巨匠，他的文化思想精髓已深深融入了中国人的精神血液。推动苏东坡文化思想的创造性转化、创新性发展，应持续深挖苏东坡的精神和情怀，加强苏东坡文化传承工程建设，自觉与苏东坡进行跨越时空的文化对话、心灵对话，以“致良知”的精神重塑新时代“东坡文化”。

大宋当歌

吕晓科

假如能穿越回古代，你愿意去哪个王朝？不同的人会给出不同的答案，但对于文人志士来说，宋朝无疑是他们最佳的选择。关于这一点，连英国历史学家汤因比也直言不讳："如果让我选择，我愿意活在中国的宋朝。"

宋朝，在很多教科书中，给人留下最深刻的印象是"积贫积弱"，但其实，宋朝经济文化远超汉唐。据经济史学家麦迪森（Angus Maddison）在《世界经济千年史》（*The World Economy: A Millennial Perspective*）一书中考证，北宋咸平年间（998—1003），宋朝的GDP高达265.5亿美元，占据了世界GDP总量的五分之一（22.7%）。到公元1009年，国家年度的各项收入更是唐朝的七倍，即使是遇到天灾年份，仍然能达到唐太宗时期的三倍左右。由于这一时期北宋统治日益巩固，国家管理日益完善，被史学家称为"咸平之治"。

宋朝是个"重农不抑商"的王朝，边境贸易尤为发达。尽管在澶渊之盟后，真宗皇帝为了孝敬远房的"叔母"萧太后，每年还要给她发一个30万岁币的大红包，但通过贸易"出超"赚的钱却远远高于赔偿给辽国的"岁币"。作为一个鸡汤皇帝，他朋友圈里最火的个性签名就是

“书中自有黄金屋”。

宋朝不仅国库富足，市民阶层收入也颇为丰厚，当时的一个手工业者一年的工资就能达到400贯，相当于现在的15万元人民币，而物价却相对便宜，一斗优质米只需五十文钱（注：1贯为1000文）。另据《西湖老人繁胜录》记载：在瓦舍内的熟食猪肉店里，一个壮汉只需花三十八文钱，便可吃饱吃好。一只熟鹌鹑市场价才两文钱，一些时令水果一斤也不过十文钱。南宋诗人陆游在《剑南诗稿》中也有记载，百文钱能在农村点个菜喝个小酒。

宋朝经济快速发展，人口也随之急速增长。据《太平寰宇记》与《宋史》的记载，北宋初年（公元980年），人口约有3250万，到了北宋末年（公元1102年），人口已翻了两番，约有1.1275亿。北宋都城东京（今河南开封），在当时还吸引了犹太人定居。正所谓“八荒争凑，万国咸通。集四海之珍奇，皆归市易，会寰区之异味，悉在庖厨”（孟元老《东京梦华录》）。

我们从张择端的画作《清明上河图》中也可以窥斑见豹。东京开封府房屋鳞次栉比，商品琳琅满目，“雕车竞驻于天街，宝马争驰于御路，金翠耀目，罗绮飘香”（孟元老《东京梦华录》）。到了晚上，勾栏瓦舍里莺歌燕舞，李师师、柔奴、虫虫等一众流量明星已然在某音开启了直播；大宋金牌作词人柳三变在“黄金榜上，偶失龙头望”后无奈奉旨填词，且长期霸占华语年度最佳歌曲榜榜首；东京国家体育馆内，观赏蹴鞠的人们还可以给自己喜欢的球队呐喊助威——那场面肯定比今天的中超要受欢迎，运气好的话，还可以一睹由高太尉率领的东京队和宋押司带领的梁山队上演的生死对决。

今天的人们为什么爱宋朝？一个重要原因是，宋朝是中国历史上最具有人文精神、最有教养、最有思想的朝代之一。

没错，宋朝不仅“有钱有闲”，还创造了中国历史上的“文艺复兴”。

甚至有史学家说，宋朝社会的富足以及文明到达的程度，是中国古代“最接近现代社会”的时期。这离不开宋朝优待士大夫的国策。王夫之在《宋论》中记载，赵匡胤临终前，“使嗣君即位，入而跪读，其戒有三：一、保全柴氏子孙；二、不杀士大夫及上书言事之人；三、不加农田之赋”。这就是著名的“太祖誓碑”。当然也有其他资料说，第三条是“子孙有渝此誓者，天必殛之”。无论如何，不杀士大夫的国策却是真的，宋朝 319 年的历史也基本上做到了这一点（只有陈东和欧阳澈两人被宋高宗所杀），这奠定了宋朝文化鼎盛的基石。

宋朝形成了君主与文人志士共治天下的局面，也造就了士大夫“以天下为己任”的精神境界和理想人格。他们中，有欧阳修、司马光、苏轼等仁人君子，也有像范仲淹、王安石这样的变法图强的改革家。欧阳修撰《新五代史》，“一匡五代之浇漓”；司马光著《资治通鉴》，以“鉴前世之兴衰，考当今之得失”；苏轼一生坎坷，虽九死而犹未悔，终不曾曲学阿世。他们都为当时之士风人心做出了表率，也为后世留下了有宋一朝文弱绮丽皮相下刚韧坚毅的卓然风骨。

“唐宋八大家”中有六家出在宋朝，“四大发明”有三项来自宋朝，等等，绝非偶然。用陈寅恪的话讲，“华夏民族之文化，历数千载之演进，造极于赵宋之世”（陈寅恪《邓广铭〈宋史职官志考正〉序》）。国学大师王国维也曾讲道：“天水一朝（因天下赵姓，皆出于天水，故以此代赵宋），人智之活动，与文化之多方面，前之汉唐，后之元明，皆所不逮也。”（王国维《宋代之金石学》）

单单是“千年第一龙虎榜”（宋仁宗嘉祐二年科举），在中国千年科举史上就是神奇的存在。

这场科举各科共录取进士 388 人，其中对后世产生巨大影响的就有十多人，不仅有赫赫有名的苏轼、苏辙兄弟，有曾巩、曾布二兄弟，还有理学家、思想家程颢、程颐（注：“程朱理学”中的“二程”就是说的他们，“程门立雪”中的老师就是程颐），也有立下“横渠四句”（为天地立心，为生民立命，为往圣继绝学，为万世开太平）的张载。他们的主考官欧阳修，更是北宋文坛领袖。据说，欧阳修还把苏轼的试卷误认为是自己的学生曾巩的，为了避嫌就给了个第二名，得知后更是对这位晚辈不吝溢美之词，他在《与梅圣俞书》中说道：“读(苏)轼书，不觉汗出，快哉快哉！老夫当避路，放他出一头地也（‘出人头地’这一成语即出于此）。”

这一时期的政治家也是星光璀璨,其中以司马光和王安石这一对“双子星”最为耀眼。

司马光维护祖制，王安石强调变法；司马光主张“藏富于民”，王安石重视“富国强兵”；司马光注重“节流”，王安石主张“开源”；在司马光看来“开源”即意味着政府要增设苛捐杂税，“天地所生货财百物,止有此数,不在民间,则在公家”,而王安石则认为完全可以做到“民不加赋而国用饶”。

尽管“王安石的新法，用意是很好的，但行之不得其宜，以致有名无实，或者反致骚扰。在朝诸臣，纷纷反对，遂分为新、旧两党”（吕思勉《中国通史》)。连宋高宗都说：“安石之学，杂以伯道，欲效商鞅富国强兵，今日之祸，人徒知蔡京、王黼之罪，而不知生于安石。”(《宋史》卷 381）王安石及其新法就这样被官方彻底否定。这一阴影直到朱元璋时代还没散去。曾有近臣建言“当理财以纾国用”,朱元璋反驳说“昔汉武帝用东郭咸阳、孔仅之徒为聚敛之臣，剥民取利，海内苦之；宋神宗用王安石理财，小人竞进，天下骚然。此可为戒”。于是，“言者愧悚，自是无敢以财利言者”(《明太祖实录》卷 135)。

不同的政治家背后体现的是不同的哲学思想，如孔子之尊周公，老庄之尊黄帝，墨子之尊大禹。而王安石则认为“杨子之所执者为己，为己，学者之本也；墨子之所学者为人，为人，学者之末也”，是以学者必先为己，为己有余，则自可不期为人而自能为人（贺麟《王安石的哲学思想》）。大意就是：做人要先做好自己，自己都做不好怎么（有能力）去帮助别人？

在朱陆两派中，程朱作为儒学正统比较拥护司马光，而陆象山则拥护王安石。陆象山也是哲学家中第一个替王安石说公道话的人。王安石的新法被司马光推翻，而陆九渊的心学同样被程朱派压倒，直至明之王阳明方始发扬光大。

当然，各学派之间虽然处处针锋相对，却也呈现出兼容并包的特点。宋代理学就兼收各学派精华为己所用，尤其在对儒、佛、道三者的兼容并包关系上更为明显，素有“三教之设，其旨一也”的说法，也有“以佛修心，以道养生，以儒治世”（宋孝宗《三教论》）的号召。

毫无疑问，“宋朝是一个有创辟的时代。其学术思想和文艺，都有和前人不同之处”（吕思勉《中国通史》）。而纵观赵宋一朝，其政治之昌明、经济之发达、文化之繁荣、思想之活跃，远超汉唐，而从宋词及同时代笔记、实录、小说来看，则其社会风习清雅多姿、百姓生活富庶精致，尤其人文精神的宽容平和，更是令后人神往。

两宋诗人流亡录

王智磊

“宋潮”神剧《梦华录》里，东京开封府（北宋都城，今河南开封）宋韵如梦似幻，令人神往。彼时的东京商贾辐辏、诗词博丽、群星璀璨，古代中华文明的巅峰，莫过于此。

被美到了吗？ 如果能穿越回去，会有什么样的经历呢？

跟随两宋时期卓越诗人——吕本中（1084—1145）和陈与义（1090—1139），通过他们贯穿北宋、南宋两个朝代的跌宕起伏的人生经历，我们一起来窥视那个复杂的历史时代吧。

吕本中，是名门望族“东莱吕氏”家族第八代——这个家族根基深厚，地位显赫，影响深远。因此吕本中可以说是含着金汤匙出生的，家境优越，养尊处优，师友渊源。

“风声入树翻归鸟，月影浮江倒客帆。”这是吕本中 16 岁时吟作的诗《晚步至江上》——作诗之工已经达到与老一辈诗家莫辨楮叶的高度。后来在 20 岁左右，他在与江西后学交游时，将自己熟知的 25 个诗人盘点一番，列成榜单作《江西诗社宗派图》——江西诗派得名且正式确立。

这一下子搅动了半个文坛：被列入宗派中的诗人，有的嫌自己排名低，有的不满意自己被如此贴标签，更多的人则遗憾自己落榜。

奇怪的是，江西诗派代表诗人陈与义，竟然也榜上无名，这是为什么呢？大概是他适时 14 岁，年纪尚轻声望未起，不足以与诗坛前辈相提并论。

陈与义，洛阳人，天资颖慧，工于填词，年少时已是“洛中八俊”之一而闻名。“善用修辞，形象鲜明生动，语言明净清新，诗歌韵律明快响亮。”钱锺书先生这样评价他早期的诗作。

入京

中国自古便倡导“学而优则仕”的职业观，两位诗人也不例外。

陈与义 24 岁考中进士，当上文林郎，负责开德府（今濮阳）的文学教育工作。27 岁（1117 年）辞官进京（北宋都城开封），途中这样记录自己的欢喜——“飞花两岸照船红，百里榆堤半日风。卧看满天云不动，不知云与我俱东”，可谓踌躇满志、壮志凌云。赋闲时期寓居东京，与江西诗派人多有交流，29 岁时写下著名的《和张规臣水墨梅五绝》：“含章檐下春风面，造化功成秋兔毫。意足不求颜色似，前身相马九方皋。”因王黼举荐，被宋徽宗召见，自此名声大噪，俨然一颗冉冉上升的新星。1123 年（宣和五年）陈与义成为太学博士，次年因受王黼在党争中失势，受牵连被贬去陈留（今河南开封陈留）。

相较而言，吕本中的仕途更多舛。他历经宦海沉浮，随长辈几经迁谪，年届 40 岁（1124 年）才从地方上被提拔入京，两年后担任职方员外郎，与秦桧同僚。后因父亲吕好问 1126 年间任兵部尚书，避嫌停职奉祠。

1126 年，金军正向开封发动新一轮攻击。吕本中盼天公作美以鼓舞士气：“北风且莫雪，一雪三日寒。不念守城士，岁晚衣裳单。”尽管守军斗志犹存，当下的局势却比年初要艰难得多：城外的金军远超首轮攻城的规模；京师周边的军队皆已被金军击溃，开封已成孤岛。吕本中后来悲叹守军势单力薄、无人援手的局面："羽檄从天下，于今久未回。如何半年内，不见一人来。"他何曾知道，勤王的军队要么还在路上，要么贪生怕死。宋钦宗早先为了妥协，还命令各方军队按兵不动。最终，人们只能眼睁睁地看着金军攻破开封。

国破

时代巨变，人亦沉浮。

1127 年（靖康二年）1 月，金军攻陷京城开封，4 月掳走了宋徽宗、宋钦宗和皇室、大臣等 3000 多人，导致北宋灭亡：这就是历史上著名的"靖康之难"。

亲历此番战乱，眼见金军杀入城内，四处抢掠烧杀，身经物价飞涨，民不聊生，吕本中不禁感慨："城北杀人声彻天，城南放火夜烧船。江河梦断不得往，问君此住何因缘。窜身穷巷米如玉，翁寻湿薪媪爨粥。明日开门雪到檐，隔墙更听邻家哭。"难民剧增、盗贼猖獗的混乱随之而来："水水但争渡，城城各点兵。牛亡罢春种，马夺尽徒行。囊橐经抄掠，寇来浑不惊。"兵乱、饥荒、瘟疫接踵而至，灾难无以复加，百姓颠沛流离。

东京梦华就此荡然无存。他用一组《兵乱后自嬉杂诗》，记录了时局巨变的惨烈。

其五

碣石豺狼种，长驱出不虞。

是谁遗此贼，故使乱中都。

官府室如磬，人家锥也无。

有司少恩惠，何忍复追呼。

其六

叛将斩关入，通衢列众兵。
军声逐飞瓦，杀气暗前旌。
事定愁方剧，身危梦尚惊。
乾坤空纳纳，何处寄余生。

春夏之交，金军撤归。开封历经浩劫，已成废都。吕本中只好携家眷南下扬州。“扬子江头杨柳春，杨花愁杀渡江人。”吕本中逆着猎猎南风，望见云端大雁北归，心下却茫然无措：“事定愁方剧，身危梦尚惊。乾坤空纳纳，何处寄余生。”

隆冬时，他在长江之畔与友人分别。回想国难之前，踌躇满志赴京履职却目睹了国破家亡的惨剧，吕本中感慨：“客愁茫茫若江水，生计渺渺随征鸿。三年京城共憔悴，一杯此地难从容。”

他哪里知道，真正艰苦的岁月才刚刚开始。

陈与义此时正在南阳服丧。他因父亲病故，已于开封沦陷前就离开了陈留。生性乐观的陈与义，里居期间还对开封保卫战抱有一丝侥幸，不知是积重难返，只以为是朝廷缺乏诸葛亮式的人才。而战争成败似乎与他关系不大：“吊古不须多感慨，人生半梦半醒中。”

1128年正月初三，金军进占南阳。陈与义还没来得及和朋友贺岁，便仓皇逃往湖北房州投靠亲戚，“今年奔房州，铁马背后驰”。他在房州还未站稳脚跟，金军便接踵而至。陈与义只好躲进城南的凤凰山，在寒冷的山里熬过了无眠的元宵。元夕月色绝佳，却无法安抚陈与义的惶恐。月下的房州正陷入一片火光，生灵涂炭——“回首房州城，山中夜何永”。

流亡

南宋之初，北方仍时局动荡，战事频繁，军费激增，民不聊生。人口大量逃亡南方，陈与义和吕本中也是逃亡难民的成员。

除金军入侵之外，各地的民变、盗匪也此起彼伏。夏末，陈与义从发生民变的均州辗转来到岳阳城。巴丘一带是三国时吴蜀相争之地。若非逃难，陈与义恐怕一辈子都不会来这个只在《三国志》里才听过的地方。七十多年前，范仲淹曾在南阳写下《岳阳楼记》。如今陈与义自南阳而来，数次登上真实的岳阳楼，也同样无法排遣压抑的家国之悲："万里来游还望远，三年多难更凭危。白头吊古风霜里，老木沧波无限悲。"

这年重阳期间，吕本中迁往徽州。乱山深处，"驿路侵斜月，溪桥度晓霜。短篱残菊一枝黄"，为重阳节抹入惨淡昏黄之色。傍晚，一家老少借宿孤村。这里物资贫瘠，难免令吕本中思乡："底事中原归不得，又扶衰病过天涯。"他早年学诗，工于练字。为了写"风声入树翻归鸟，月影浮江倒客帆"一诗，苦练至咳血，落下终身疾病。如今辗转疲惫，令他旧病复发，更添心头抑郁。

1129年，金军破徐州、扬州，占领建康，继续挥师南下。江西待不住了，吕本中只能继续西迁。途经吉安，山雨连绵，渐渐浇灭了他对功名的幻想："忧患积年身益倦，功名他日志空存。又看秋色飞红叶，故国归期未可论。"回想自己虽然抱病多年，但他从未经历游离之苦，身在东莱吕氏又是名门望族，家底殷实。而现在千金散尽，前途堪忧："京路萧条信不通，胡尘尚欲竞南风。三年避地身多病，万里携孥囊屡空。"吕本中属于典型的江西诗派，宗法杜甫，但往往止于字句的工巧。如今遭逢家国剧变，他也宛如"少陵野老吞声哭"，方才切身体会"诗史"沉郁顿挫的深意，终非为迁谪的患得患失可比。

冬天，吕本中抵达湖南衡阳。在城门外，他遇见自赣州来的故人解子中。两人交谈寥寥数语便匆匆作别。据解子中所述，后路已被截断：“颇传江西扰，盗贼已放纵。”而前方也听闻有民变，吕本中一家只能继续往衡山方向迁徙：“迟回改路心自笑，隐忍畏事人所薄。”

波折

湖南岳阳的民变也愈加猛烈。钟相起义，旋即占据周边十九个县城。同在流亡中的陈与义只好在洞庭湖间东躲西藏：“避寇烦三老，那知是胜游。”天地辽阔，栖身易，安生难。他在洞庭湖间从早春躲到初夏，难以安顿，“白竹篱前湖海阔，茫茫身世两堪悲”，“五湖七泽经行遍，终忆吾乡八节滩。”

尽管一路波折，陈与义却总是试图领略沿途山水风物的旨趣。世态越是炎凉，烽烟越是弥漫，他的诗反而愈加雅洁、明快。这令后来的杨万里拍案称绝，“诗宗已上少陵坛”。在去往长沙的路上，山茶香径，陈与义放缓马蹄：“青裙玉面初相识，九月茶花满路开。”这两句诗后来被金庸袭去，安插在段正淳的风流笔端。

1130 年正月，陈与义在长沙立足未稳，金军又至。长沙太守向子諲在围城之战屡次击退金军，给陈与义留下了大无畏的印象。然而敌军声势浩大，守军苦撑数日终究难敌。陈与义只好逃往邵阳。沿邵江南下，陈与义的悲愤很快又被山河的风景吸引，“落花栖客鬓，孤舟遡归云”，渔舟唱晚，惊起浅滩上阵阵白鹭，令陈与义陶醉不已。

此时的陈与义喜忧参半：喜的是宋高宗向他发来数道诏令，愁的是任务与当地戡乱相关。这对于一个逃难落魄的文人而言，实在是左右为难。

陈与义最终接任尚书兵部员外郎。而此刻宋高宗被金军追击入海，逃去温州。这消息对陈与义的打击不小。他难掩失望，“初怪上都闻战马，岂知穷海看飞龙”，“呜呼吾君天所立，岂料四载犹服戎。向巡会稽不到海，未省驾舶观民风”。

同年春节，吕本中也在兵荒马乱中逃生：“湖南驰贼骑，江外践胡尘”。经过桃李初开的宜章，吕本中未敢停留欣赏，便匆匆南下连州。连州地处岭南，自古便是迁谪流放之地。避居连州的夜晚，雨打蕉叶，令吕本中辗转反侧。表面失眠，实则是内心泛起与古人相似的乡愁：“如何今夜雨，只是滴芭蕉。”

到清明时节，吕本中一家人在连州的山间遥祭故土。他睹物神伤，“尊前欲洒思乡泪，羞见枝头含笑花”；遥想故园，“坟墓荒凉谁拜扫，东风吹泪湿黄昏”。除了自怜，吕本中又联想众多南渡难民同样背井离乡，“野哭行歌满道边，纸灰飞处落乌鸢”。吕本中的诗史刻画了沿途所见的世相，虽未脱离江西诗派用典的习气，但已越来越圆润流转，可堪“羚羊挂角、无迹可寻”。与二十年前他自道“吾诗如清风，去留不可期”时的自赏相比，如今的吕本中终于磨去浮躁，诗法大成。

端午期间，岭南的暑气与瘴气令人水土不服。听闻湖南战事稍解，吕本中一家人连忙折返郴州。在连州的山路上，家中的幼小们还童言无忌，“儿女不知来避地，强言风物胜江南”。不经意的谈笑间颇有“商女不知亡国恨”之感，为吕本中的心绪平添几分波澜。

经郴州去往全州，吕本中一家人总算安顿了小半年。在全州，他再次与解子中重逢，还见到了从长沙突出重围的向子諲。自靖康之难起，他与旧友皆在外浪迹多年了：“但得低头拜东野，不妨下卧见元龙。”他引用孟郊和陈登的典故，道尽自己飘摇于江湖的潦倒和卑微。而句中“不妨”二字，又透露出少年意气仍隐隐发作。他此年 46 岁，家国现状叠加于心头，又使那少年气跌入谷底：“中原极目山千叠，往事伤心酒一钟。如我支离久无用，敢因穷约废过从。”

秋去冬来，“邻州贼报又警急，欲泛扁舟穷百粤”。广西曹成兵变，再次对吕本中一家人构成威胁。他们只好辗转来到广西贺州。此时的贺州客栈，陆续迎来大批的南渡人士，其中包括陈与义。两位诗人终在贺州相逢。

听闻陈与义得到宋高宗任用，吕本中为其道喜："欢喜闻君俱趣召，衰颓如我合深藏。"内心也未免苦闷，复如在全州时那样感叹自己百无一用。

沉浮

1131年，吕本中与陈与义南下康州避难，亦在此分别。吕本中西去桂林，而陈与义东向广州。

在广州的海山楼，陈与义登高望远，朝廷逃海的耻辱还在他脑海中盘旋，"慷慨赋诗还自恨，徘徊舒啸却生哀。灭胡猛士今安有，非复当年单父台"。在这一年，他终于结束了颠沛流离。他取道庾岭，经漳州、温州，沿着如今的浙东唐诗之路来到朝廷，有机会一展宏图了。在给吕本中的诗中，他回忆身处贺州的岁月时，还残留惧色："江南今岁无胡虏，岭表穷冬有雪霜。"

在皇帝身边，陈与义很快被重用，被提拔为中书舍人、礼部侍郎，后知湖州。

同年，吕本中的父亲积劳成疾，秋天在桂林病故。服丧一年后，吕本中得以东归。"南征未厌苦关山，荔子今年已厌餐。"在北宋文人的意象里，荔枝纵然甜蜜，却是迁谪之地才有的异域风物。苏轼"日啖荔枝三百颗"的豪爽，终究无法掩盖"长作岭南人"的无奈。

对于吕本中而言，应该深有同感。荔枝的芳醇只能加深他对梨干的思念。梨干是开封随处可见的果脯，甜得好比挂在城头的老月亮。

后来在辗转东归的四年里，无牵无挂的吕本中致力于中原文献、道学和诗学的传播。其从孙吕祖谦未来将拜其所传家学，数十年后成为“婺学”之首，比肩朱熹、陆九渊。而吕本中的诗论将由曾幾传授给陆游与杨万里。他们后来各自参悟，遂成南宋之李杜。

在官场的陈与义并不如意。后来他一度主动放逐于杭嘉湖平原，在小桥流水间怀念在洛阳的少年时光：“杏花疏影里，吹笛到天明。”而如今，烟花易冷，关山难越，“青墩溪畔龙钟客，独立东风看牡丹”。异乡的绝唱，令钱锺书赞其为两宋之交“最杰出的诗人”。然而对于陈与义而言，这只是一把辛酸泪。他只能在“城春草木深”的想象中老泪纵横，郁郁而终。

吕本中后来也奉旨来到临安。途经杭州西兴时又逢重阳佳节。回想八年前的重阳时，自己正身处徽州山间。现在的吕本中仍然在异乡奔波，所以感慨也一如既往：“别浦潮犹白，深秋菊未黄。遥知对杯酌，不记是他乡。”在朝两年，吕本中以耿直著称，屡次触怒秦桧，终被弹劾离京。

1145 年，吕本中在江州与世长辞。

去世前，他可能又回忆起 5 岁时，在曾祖父灵堂上的一幕。

那一天，太后携宋哲宗前来吊唁。她环顾吕氏芸芸后辈，留意幼小的吕本中并唤他上前，抚摸着他的头，语重心长地勉励道：“孝于亲，忠于君。儿勉焉。”

家国残梦

汴京繁华

南宋遗梦

即使翻越了千年

我们品读掩卷

仍将扼腕长叹

江湖夜雨十年灯

余娅琴

在远去的童年时代，从信号模糊导致的电视机满屏雪花里，艰难地辨认高来低去、纵横飞跃的身影，是关于“武侠”的最初记忆。

第一次看武侠小说，是身为教师的母亲，从课堂上收缴来的学生“不正经的读物”，厚厚的一本，梁羽生的《云海玉弓缘》，随意丢在家中桌上。我好奇地翻开，谷之华与厉胜男、白玫瑰与红玫瑰相映之美，连同那光怪陆离的世界，便一起冲进了我年少的心中。

那时母亲没有想到，几年后的我，也成为这些“不正经读物”的拥趸。向同学偷偷借来已卷角破烂的武侠小说，于课间、睡前挤出的些许空隙里如饥似渴地阅读，同学间激烈的讨论与在作业本的掩护下偷偷学写小说，是贯穿我整个青春的往事。

现在想想，最初对武侠世界的向往，是因学业实在紧张，可又无处可避。从学校到家中，从老师到父母，所遇之人或事，似乎总难逃脱分数的罗网，因此分外向往书中的江湖。江湖多好呀，那些低微的、普通的、相貌寻常的、看上去似乎一无是处的人，就因为善良、义气和机缘，上天入地，毫发无损，见过无数的奇珍异葩，交游过种种有趣的人，最后成长为一代大侠，立不世功勋，叫万人景仰。善良、义气，对一个孩子来说，简直是最寻常不过的长处——谁在那个年纪时，不曾有琉璃般通透的心呢？

吸引人的，还有那些爱情。李寻欢与林诗音，杨过与小龙女，乔峰与阿朱……黄蓉到底该不该嫁郭靖？楚留香最爱的是谁？也会引得一波女孩子争执半天。年岁尚稚，不过是情窦初开，并未懂世间的风尘。但武侠世界里那些凄艳温柔的故事，却是少年人初窥人性的一缕真貌。

热血意气，千金一诺，两心不渝，刀光剑影……那些叫“武侠”的传奇，连同他们所生活的江湖，成为年少之心常常寄驻之所。

也是在那个时候，读到黄庭坚的诗《寄黄几复》，瞬间便爱上了诗中意境：“桃李春风一杯酒，江湖夜雨十年灯。”前一句中，春日煦暖，桃李明媚，在花下、春光中，与朋友、爱人举杯饮酒，共赏这四季中天地最美之景，何等潇洒快活。那不正是武侠小说中人人羡慕的人生吗？

后一句，却让人想起秋天。秋雨绵绵，一船泊于芦苇岸。船不是普通的小舟，而是画舫，上面高高挂起一盏华灯，在满天雨丝中，闪耀着一片寂清中的璀璨。舫中人应该是高傲的、孤独的，遗世独立的高人，不屑繁华热闹，冷眼看世间。这，正是少年“中二”心中，那与众不同、高蹈于世俗之外、自由来去的“侠”呀。

这截然不同的两种人，煦暖的、孤傲的，便成为我最初涉猎武侠小说时，最爱塑造的人物形象。

从 2006 年至今，在我的五十多部小说中，武侠类并不多。然在那个武侠小说昌盛的时代，也曾以文会友，留下过许多难以磨灭的美好时光。某年初冬，和几个志同道合热爱武侠小说的笔友，驱车数小时，穿越大半个湖北去探望一个好友。寒雨潇潇，满山枫栌已然红遍。在好友所居的小楼之中，我们团团而坐。半旧的长沙发、茶几上置一只陶罐，插满怒放的雏菊。微暗的灯下，无所不聊，从聂政到李慕白，从金庸到黄易，从纸上传奇，到朋友相契；纵情意气，高言笑语，满怀热血，字字句句，都融入细碎的雨声中，淅沥不绝。

近年来专注于影视作品创作，几乎未写过小说。直到今天写下这篇文章，一些记忆就涌上了心头。

光阴如梭，流年偷换。昔年的侠友们，年岁渐长，或许早散落于生活的琐碎。如今各大网站排在前面的畅销文，大多是重生、争霸、电竞、快穿等。在这样眼花缭乱的密集爽点面前，昔年也曾成就传奇的武侠文，显然有些拙朴而平淡，也几乎难以列在榜前。便是如今也沾了一个侠字的仙侠，讲的是法宝与密境的机缘、不同修真境界的升级打怪。各类上神、上仙贵气冲天车载斗量，小人物的善良与义气，在残酷的修真世界里，并不能成为飞升的助力，似乎倒是不合时宜的累赘。如此，武侠的式微也在意料之中。

但若说武侠式微，似乎又不尽然。任文中如何思接千载视通万里，对“良知”的刻画，依然是一篇好文的底线。任故事元素如何变幻，那些蔑视礼法、束缚，追求个性自由但又兼济天下的热血、侠义和天真，并未因在新的题材中散失。

有什么好遗憾的呢？正如电影《神鞭》里说的：“鞭没了，神还在啊。”

如今在江湖久矣，踽踽前行的身影，因负有生活之重，自不复当年的快意潇洒。重读那些珍爱过的武侠小说，亦能品出不同的滋味。侠，真可以任性潇洒吗？英雄如乔峰，只手有可擎天之力，却无法对抗时代与理想。奸猾如韦小宝，如鱼得水的前程，却终结于良心未泯。爱，真可以成就传奇吗？杨过与小龙女的最终相守，掩不去人性的多变与贪婪，以当前眼光来看，杨过可真算不上什么良人。黄蓉与郭靖的中年婚姻，一地鸡毛与无奈迁就，又是多少真实夫妻的缩影。

江湖风波行不易，一时回首已半生。然而，在很多前路的彷徨处，在孤清的雨夜中，总是有那一盏从少年时便高高挑起的华灯，照耀着从《白马啸西风》中学来的侠骨和倔强：“江南有杨柳、桃花，有燕子、金鱼……汉人中有的是英俊勇武的少年，倜傥潇洒的少年。但这个美丽的姑娘就像古高昌国人那样固执：‘那都是很好很好的，可是我偏不喜欢。’”

读懂张爱玲

陈万华

张爱玲的英文自传体长篇 *The Book of Change*，是一部长河式小说，以主人公琵琶四岁到十八岁的成长经历为主轴，聚焦其童年生活、求学经历、母女关系，叙写二三十年代的中国新文化冲击下传统旧式家庭的隳败，描绘在新旧文化交替中众多人物离散、残缺的生活与命运，铭刻个体成长的创伤。

The Book of Change 是张爱玲中晚期代表作，上世纪五六十年代完成于美国。因篇幅过长，后来分成两部，第一部 *The Fall of the Pagoda*，承继鲁迅《论雷峰塔的倒掉》的基本意涵，象征封建家族的破败与衰落。

第二部仍名 *The Book of Change*，寓意生命不断变易成长的历程。70 年代作者又以此为基础，加上与胡兰成的罗曼史，以中文重写为《小团圆》。无论是 *The Book of Change* 还是《小团圆》，都因种种原因没有出版，直至 2010 年前后才与读者见面。

按照读者通常的认知，张爱玲的辉煌时期仅限于 40 年代，以小说集《传奇》、散文集《流言》风靡上海，此后创作力衰退，除 50 年代初期创作长篇《十八春》外，中后期尤其是迁居美国后，未能有新的力作。

但是，随着遗作中小说、散文、书信等不同类型文字的陆续披露和公开出版，读者对张爱玲认知也不断被刷新，中年之后深居简出的张爱玲并未停止创作，其大量手稿依然魅力十足。

近十多年来“出土”的张爱玲遗作，以《小团圆》最受瞩目，之后陆续问世的《雷峰塔》《易经》《爱憎表》以及和宋淇夫妇的通信集，也都引起读者关注。

这些文字，一改早期浓密的意象风格，代之以更加平淡自然的文风，充盈着生命的悲怆情怀，集中体现了作者的晚期风格。同时填补作者生平空白，很多内容几乎是可供索引的“自叙传”，告诉读者一个比较完整的张爱玲世界。

从20世纪40年代《传奇》《流言》畅销，到60年代夏志清提出“张爱玲该是今日中国最优秀最重要的作家”的论断，到如今遍布世界各地的张迷，“张爱玲现象”已延续近八十年。

有的学者甚至将张爱玲名列李白、杜甫、吴承恩、曹雪芹等大家之侪。这种论列是否合适且不深论，但要说张爱玲雅俗共赏，其影响已超出文学界，实现破圈传播，确是事实。

她的名言，如“生命是一袭华美的袍，爬满了虱子”“出名要趁早”“岁月静好，现世安稳”等，被读者在各种情境里引用，几乎成了人们的交际引用语言，而网上的假语录、假照片与打假事件，也每每形成一波波小热潮。

她显赫的家世以及和胡兰成剪不断理还乱的爱情故事，也成为读者讨论的重点。最近，一部名为《重述张爱玲》的研究著作问世，有研究者问：“张爱玲现在还热吗？”结论是，现在似乎没有以前那么热了，但对她的作品的阅读，好像并未降温。老一代“张迷”随时光渐行渐远，新一代的“张迷”又接踵而至。

张爱玲的流行，已不再是20世纪40年代上海滩绚丽至极的瞬间绽放，而有望成为“说不尽的张爱玲”。2020年她的百年诞辰，年轻人以“说唱张爱玲”方式表达纪念，各种出版物也受到年轻一代读者关注。

那么，张爱玲文学作品何以长盛不衰，其价值究竟体现在哪里？我认为，从艺术价值而言，人性的主题、参差的结构、繁复的意象、苍凉的视景、残酷的美学以及现代性表达中的“琐碎物语”，是张爱玲文学最突出的美学特征。在这里，仅就其意象特征和“琐碎物语”略作解读。

关于张爱玲作品的意象，许子东教授曾以“以实写虚”“物化苍凉”概括，即善以可见可闻之象，状写虚无缥缈之物，和钱锺书的比拟方向正好相反。《围城》写鲍小姐衣服穿得少（本体为实），钱锺书以“真理”（喻体是虚）来打比方，因为“真理是赤裸裸的”，鲍小姐并非一丝不挂，所以是“局部的真理”。这是“以虚写实”。反观张爱玲，写给报人唐大郎有这样一段题词：“读到的唐先生的诗文，如同元宵节，将花灯影里一瞥即逝的许多乱世人评头论足。于世故中能够有那样的天真；过眼繁华，却有那样深厚的意境……我虽然懂得很少，看见了也知道尊敬与珍贵。您自己也许倒不呢！——有些稿子没留下真是可惜，因为在我看来已经是传统的一部分。”唐大郎诗文作为本体是虚，但张爱玲以元宵节的生活场景来写虚的对象，是“以实写虚”，极具画面感。

关于“琐碎物语”，是指她关注的多为琐碎小事，在小眉小眼中表现人生底色。和一般作家热衷于重大题材、重大主题不同，张爱玲自己曾说：“一般所说时代的纪念碑那样的作品，我是写不出来的，也打算尝试，因为现在似乎还没有这样集中的客观题材。我甚至只是写些男女间的小事情，我的作品里没有战争，也没有革命。”一句话，她不写大历史。这点和《紫颜色》的作者艾丽丝·沃克倒不谋而合。沃克说，她要写的“历史小说”，不是占有土地或大人物的诞生、打仗或者死亡，只是一个女人和另一个女人的窃窃私语。她们关注的都是不起眼的地方。

张爱玲的作品如《创世纪》《少帅》，前者聚焦家族前辈李鸿章，后者关注公众人物张学良，但所写重点并不是这些大人物的丰功伟绩和传奇经历，而是背后女人们的生活。在 *The Book of Change* 中，虽然也有中国近现代史的大事件作为背景，但张爱玲笔底下最鲜活的人物和场景，却是关于“何干”“韩妈”一众下层仆用的婆婆妈妈。作为时代的风俗画，波澜变化的“大历史”中“个体小我”的成长经验，才是张爱玲作为“微物之神”念兹在兹的重点。

但小题材并不意味着肤浅单薄，仍然可能折射出时代的变迁。“星沉海底当窗见，雨过河源隔座看。”以认识价值而言，张爱玲 *The Book of Change* 及其他创作，对观照近代以来中国社会转型和变迁仍是重要参考。

张爱玲出身显赫世家。曾外祖父李鸿章、外曾祖父黄翼升、祖父张佩纶，是晚清响当当的人物，都名列《清史稿》。亲戚中颇有名头但不为读者所熟悉的，也大有人在。如二伯母周诵芬，是淮军名将周盛波之女；舅母刘竹平的祖父刘锦棠，为湘军名将，号称“飞将军”，是新疆建省的头号功臣，封爵一等男，超迈黄翼升。这些人物，多或隐或显地写入 *The Book of Change* 等不同作品。

张爱玲在《论写作》里说喜欢昆曲里的几句套语，“五更三点望晓星，文武百官上朝廷。东华龙门文官走，西华龙门武将行。文官执笔安天下，武将上马定乾坤……”，是家族辉煌的真实写照。不过，这个“天真纯洁的，光整的社会秩序”早已过去，晚清的所谓同光中兴，只是昙花一现的美丽斜阳。到其父辈，遗少们终于堕落成坐山吃空的纨绔子弟。通过“雷峰塔倾圮”这一隐喻性的意象，张爱玲表达了别样的“家国情怀”，它仿佛一个“天启般的瞬间”，雷峰塔倒了，但人生的长河还在流淌。

自 1981 年上海《文汇月刊》重新介绍张爱玲以来，改革开放后张爱玲作品在中国畅销，至今已四十年。有学者断言，持续不衰的“张爱玲热”，是和中国的城市化进程紧密相关的。

四十年来，我国经济建设取得巨大成就，城市化程度越来越高，以上海为代表的国际大都市发展迅速，都市生活五光十色、斑斓迷离，被大家戏称为“魔都”。

追寻都市成长的前世今生，作为典型的海派作家张爱玲，无疑是绝佳的观察选点。张爱玲的创作，富于感性色彩，都市元素鲜明，是“上海摩登”最华美的篇章。张爱玲所提供的文学想象与情感体验，与当下人普遍的生存状态有着不同程度的契合，使张爱玲的人和作品在当代社会重新焕发光彩。

在穆特拉读《撒哈拉的故事》

刘梁皓月

天，是高的，地是沉厚而安静的，正是黄昏，落日将沙漠染成鲜红的红色，凄艳恐怖……

太阳像铁浆一样洒下来，我被晒得看见天地都在慢慢旋转……

作家三毛在《撒哈拉的故事》中描述的这些沙漠特有的景象，于我而言再熟悉不过了。因工作原因居住在中东国家科威特的穆特拉大沙漠深处已快四年，在沙漠里重新品读三毛的《撒哈拉的故事》，感受更加深刻，特别是三毛和荷西在非洲撒哈拉沙漠偏远地区生活的点滴，让我感同身受。而她字里行间透露出的浪漫、洒脱、自由和随性，更令我由衷佩服。

沙漠生活也诗意

三毛和荷西在撒哈拉沙漠的“新家”狭小破旧，她学会了用“捡来”的东西装饰房间。家里没有桌子、衣柜等家具，她学会了用几个废弃大木箱自己设计制作桌子、书架和沙发。为了让家中充满音乐，她学会了徒步去较远的便宜市场“大抢购”，毕竟“没有音乐的地方，总像一幅山水画缺了溪水瀑布一样”……

可正是这个什么都没有、什么都不方便的“空无一物”的家，让她体会到了真正的生活：一种不受外界环境和物质干预，一种需与真实的大自然共处的纯粹的生活。

三毛这样一个从小衣食无忧的姑娘，用发现美、创造美的心灵，把“空无一物”的家，改造成全撒哈拉沙漠最美丽的家，在贫瘠单薄的撒哈拉沙漠也过出诗意惬意的生活。这些衣食住行方面的生活趣事，也让我逐渐领悟到他们的“幸福法则”：安贫乐道，享受当下，用心生活。

“生命的过程，无论是阳春白雪，青菜豆腐，我都得尝尝是什么滋味，才不枉来走这么一遭啊！”反观现在的我们，总是被太多的世俗观念束缚，被单一的“成功学”驱使，成了物质和欲望的“奴隶”，心灵却时常空虚和麻木。在观看《奇葩大会》时听俞敏洪分享“幸福阈值”观念，也与此类似：每个人获得幸福和快乐的条件是不一样的，有的人低、有的人高。我想，三毛和荷西正是降低了幸福的阈值，才获得了真正的解脱。

不同文明碰撞交集是一件幸事

在《悬壶济世》《娃娃新娘》《沙漠观浴记》等文章中，三毛与形形色色的非洲人融洽相处，令我感触颇深：不同的民族，不同的文明在一片偌大的荒凉沙漠中精准碰撞交集，本就是一件幸事。

我所在的穆特拉项目驻地，施工高峰期曾有6000多人，除了当地的科威特人，还有来自约14个不同国家的海外员工。工程建设，把我们聚在此地。在荒凉的沙漠上，我们一起踢足球，一起打板球，彼此成为朋友，度过了一个又一个有趣的周末时光。

元旦时，我们还一起跑沙漠千人马拉松跨年跑，不同国别的运动员身穿五颜六色的文化衫，宛如一道行走的沙漠“彩虹”。尽管彼此语言不通、习俗有异，我们一起感恩生活的馈赠，互相取暖，在贫瘠的沙漠里把日子过成花，隔阂在欢声笑语里融化消解。

科威特当地人也十分热情好客。“帐篷节”时，来者便是客，会邀请你进“Diwaniya”（当地特有的会客厅），一杯红茶、一盘甜点，心意满满，颇有“晚来天欲雪，能饮一杯无”的美好。项目部周边的骆驼游牧人也很有趣，与三毛书里的撒哈拉威人相似，身上有着时代的印记，亲近而又疏远，天地间，中东沙漠特有的单峰骆驼点缀天地间，像小舟缓缓航行在大海，衣衫朴素的游牧人悠然自在，不失为一种沙漠独特的景象。

三毛的开放与包容心态，让她可以和当地的各色人物文明共生，甚至能得到小孩子们的青睐。而这种开放与包容，不也正是驻扎在“一带一路”上不同国别的我们所需要的吗？从心底真正地尊重属地国居民与文化，用心融入、感受，才能共同生长，美美与共。

在异国他乡温暖“中国胃”

思乡之情，总是与家乡味道分不开。

在三毛的十多篇散文中，《沙漠中的饭店》颇为有趣。因三毛所住地区偏远，家人便给她寄航空包裹，运来各种中国食材。她开心快乐地拆包裹，家里的“中国饭店”也随之开张：“粉丝煮鸡汤”“蚂蚁上树”“合子饼”“笋片炒冬菇”……一边是沙漠里物资贫乏的客观事实，一边是丰富的“中国美食”、熟悉的家乡味道的幸福感受，形成了强烈的对比，也把家乡味道所带来的极致欢喜展现得淋漓尽致。

“中企之夜”使馆活动上的手作中国美食

在穆特拉大沙漠深处吃着中国美食，我们这些长着“中国胃”的建设者，也仿佛穿越了时空，深刻体验在沙漠里吃到家乡味道的欣喜与满足。非常幸运，我工作的项目驻地有极专业的掌勺大厨，白案、红案样样拿手，每月菜谱妥帖搭配，还曾获邀操办大使馆活动的“中国美食”展区美食制作，一屉屉造型别致的“土豆包”让外国友人惊喜不已，一碗碗热气腾腾的拉面更是温暖了海外游子的心。

略有不同的是，今天，我们已无须再像三毛那样等待亲人遥寄包裹了。

当地的中国超市如雨后春笋般出现在科威特街头。我们工作之余最欢乐难忘的事情就是在中国超市里大采购。琳琅满目的中国食材，耳熟能详的中国零食，远渡重洋抵达波斯湾的这些“国货”，仿佛跨越万水千山，冲着我们奔赴而来。当地也有不少中国餐厅，抚慰着我们这些中国食客的中国味蕾和久未归家的中国心。

在撒哈拉的三毛，仅能从家人的美食包裹投递中得到慰藉。如今，“走出去”的时代浪潮，将“中国美食”带出国门，让世界各地的人们更容易享受到中国美食的奇妙味道。从这个层面看，我们海外建设者的“思乡之情”倒是略显得些许单薄了。

那从未去过的地方也有归属感

《撒哈拉的故事》里，处处洋溢着三毛对生活的热爱，或有趣，或艰苦，或新奇，让我着迷，尤其是她苦中作乐的乐天派精神，更让我对自己的沙漠生活有了新的思考。

回想当初大学一毕业，自己便坚定选择驻扎科威特，亦如三毛说走就走的果敢。荷西叫三毛“异乡人”，她说：“因为我在这个世界上，向来都不觉得是芸芸众生里的一分子，我常常要跑出一般人生活的轨道，做出解释不出原因的事情来。”我也这样认为，出生的地方不一定有归属感，而那从未去过的地方反而会有一种道不清的归属感。

如今我真的在沙漠生活了许久，再读《撒哈拉的故事》，又有了更为别样而深刻的感受。我所生活的科威特穆特拉大沙漠，位于西北无人区，远离城市的繁华便捷，生活比较单调。新冠疫情的反反复复，日复一日的海外坚守，每一天都是一场挑战身心的巨大考验。但是啊，正如三毛所述，“生命，在这样荒僻落后而贫苦的地方，一样欣欣向荣地滋长着”。

三毛所在的撒哈拉沙漠，我不知道是否已变得更加现代化，但我深知，这片我生活了四年的穆特拉沙漠正在“欣欣向荣地滋长着”，在中国和各国承包商的共同协作努力下，一座高端现代化的沙漠新城正在崛起。

心追手摩　乐在其中

朱圣涛

算起来，断断续续、零零散散研习书法时间也不短了。在最近的七八年间，我利用业余时间，研习行草书，上溯魏晋风度，下启唐法宋意，不忘初心，渐行渐悟，略有一点切身感悟。

一是追根溯源，从传统中汲取营养。离开传统做支撑，书法创作就成了无源之水、无本之木。所以，平时坚持读帖与临帖相结合、临帖与创作相结合，临创互换，既加强对帖的理解，也为作品创作注入源头活水。

赵孟頫曰："临书在玩味古人法帖，悉知其用笔之意，乃为有益。"学习经典，不仅是临摹古帖，人类创造的所有艺术领域的经典乃至宇宙万象迸发的全部文明，都要用心智去感悟，用情感去揣摩，用灵魂去触碰，将尖尖的触角探进深处，贪婪地吸食里面的精谷汁液。

随着对传统文化艺术的理解和体悟，我的创作越发注重发掘书法经典中沉积的古意与古气，在锤炼笔墨技巧的同时，注重用心灵去感悟经典作品中的精神文化内涵，并融入自己的笔墨情怀和审美观念，体现在对点画、笔法和结字的塑造中。

二是多家取法，从结合中融会贯通。苏轼曰："书必有神、气、骨、

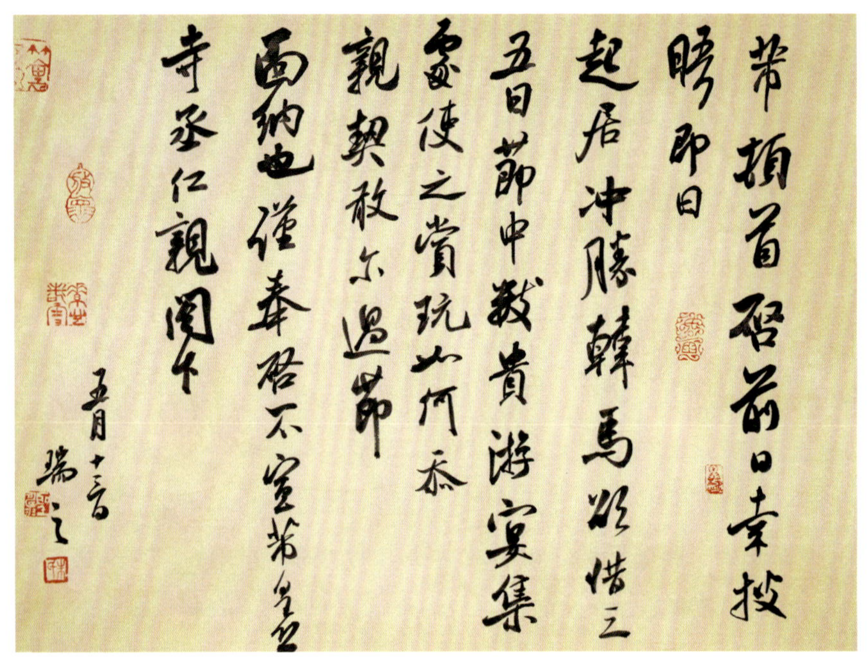

临米芾《韩马帖》

血、肉，五者阙一，不为成书也。”学习书法只有博采众长，方能更好地体现内在精神。

如果把书法比作一棵参天大树，我始终坚持以“二王”为根，以米芾为干，以颜真卿、苏轼为叶，逐步将“二王”、颜、苏、米等诸家字形结构打散，按照自己的艺术审美进行取舍、穿插、挪移、糅合，力求根深叶茂。

在王羲之《丧乱帖》《二谢帖》、王献之《鸭头丸帖》中择取畅达圆劲、妍美飘逸的书风，在颜真卿《祭侄文稿》《争座位帖》中吸纳沉郁顿挫、豪迈雄强的书风，在苏轼《黄州寒食诗帖》《东武帖》中汲取超尘脱俗、旷达率意的书风，在米芾《蜀素帖》《苕溪诗帖》中体味纵横挥洒、动荡摇曳的书风。

同时，将字法空间扩张为章法空间，以宏观角度谋篇布局，纵横穿

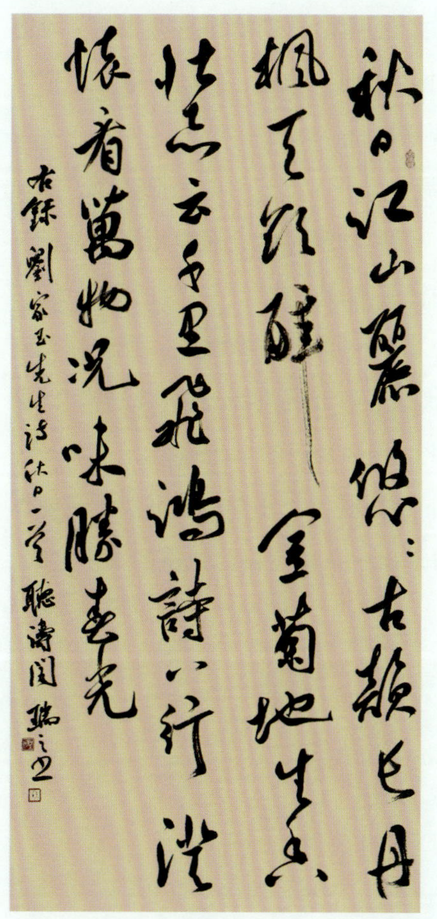

书刘家玉诗一首

插，笔法逆入平出，回锋转向；将内擫、外拓结合，藏露互用，方圆并施，运笔速度疾缓结合，力求提按转折，牵连映带，蓄势充分，发力自然。

三是创造节奏，从矛盾中追求变化。节奏是重要的美学概念，是艺术的生命。宗白华先生认为，“节奏”是中国文化精神的基本象征，它贯通了中国的民族性格、社会制度、艺术境界乃至文化意识。在有限的尺幅内追求正大气象，就要高度关注整体与局部的关系，让线条起伏、墨色浓淡、布局疏密得到充分表现。

董其昌曰：“字之巧处在用笔，尤在用墨。”所有书法艺术的手段都是线条的形与意，笔墨的形状、大小、方向、位置、空间、重心占据空间的方式等都直接影响到作品的视觉美感。

遵循这一规律，在字法上，强调大与小、正与欹的交换运用，体现书法的艺术美、情怀美；在墨法上，强调枯湿对比、润燥相间，烘托节奏感和韵味变化；在笔法上，强调中锋、侧锋、藏锋、露锋的交替变换，展示沉着痛快之感，力求畅而不滑，湿而不滞；在章法上，强调疏与密的强烈对比和衬托，追求自然书写状态下的舒展流畅与起伏跌宕，以求达到欹正相生、疏密得当，虚实变化、雄强豪迈的书法风格。

自己天资愚钝，习书用功不深、领悟肤浅。在今后的书法学习创作中，将继续深扎传统，开拓创新，努力走出一条属于自己风格的书学之路。

以刀为笔　磐石生花

黄思凯

一沙一水一世界，方寸之间有天地。自从与篆刻这门艺术结缘，我被那方寸之间的文化魅力和万千变化所折服。

篆刻艺术是书法、章法、刀法三者完美的结合，大致分为两种流派，一种为印宗秦汉，另一种为印从书出。一方印中，既有豪壮飘逸的书法笔意，又有优美悦目的绘画构图，更兼得刀法生动的雕刻神韵，可称得上“方寸之间，气象万千”。

接触篆刻时我正读大一，彼时，我刚加入学校书法协会，老师让我们从篆书练起。篆书是大篆、小篆的统称，笔法瘦劲挺拔，曲线较多，直线较少。起笔有方笔、圆笔，也有尖笔，收笔“悬针”较多。就这样，我对古代篆体文字有了基本了解。

后来，我突发奇想：“所有的篆刻艺术美，都围绕着古代篆体文字这个素材展开，那我可不可以自己学着刻章呢？”正巧在校艺术展上看到了一位学长自己篆刻的印章，我一下就被这小小的物件深深地吸引住了。

我主动与学长联系，他向我推荐了书法篆刻方面的书籍和工具。我暗自下定决心，也要篆刻出属于自己的印章，我的篆刻之旅自此而始。

当时明月在，曾照彩云归

我们在篆刻中使用的篆书，是中国最古老的文字形式之一，但大都只存在于书法和篆刻作品之中，它的实用价值在秦汉以后便逐渐退出了日常舞台。

唐人王僧虔说："书之妙道，神采为上，形质次之。兼之者可绍于古人。"篆刻艺术就是将书法的神采运用于印章中的艺术。

篆刻之始，篆刻创作者第一件要做的事，就是选择"入印文字"，篆书与印章的完美结合，所构成的形式及美学意义是其他字体都替代不了的。

方寸之印，内容包罗万象，无论字数的多少，笔画的繁简，层层的排叠，表现出来的都是无与伦比的空间特征及形体美。

我国现代著名书法家、篆刻家邓散木先生在《篆刻学》里说道："治印之必须言章法，犹之大匠建屋，必先审地势，次立间架，俟胸有全屋，然后量材兴构。"

篆刻的章法犹如绘画的构图，在形式美中占有十分重要的地位。如

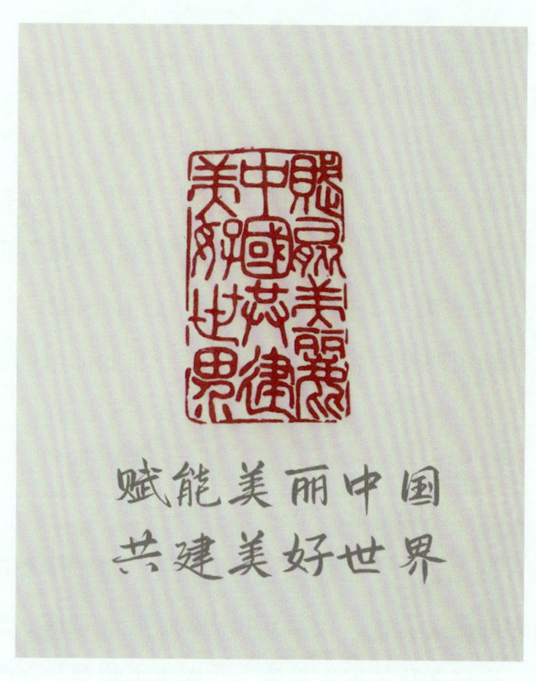

赋能美丽中国　共建美好世界

果在篆刻前无具体构思，会造成整个印面的呆板。因此，每次刻印前，须先思考其虚实、疏密、方圆、曲直，然后再在纸上起稿，这样，篆刻作品才能达到有机整体、妙趣横生、韵味无穷的效果。

刻一枚印章时，其内容、风格与石材是相辅相成的。如果要表现豪放洒脱，适合选择青田石，刻出来的线条苍茫有力；如果是姓名章，可以选用老挝石、芙蓉石、巴林石，表现出大气厚重、四平八稳的韵味。

“章法字法虽具，而丰神流动、庄重古雅，俱在刀法。”刀法作为篆刻的最后一道工序，是篆刻艺术的表现方法之一，字法、章法的完成都须依靠刀法予以实现。刀法不但要把篆文的形态、力度表现出来，更要将人的情感倾注在篆刻中，使抽象的文字符号变得有血有肉。

篆刻时讲究气定神闲的专注与坚持，刀一上石，便立即全神贯注，心无旁骛，所有的喧嚣全部被“关”在了门外，带给篆刻者一种极度的平静感，只觉得美好至极。

印章钤印出来时，内心便生出一种喜悦之情和成就感。几年时间下来，我零零散散刻了大约一百多方印章，从刚开始在一块甚至不是石头的“石头”上面瞎“划拉”，到现在对印章发展史、石头挑选、原石打磨抛光、印泥制作等方面都有所了解，回想起来，感慨万千。

为了篆刻，我购买了不少字典，看到一些有趣的字，就开始查字、设计、刻章，遇到字典查不出来的字，我会花更长的时间去翻书、网络搜索，有时是几个小时，有时是好几天，但我乐此不疲。

我很庆幸自己能在最美好的时光与篆刻结缘，如今，它也成为我在闲暇之时享受生活的一种方式。

通过篆刻，我结识了一群志同道合的朋友，他们中年纪最小的才上初一，年纪最大的已过花甲，大家互相交流，相互切磋，共同领略古文字的奇妙，体会中华文化的博大精深，在探索中收获，在收获中成长。

一桌、一石、一刻刀，在“润物细无声”中传承古人智慧，传播中华文化。这种妙趣，三言两语无法表达，此种乐趣，不足为外人道，需亲自去实践才能感受到。

桃花源里好读书

金焰

每次路过杭州城北拱墅区的桃源中学，我的目光都会在大门前流连一阵，想象着在这座中式院落般的校园里，学生们上课、玩耍的样子，幸福感油然而生。

由浙江院 EPC 总承包、我和同事参与整体设计的桃源中学，也成为我在这座城市里一处时常挂怀的所在。

2016 年，我们接到桃源中学的设计任务。与常见的现代主义建筑风格不同，桃源中学在设计、建设方面被定位为现代中式院落风格，这在学校建筑里是较少见的。

首次接手设计学校，并且是这样不同于以往的一种风格，我既兴奋又憧憬，也充满了信心。在杭州，不乏江南园林建筑，它们造景精巧、布局灵活，每每逛来，我都印象深刻。胡雪岩故居、西湖边的老宅、拱宸桥畔古建筑遗存……它们的风神韵味，都为我提供了源源不断的设计灵感。

实地勘探、构思、打磨……经过大半年的时间，桃源中学的设计图出炉了。“片山有致，寸石生情。”我想，让孩子们在这样一个环境中自由地欢呼、快乐地学习与成长，无疑是一件美妙的事情。

桃源中学实景图

空间：廊前檐下，建筑的“韵律美”

“建筑是凝固的音乐”，好的建筑，会带给人们音乐的节奏感和韵律的美感。在桃源中学，这种乐感是雅致且轻快的，中国传统合院的空间秩序，恰好能够满足。

在中心教学区，院落长廊式的传统布局得到充分应用。常见的教学楼，多是集中在一个整体建筑里，呈条状或圆形出现。在桃源中学，则打破这一范式，将教学楼错落展开，以长廊连接，多个精心设计的院落穿插其间，在有限的空间中，打造“廊前檐下”的漫游体验，实现建筑序列节奏与功能的契合。

材质：当古典气韵遇上现代元素

传统书院文化的内涵，被融入建筑布局形态当中，以综合体的建筑

穿插着院落的教学楼

模式、组团式的空间构成、立体的校园层次，打造精致富有传统韵味的新时代中式书院建筑。

在建筑立面上，运用中式古典建筑的典型元素。白墙黑瓦、柔木暖竹，打造简洁大方的建筑表现方式。另外，加入经过提炼的几何元素，结合金属玻璃的材质，从而塑造富有现代气息的校园。

材质以白色涂料、深色瓦屋面为主，局部搭配金属格栅、铁艺栏杆进行点缀，通过当代设计语言的演绎与创新，融入时代特征。

此外，将可学、可思、可游、可行的山水意境移植到建筑功能当中。挺拔的线条，与当下学子振奋向上的精神面貌相呼应。

景观：移步异景，诗意十足

春有百花秋有月，夏有凉风冬有雪。在这里，有书香相伴，也能与江南的四季美景邂逅。

设计新颖、构思巧妙的建筑立面

沿着长廊一路走过，会发现，小小庭院，大有乾坤，无数个美好接踵而至。

整个地块内，绿化景观以线、面方式进行布置，随不同空间功能，转化为不同景观层次和深度，随空间的漫游“移步异景”。

绿地与广场，设有各类园林小品，营造出尺度宜人的风景。

设在负一楼的教工食堂、会议室，也有自成风格的意趣。为了避免环境的沉闷，食堂和会议室周边设计成下沉庭院，透过窗户，蓝天白云、鸟语花香就在眼前。

“虽由人作，宛如天开”，通过景观的细化，桃源中学这个新时代的传统院落空间自洽，整个校园充满诗意。

作为承载孩子梦想和欢笑的地方，学校的只檐片瓦，都会镌刻在一批批学子的记忆中。希望这样富有古典气质的教学环境，能够让孩子在学习之余，心情得到调适和放松，也让他们在潜移默化中更加热爱我国的传统文化。

冷眼看世界

冷柏

为什么摄影？摄影的真正动力源泉在哪里？我说，摄影是我的一种生活方式，是我看世界的一种角度，是我对生活的感悟。摄影的快乐就是透过镜头，将变化的事物定格为永恒的瞬间，化平庸为神奇。

透过镜头，寻找发现，定格精彩。视觉重现，让“镜头语言”传递拍摄者的思想。被摄者是客观存在的，而照片都是摄影者通过主观努力，包括使用器材、材料等手段甚至后期加工完成的。所谓读图就是听镜头“说话”，让读者去感受拍摄者透过镜头所要表达的情感、想要传递的思想。

创作的过程也是学习的过程。热爱是最好的老师，它可以让人从不知到知之，从知之不多到知之甚多；它也可以让人不知疲倦地工作，把个人梦想追求融入创作，在创作中澎湃激情、享受快乐。

1993年6月3日，在“柯达杯”摄影大赛颁奖现场，时任全国人大常委会副委员长王光英为我颁发金奖。我清晰地记得，当时王光英亲切地对我说：“你很年轻呀，小伙子，祝贺你！”

上世纪90年代初，我国积极申办2000年夏季奥运会，举国上下热情高涨。1992年，中国摄影家协会和柯达中国公司联合举办了2000年

我在城里挺好的

全国奥运之星“柯达杯”摄影大赛，我拍摄的《冠军的起点》获得金奖，也算为申奥出了把力吧。遗憾的是，北京以两票之差输给了悉尼。

此外，《冠军的起点》还获得日本“启动视觉革命”——2003年爱普生彩色影像大奖特别奖。

2004年深秋，铁岭街头，几名打工人在路边电话亭打电话。那时手机还没有普及，公用电话是人们的主要通信工具，街头电话亭更是一道街景。身着油漆、涂料染成的“迷彩服”，微笑和满足洋溢在脸上；或许他们正在向亲人报平安，或许在说如期拿到了工钱，春节就能回家。一切的辛苦都被此时的幸福所淹没——“我在城里挺好的，勿念！”

《我在城里挺好的》获中华全国总工会2004年度“五一文化奖”入

围作品奖、文化部全国第十三届“群星奖”纪念奖、2006年全国“外来工风采”摄影大赛一等奖。

电力题材系列摄影作品

巨大的钢梁、飞旋的转子、耀眼的焊花、轰鸣的机器……组成了一幅气势恢宏的画面，奏响了一曲动人心魄的乐章。钢结构是极致的构图，黑白灰成了最基本的色调，电建人被称为现代的“盗火人”、光明的奉献者。

这些照片就是在现场通过观察思考捕捉到的，以小见大，以局部反映全貌，动静结合，强调画面的简约与形式，节奏与韵律。形式是为内容服务的，通过追求画面的形式美，实现想要表现的主题，讴歌工人的劳动美和力量美。

记忆技艺

纳西古乐系列摄影作品

2003 年春节过后，我前往云南丽江采风，这里不仅有常年积雪的玉龙雪山，还有保存完整的古建筑群，以及少数民族风情。

古城丽江珍藏着华夏文明的“活化石”——纳西古乐。这种古乐起源于公元 14 世纪，它是中国乃至世界最古老的音乐之一。

十几位老人用传统乐器演奏出古老的曲调，把人引入一种虚无缥缈的意境，给人以抚慰和温馨，又唤起人从未有过的回忆和思绪，引发对历史的追怀，对神话境界的向往。

如今，能表演纳西古乐的老人越来越少，为此，我多驻留了两天，寻找表演纳西古乐的老人，谙此乐律的老乐师多已进入耄耋之年，望着老人们沧桑的面孔，聆听着悠扬的古曲，我用相机为纳西古乐和老人留下影像。

《纳西古乐》系列摄影作品获得美国国家地理杂志“第十七届年度国家地理旅行者摄影大赛”一等奖，同时获得由联合国教科文组织与中国民俗摄影协会联合举办的国际民俗摄影比赛“人类贡献奖”文化类三等奖。

乡村皮影戏系列摄影作品

民俗摄影是我非常喜欢的摄影专题，特别是以皮影戏题材的专题摄影创作，为此我拍了二十多年。

皮影戏以古老的表演形式讲述着民间传说，为研究民俗文化提供了生动的素材，因此被称为历史的影子。皮影戏以其完整的戏曲内容及精美的皮雕造型，通过灯光、影幕、音响、唱腔和影人的表演表现出来。

乡村皮影戏

独特的雕刻人物和动听的地方唱腔，再加上当地方言道白，可谓戏中有画，画中有戏，极具特色。

皮影戏在辽西及内蒙古中东部地区的农村已有一百多年的历史。由于地处偏远，交通闭塞，这里的皮影戏变化不大，保留着传统的味道。但受现代文化的冲击，这些地方的乡村皮影戏也逐步衰落。老艺人年事已高，年轻人又不愿学这门手艺，乡村皮影面临着断档失传。

为了留下这古老的影子，为了记录那些无名的老影匠，我几十次去拍摄乡村皮影戏，想记录下这门行将消逝的民间艺术。现已拍摄了近千幅作品，最终想编辑一本皮影戏的摄影专集。

乡村皮影戏系列摄影作品所获奖项：

《路海和他的皮影艺术》《刘阁和他的皮影》先后获《人民摄影报》

1999年度、2000年度新闻摄影比赛艺术类银奖；

《追逐历史的影子》获由联合国教科文组织与中国民俗摄影协会联合举办的国际民俗摄影比赛“人类贡献奖”文化类三等奖；

《皮影的魅力》获《时尚》旅游杂志举办的第一届旅游摄影比赛暨美国国家地理摄影比赛中国赛区唯一的一等奖；

《乡村皮影戏》入选中宣部“建设社会主义新农村暨纪念中国共产党成立85周年摄影艺术展览”；

《最后的绝唱》获上海第九届国际摄影展铜奖；

《乡村皮影》获2008年华赛暨国际新闻摄影比赛文化艺术类优秀奖；另荣获“我们的精神家园·2011年全国非物质文化遗产”摄影大赛金奖；

《家庭皮影戏》编入介绍中国的大型图书《中国》；

《黄昏里的最后一抹色彩——乡村皮影戏拍摄记》一文入编万卷出版公司出版的《我与文化遗产》。

我眼中的星辰大海

唐俊祺

小时候，我喜欢抬头看天上的星星，只觉得星星很奇妙，长大后，我仍然喜欢抬头看星星，觉得天空深邃，能让人平静下来。2014年，一次偶然的机缘观看了国内著名星空摄影师王源宗、Ling、叶梓颐在玻利维亚拍摄的星空大片，被深深震撼，从此，拍摄一张类似的星空照片便成为心中的执念。从一开始自己胡乱摸索，到后来技术慢慢提高，获得一定认可，在聚焦浩瀚星河、记录最美星空这条路上越走越远。

部分作品欣赏

银河篇

银河在中国文化中占有很重要的地位，早在汉朝的文献中就收录有著名的中国神话传说牛郎织女的故事。自古以来，星辰大海便是中国人的追求和向往，古有牛郎织女鹊桥会，今有天宫祝融探星辰。

这是我拍的第一张银河照片，当时不知道银河几点升起、从什么方位升起，甚至不知道怎么对焦，只知道蒂卡波湖是世界暗夜保护地，于

摄于 2014 年 4 月 11 日，地点：新西兰蒂卡波湖

是便决定去碰碰运气，架好相机设置参数时却蒙圈了。但回看照片，不仅拍到了南半球特有的大、小麦哲伦星云，还拍到了罕见的南极光。

泸沽湖位于川滇交界，是中国第三大深水湖泊，也是我心中最美的高原湖泊。这里空气通透，配套设施完善，著名的里格半岛观景台，是每一位追星人必打卡的机位。

黎明拂晓前，夏季银河缓缓从所住酒店的房顶升起，使用长焦镜头配合赤道仪拍摄，使我和浩瀚的银河融为一体，自然不仅仅以其永恒广袤衬托着人类的渺小，也以其丰富深刻不断激发着我们的小确幸和大征程。

梯田是中国古代劳动人民智慧的结晶，它代表了先人不畏艰险、不屈服于艰苦的自然环境的伟大精神。这是我第一次拍摄红河县撒马坝梯

摄于 2021 年 2 月 15 日，地点：泸沽湖

圣境鸡足山，摄于 2021 年 4 月 10 日，地点：大理宾川鸡足山

田照片，当明亮的金星划过梯田，水面宛如一面巨大的镜子，映照着无数辛勤的汗水和丰收的稻穗。

时隔三年，我又来到撒马坝梯田，这次是金秋 10 月，由于地球公转的原因，此时银河已呈竖直形态。

鸡足山是国家 AAAA 级风景名胜区，是南亚、东南亚的佛教圣地，中国十大著名佛教名山之一。大理以风大而闻名，“风花雪月”中的“风”便是形容大理的风大，在鸡足山顶，顶着足以把脚架吹到山脚的寒风，拍下这张《圣境鸡足山》。

大自然的鬼斧神工造就了独特的土林地貌，风雨之神把元谋的土地雕琢成了千奇百怪的形状。巧合的是在拍摄时远处突发山火，突如其来的大火映红了半边天，希望这样的“巧合”以后不再有，希望所有的“逆行者”平安。

摄于2021年5月3日，地点：云南元谋浪巴铺土林

在一座“山”字形状的山前，用无人机在头顶画出一道圆，我又与星空完成了一次合影。

象限仪座流星雨、英仙座流星雨、双子座流星雨并称北半球三大流星雨。8月的云南总是阴雨绵绵，为了目睹英仙座流星雨的盛况，三天时间横跨中国去到内蒙古巴彦淖尔，在一声声“哇哇”中，记录下人生中第一张流星雨照片。

随着社会经济的发展，越来越多的灯光使得夜晚不再黑暗，但同时也给星空拍摄带来了极大的挑战，《圣境鸡足山》中左右两侧都有极亮的灯光，因此也就有了这张不完整的银河拱桥。

早春2月，正是木棉花开的日子，在一些种有木棉树的地方，就会陆续开出灿烂的花朵，远远望去，一树的橙红，显得格外生机勃勃。

月亮篇

月球是距离地球最近的地外天体，也是第一个人类登陆过的地外天体，人类对它的了解仅次于地球。使用 600mm 焦距镜头，5 张堆栈，便可以得到一张细节还不错的月亮“定妆照”。

万达双塔是昆明的地标建筑，它们姊妹之间足以容纳得下一轮满月。

拍摄当天正巧在加班，算好机位和月升时间，便把相机带到办公室，晚上抬头看到月亮已冒头，抬着相机来到预定位置，只待飞机飞入取景器。

摄于 2021 年 1 月 29 日，地点：云南昆明双塔

摄于 2019 年 2 月 21 日，地点：云南昆明

星轨篇

星空不只有银河，还有绚丽的星轨，通过长曝光 + 堆栈技巧，记录下星星划过天空的轨迹。左侧明亮的轨迹是初春黎明前的金星。

第三届“中国能建 24 小时”主题传播活动当天，恰逢天气晴好，作为星空摄影爱好者，怎么能放过每一次拍摄星空的机会。

天宫空间站是完全由我国独立研发建造的空间站，从东方红在天空中唱响到神舟系列飞船，从玉兔号月球车到祝融号火星车，从北斗到天宫，中国人正一步步实现“可上九天揽月”的愿望。当天宫空间站载着

摄于 2022 年 3 月 12 日，地点：云南易门县大蜜蜡村

摄于 2022 年 4 月 21 日，地点：云南楚雄州武定县田心乡

摄于 2022 年 2 月 9 日，地点：中电工程云南院

三名航天英雄飞越云南院上空时，相机旁的我早已湿了眼眶。（上图中文字标注旁最亮的轨迹便是天宫空间站轨迹）

当拍摄经验多了以后，便可根据一张星轨照片判断其所对的方向，对于生活在北半球的我们来说，面向东方或西方时，星轨呈双曲线，双曲线圆心在地平线上的那一侧为北方，反之亦然；面向北方或南方时，星轨呈同心圆，面向正北时圆心位于地平线之上，高度角与拍摄点纬度相等，面向正南时圆心位于地平线之下。因此上图为面向东方的一张星轨照片。

手机拍摄星空教程

星空不是奢侈品，它就在我们头顶，星空拍摄也不是什么高难度的事情，只要有一部手机就可以拍出绚丽星空。

器材要求：一部安卓手机、一支稳定的三脚架（带手机夹）、一个充电宝。

参数设置:对于小白用户，以华为手机为例，在相机里找到“更多”，选择“流光快门”－“绚丽星轨”，点击快门开始，看屏幕上星轨长度差不多了再点击快门结束，即可得到一张星轨照片。

对于进阶用户，仍以华为手机为例，首先在手机里下载安装“自动点击助手”或类似 APP，然后在相机里找到“专业”，点击屏幕上方 RAW（拍摄 RAW 格式照片以确保有最大的后期空间），屏幕下方进行参数设置，ISO100，白平衡 4000—5000，对焦模式选择“M”并手动拉至无穷远，快门速度根据现场光环境在 1 秒—15 秒间。当单张照片既不过曝又能看见天空中的星点，使用“自动点击助手”开始拍摄。拍摄完成后得到一系列原始照片，后期在电脑上使用 Photoshop 进行堆栈处理（搭配 starstail 插件效果更佳），便能得到一张不错的星轨照片。

燃烧的弗拉门戈

苏静

起源于西班牙的弗拉门戈舞蹈，以热情、奔放、优美、刚健的形象被世人所知，正是这样一种优美与激情并存的艺术形式，成为我生命中不可分割的一部分。

2014年，偶然的机会，我在国家大剧院看了一场演出，由西班牙弗拉门戈“国宝级”舞后玛丽娅·佩姬和她的舞团带来的《自画像》。

当时我坐在观众席第一排正中间，仰望这位并不年轻甚至有些发福的舞蹈艺术家，用或粗犷或优雅或戏谑的舞步述说着迷茫、恐惧、纠结、悲伤、喜悦。我完全被这种舞蹈震撼了。

只见她的脸上写满沧桑，身躯充满着力量，脚跟如暴风雨般击打着地面，有力而坚韧的臂膀如久旱之后伸向天空的枝丫，每次旋转头发甩出的汗水被舞台灯光照射出一道雾气彩虹。

她带领舞者们穿梭在迷幻的光影之中，充满形式感的舞台呈现，不同镜子与画框的参差运用，使年龄、性别、外貌都不再重要。他们与镜像中的自己交织缠绕，最终完成了对内心世界的探索旅程。

演出结束时，在山呼海啸般的掌声和喝彩中，脑海中迸发出一个强烈的想法：我要学这种舞蹈。然而现实很骨感，这个舞种在中国非常小众，只有极少人在学习和研究它。

辗转来到2016年初，在一个老师的介绍下，我来到哈维·梅兰和他的夫人尤兰达·圣地亚哥开办的舞蹈学校进行学习，又先后参加了各种西班牙大师班。从此开始了业余时间基本上都在舞蹈教室跺脚的生活，也因此认识了许多来自不同国家坚韧独立的女性。

尤兰达是一位非常严谨认真的老师，她的动作非常优雅，脚步清晰精确，会不厌其烦地纠正学生的错误，蹲下用手去帮学生找到正确的脚步，也会在演出的时候要求所有人都把头发梳得一丝不苟，严格按照传统来装扮。

哈维就刚好相反，整天嘻嘻哈哈，他的舞步总是非常洒脱，功力深厚，化繁为简。但是在演出前的幕布后，他会拥抱每个学生并且说“你是最棒的”，并且在表演时站在舞台后拼命地击掌，让大家的拍子踩得更准。每次演出谢幕时，他都笑成一朵花，手却肿得像馒头。

训练的过程可以说是比较辛苦的，特别对于我们这些非专业的舞者，要日复一日听节奏，练习一个个脚法，再配上手臂、身体的动作，全都变成肌肉记忆。按照哈维的说法，最关键是要经常想象自己是个大胖子，重心要特别稳，每一个动作都要做出力量感。

同学们都说，学习越久，越觉得是进入了一个“深坑”。刚开始觉得不就是一个舞蹈，跟着模仿就好了嘛。慢慢就发现，不是跳好这么简单，还有好多道具，小扇、大扇、帽子、响板、披肩、拐杖……为了跳好，一定要专门去把节奏练好，还要懂歌，还得去学习一些西班牙语，最后一不留神还学了编舞。

弗拉门戈有六十多种曲式，就像我们的词牌名一样，每一种都是不同风格的舞蹈，可以表达不同的情绪。节奏也是复杂多变的，经常要借助时钟指针走过的路径才能解释清楚。这些曲式都有自己不同的歌，歌词又是一些古老的有着固定音节韵脚的诗句，按照一定的规律重复，用连西班牙本地人也不一定懂的各种方言来吟唱。

更令人震惊的是，真正传统的弗拉门戈演出都是吉他手、歌手、舞者即兴配合的。在舞台上的表演浑然天成，不会有任何差错，而演出前通常大家根本没见过面，只是提前几分钟说一下用什么曲式，想要什么样的结构等，就立马开始表演。这些都不是靠一时的热情就能掌握的，只能靠勤奋的练习、坚强的毅力和长时间的投入。

几年下来，脚趾上布满了茧子，跳坏了两双舞鞋，各种跌打损伤膏药用了一堆。在学习尾裙舞期间，要靠腰和腿的力量甩动几斤重的长尾裙，甩出轻盈优美的样子。结果犯了腰椎间盘突出，一个多月没穿袜子和系带子的鞋子，因为根本弯不下腰碰自己的脚。

虽然辛苦，但是得到的更多。首先就是了解到了多元的文化，不同国籍不同职业的朋友因为共同的爱好聚在一起，思想在一起碰撞。我们一起过西班牙的春会节，参加北京塞万提斯学院的活动，看老师在国家大剧院做艺术讲座，一起参加各种演出，观摩大师们的表演。为了学好弗拉门戈的舞蹈，有人还去学了芭蕾，学了太极拳。老师们更是对中国的文化大为叹服，融合中国的传统京剧、琵琶曲等进行令人惊艳的编舞。

学习钻研的过程也让人变得更加坚韧乐观，同学们互相加油鼓劲，度过一个个工作和生活的低谷期。就像古老的谚语里所说，有嘴就要歌唱，有脚就要跳舞，没有什么能阻止对于生活的热爱。

新冠疫情期间，在北京的朋友们自发组织一起练习编舞、排演节目，希望这种真实表达自己、传递乐观情绪的艺术形式能够在我们的土地上得以延续，使更多的国人能够欣赏到她似火一般燃烧的魅力。

蛋壳还可以这么玩

吴秀平

说起蛋壳，我们常常会把它当作垃圾扔掉。有些人却把蛋壳留了下来，并且玩出了精彩。下面就让我们一起走近蛋雕艺术。

关于蛋雕

蛋雕，顾名思义就是在蛋壳上进行艺术创作。目前，小到鹌鹑蛋，大到鸵鸟蛋，所有禽类的蛋壳都可以用于蛋雕，进行艺术创作。蛋雕所表现的内容包罗万象，山水、人物、动物、花鸟鱼虫，可以把大千世界浓缩于蛋壳的方寸之间。

吴秀平，供职于中国能源建设集团广东省电力设计研究院，黑龙江省工艺美术协会会员，齐齐哈尔市级非遗项目蛋雕技艺代表性传承人、工艺美术大师、非物质文化遗产保护协会会员、副秘书长。2011 年开始从事蛋雕、刻瓷业余创作。

蛋雕浮雕人像作品

蛋雕浮雕生肖鼠

蛋雕镂空作品

部分作品所获奖项：

2017 年 10 月，参加齐齐哈尔市首届中秋民俗文化庙会（非遗）作品展，获金奖。

2018 年 6 月，参加齐齐哈尔市第二届端午民俗文化庙会（非遗）作品展，获金奖。

2018 年 8 月，代表齐齐哈尔市参加第十三届黑龙江省国际文化产业博览会，蛋雕作品《人像》获铜奖。

2019 年 5 月，获得黑龙江省非物质文化遗产保护协会、黑龙江省工艺美术协会举办的庆祝中华人民共和国成立 70 周年作品展，蛋雕作品《伟人像》获优秀奖。

2019 年 6 月，参加齐齐哈尔第三届民俗文化庙会（非遗）作品展，蛋雕作品《光影秀》获金奖。

2020 年 7 月，疫情期间创作的蛋雕作品《抗疫神器》被齐齐哈尔博物馆永久性收藏。

如何制作蛋雕

蛋壳，尤其是鸡蛋壳，比较薄脆。日常生活中很容易破碎，要在这上面用刀或其他工具进行雕刻，如履薄冰，其难度可想而知。有人把这种雕刻比喻为在薄冰上跳舞，稍有不慎，就会前功尽弃。也正因此，作品才愈显珍贵。如何制作精美的蛋雕？快跟吴老师学起来！

1. 挑选蛋壳

根据想要雕刻的种类，挑选无裂缝、形状规整、色泽均匀，表面看起来无瑕疵、无斑点、颜色偏红的鸡蛋。

2. 开蛋孔

在蛋的顶端，找一个中心点画一个圆圈做记号，再用刀沿着画的圈依线轻刻，刻画一圈轮廓。用刀尖轻刻去圈内的蛋壳，开孔即完成。

3 . 排蛋液

拿针筒慢慢往里打空气，蛋液经空气的挤压自动流出。

4 . 清洗蛋壳

反复注入清水，直至蛋壳清洗干净。清洗干净后，进行消毒防腐（以利于长久保存），再清洗阴干后就可以进行雕刻了。

5 . 构图

先根据要雕刻的题材和内容，在蛋壳上用铅笔轻轻画出轮廓。

6. 雕刻

在雕刻过程中，需要运用一定的技巧，如阴刻、阳刻、阴阳兼刻等技法，以及点刻、线刻、铲刻、刮刻、削刻、挑刻等刀法。

7. 成品

不点染任何颜料，完全依赖蛋壳本色来表现所要雕刻的内容。雕刻完成后，配上底座和包装，一件蛋雕艺术品便完成了。

圪梁梁上开花花有名

胡文革

“青线线那个蓝线线，蓝个英英的彩……一十三省的女儿哟，唯有那个兰花花好……”陕北人夸姑娘模样好看，就唱这首歌。

到了陕北最北边县，县最北边的村，隔着河看得见内蒙古了，还是唱《兰花花》，只不过兰花花换成了刘雨雨。

姑娘有人追，更何况像刘雨雨这样的好姑娘呢？村边盖电厂，施工单位两个技术员张好、李默进施工现场的第一时间都看上了刘雨雨。

张好、李默两人明里暗里都展开了自己的爱情攻势。

李默扣了一只松鼠，送给刘雨雨喂。张好托人从省城捎回一只八哥，挂在刘雨雨家门口的杏树上。只要一见松鼠的面，八哥就问一句：“你算什么鸟？”没人知道谁教的。

张好说刘雨雨不用化妆就漂亮得一塌糊涂，李默补充道那叫浑然天成。张好说刘雨雨唱的二人台（流传于陕北、内蒙古、山西等地的一种曲艺形式）比超女李宇春唱得好听，李默会说那是原生态。张好说刘雨雨家的海红果好吃，李默这次什么也没说，过了几天，又眉飞色舞说刘雨雨家的枣比海红果还好吃。沟沟墚墚上枣挂红的那天，张好、李默打得对方满脸桃花开，比刘雨雨家的红枣颜色还耐看。

电厂项目负责人高经理知道，爱情处理好可以产生N倍生产力，处理不好电厂烟囱都可能盖歪。他托当地媒婆上门到刘雨雨家，问她到底喜欢谁，刘雨雨的指头在自家的门框上来回地画，把个门框油漆画掉，再画出了一道道沟沟墚墚来，也没给一个准信儿。

高经理让团干部小周想办法，小周轻松地说，没问题，一周后，瞧好吧。借鉴电视征婚、星光大道、超女赛等综艺节目的模子，小周如法炮制搭了一座戏台，克隆出了大家喜闻乐见的征婚形式。女方：刘雨雨，男方：张好、李默等5人，评委：高经理、村支书、刘雨雨的奶奶。职工们和全村的男女老少看了三个晚上的“大戏”。经过预赛5进2，就剩下张好、李默进入征婚的最后PK。

第一项：才艺表演。张好一曲吉他弹唱《两只蝴蝶》，当时这首网络歌曲还没有流行，只听过《两只老虎》的观众报以沙尘暴般的掌声。李默的陕北民歌《圪墚墚》，高音部分明显沙哑。张好得分高于李默。

第二项：厨艺展示。在前一天让选手准备原料，比赛时在5分钟内完成松仁玉米这道菜。张好在县超市买来袋装松仁玉米，用4分钟就搞定了。李默准备有些匆忙，虽然给菜里加了红萝卜配色，但超时1分钟。评委们品尝后，张好菜味道正宗。

第三项：献花表白。张好送上了在县鲜花店预订的九朵玫瑰，配了好多满天星，朗诵《大话西游》中至尊宝的经典台词，全场轰动。李默孤零零的一朵小花，说了一句“我爱你，我会让你幸福一辈子”，就没了下文。

团支部书记小周宣布了比赛结果：张好胜出。村里的老少爷们儿、大姑娘、小媳妇和电建职工都等着吃张好和刘雨雨的喜糖，不过谁也没有想到，最后和刘雨雨好上的竟是李默。

刘雨雨事后听说李默比赛前上了一个通宵夜班，所以嗓子是哑的。由于工作太忙，李默也没有时间去县里买做菜的配料，玉米是在村支书家的地里掰的，松仁也是用葵花子代替。奶奶还告诉刘雨雨：李默手里那朵不起眼的小花，是黄土塬上最耐看也最具生命力的花。

一年后，刘雨雨出嫁了，嫁妆中那床被面上一朵朵山丹丹花开得正艳……

后记

2021年10月，为推动实施文化赋能企业高质量发展，提升企业文化软实力，中国能建对公司文化建设的主平台“人文能建”公众号进行了全面迭代升级。改版后，“人文能建”按照围绕中心、服务中心、融入经营的原则，次第设置了“我的经营观”“能建纪事”“走南闯北”“艺海拾贝”“博览群书”等九个栏目。经过两年多的运营，“人文能建”已成为中国能建文化建设的平台高地。

本书选取的文章，大部分是“人文能建”刊发的优秀作品和中国能建第一届文学拉力赛的获奖作品，在内容上分为历史之溯、域内之彩、海外之光、人文之影四个板块。其中，“历史之溯”主要从职工视角讲述企业故事和职工故事，传播报国、先行、专业、创业、奋斗的精神文化和价值追求。“域内之彩”和“海外之光”主要以职工所见所闻为素材，依托海内外项目说文化，介绍所在地历史文化、风土人情、景色风光等，宣传人文精神，展现中国能建作为一家全球工程企业的形象。“人文之影”主要由职工原创的散文、随笔、书法、绘画、摄影、文艺赏析等作品组成，为职工提供一个展示才华的舞台。

近年来，中国能建坚持“人人皆可出彩”的理念，聚焦人的价值、情感、命运、关切和追求，深度挖掘、讲好一线故事，讲好能建故事，讲好建设者故事，讲好中国故事。同时，公司让职工走上前台唱主角戏，为不同兴趣、不同特长的职工打造展示平台，组织开展了新春能人秀、文学拉力赛、“中国能建 24 小时”环球影像记录等一系列企业文化探索实践。这些实践让我们充分看到职工群众中潜藏的思想、修养、才华、才能，意识到只有广大职工全面参与、深入走进群众，文化建设才会有生命力，文化繁荣才有保障。

本书文章的作者均为中国能建遍布世界各地的建设者，他们移山填海、架桥修路、建堤筑坝、纵横驰骋，为追求美好生活而拼搏，为建设美丽世界而奉献。从白山黑水到天涯海角，从东海之滨到世界屋脊，从家园故土到异国他乡，都留下了他们奋斗的足迹。他们栉风沐雨，孕育出生生不息的精神之火。谨以此书致敬最可爱的中国能建建设者，衷心地希望质朴的他们被更多的人看见。

在运营“人文能建”和编纂本书的过程中，阚震、刘光义负责整体策划，宋旸、邢雯、周凡、周秋霞、龚甜、陈建胜、赵颀、张志平等参与了文章的推荐、编审和校对，在此一并致谢。

中国能源建设集团有限公司党群工作部

2024 年 5 月